江戸文人百景

なごみの詩心・歌心

秋山忠彌 著

勉誠出版

まえがき

本書は、正面きった文人論でもなければ、人物論でもない。いってみれば、近世それぞれの年代を、さまざまに彩った人たちにまつわる佳話閑談、街談巷説である。その人の生活の一断面をとらえての点描、スナップ写真ともいえる。気軽にどのページからでも開いて、お読みいただければ嬉しい。

あえて主なテーマといえば、古代中国にはじまる文人に、強く憧れ慕うわが国の文人たち、とくに近世文人の豊かな人間性や人間味の種々相を、漢詩や和歌、俳句などの作品を通じて描いてみた。それらの作品にみられる文人同士の交遊交歓、あるいは家族間の情愛深情は、現代人にも共感を呼び、感動を覚える。

採りあげた人物は、歴史上の業績、評価などからではない。あくまで筆者の好みで、その人間性や人間味に魅かれてのことである。

第一章の人たちは、和歌を詠みながら漢詩を吟じ、そして時には俳句も作る。当時の文人は、ジャンルにとらわれず、その時どきの感動を、感興に応じて詩や歌や句で表現した。

引用の作品に、堅いイメージがつきまとう漢詩が多くなってしまったが、できるかぎり分かり易い解説を心掛けたので、本書を通じて、少しでもそのイメージが薄まり、さらには馴れ親しむきっかけになればという、強い願いをこめている。

第二章は、当時の画人は文人でもあり、そして文人もまた時に画人でもあった。あえて画人としたのは、世上の呼称にしたがったまでのことである。画人たちは、詩歌句にもその才能を存分に発揮した。画才と文才、両者が相まって、響き合いながら、個性豊かな美を創造した。

第三章は、親と子、夫と妻、あるいは兄弟が、家族でありながら文人同士として、その道を歩む姿を描いてみた。作品の数々にみられる、家族ならではの喜怒哀楽が、私どもの心を打つ。

第四章は、明治の維新に際し、幕臣として優れた政治手腕を揮う一方で、文才を発揮した作品にみられる強い人間愛、あるいは維新後の鋭い社会批判には、深い感銘をうける。

第五章は、江戸文芸の基層をなしている漢詩文を、意気・通の美意識で味つけしながら、自由自在に弄(もてあそ)ぶ戯作者たち。時代の申し子といえる彼らの作品、そのいくつかを楽しむ。

第六章は、一見ちぐはぐに並んでいるかにみえるが、共通点はいずれも、尋常でない才気才芸の持ち主たちである。その異能異才ぶりの評判もまた、異説まちまちで興味深い。

第七章は、六章までの執筆にあたって、諸文献を渉猟しながらメモしたものを元に、そのいくつかを読み物風にした考証随筆とでもいえようか。現代にも通ずる視点を失わないように留意した。

ところでこれまで、文人なる語をたびたび用いてきたが、いかなる人物をいうのか、その定義はまことに難しい。すでに識者による著述が数多くあり、そのいくつかを以下に記すので、繙(ひもと)いていただければ幸いである。

中村幸彦「近世文人意識の成立」(中央公論社『中村幸彦著述集』第11巻所収)

日野龍夫「壺中の天――服部南郭の詩境」(朝日新聞社『江戸人とユートピア』所収)

唐木順三「文人気質」(筑摩書房『無用者の系譜』所収)

中野三敏『近世新畸人伝』(毎日新聞社)

中野三敏『江戸狂者傳』(中央公論新社)

揖斐高『近世文学の境界――個我と表現の変容』（岩波書店）
池澤一郎『江戸文人論――大田南畝を中心に』（汲古書院）
牛山之雄『近世の文人たち――文人精神の諸相』（翰林書房）
杉浦明平『化政・天保の文人』（日本放送出版協会）
楢林忠男『文人への照射――丈山・淇園・竹田』（淡交社）
青木正兒「中華文人の生活」（春秋社『琴棊書畫』所収）
王瑤『中国の文人――「竹林の七賢」とその時代』（石川忠久・松岡榮志訳・大修館書店）

目　次

二、詩歌句の画人たち

三、近世の文人家族……141

一、詩歌句の文人たち

一　山口素堂

貞享四年（一六八七）の八月中旬、松尾芭蕉は、月見と鹿島神宮参詣をかねた、いわゆる「鹿島詣」から、深川に帰庵した。近くに住む雅友の山口素堂は、それを知り早速に訪ねた。そのとき、庵の庇(ひさし)にぶらさがる蓑虫(みのむし)にふと目がとまり、一句をものした。

蓑虫やおもひしほどの庇より

そしてこの日、素堂は自分の庵に、芭蕉を誘った。庵に着くと、なんとここでも蓑虫を目にするのだった。そこでまた一句。

みのむしにふたゝびあひぬ何の日ぞ

場所を変えて一日に二度も、芭蕉と久々に清談を愉しめる嬉しさを、句にこめている。
それから幾日も経ずして、芭蕉から一句が届けられた。

蓑虫の音を聞きに来よ草の庵

とある。秋風がたち、草庵もいっそう佗びしさがましてきた。蓑虫は実際に鳴くことはない。蓑虫の声なき声に耳を傾け、閑寂の声を共に聴こうではありませんかと、呼びかけたのである。招きに応じて訪れた素堂は、蓑虫の音をしかと聴きとる。そして「蓑虫ノ説」を草し、芭蕉に贈った。それは、和詩七連と漢詩一首である。和詩の一連から三連まで。

みのむし〳〵
声のおぼつかなきをあはれぶ
ちゝよ〳〵となくは
孝に専らなるものか
いかに伝へて　鬼の子なるらむ
清女が筆のさがなしや
よし鬼なりとも

瞽叟(こそう)を父として　舜(しゅん)あり
汝はむしの舜ならんか

みの虫〳〵
声のおぼつかなくて
かつ無能なるをあはれぶ
松虫は　声の美なるが為に
籠中に花野をなき
桑子(そうし)は　絲を吐くにより
からうじて賤(しず)の手に死す

みのむし〳〵
無能にして　静(しずか)なるを憐れぶ
胡蝶は　花にいそがしく
蜂は　蜜をいとなむにより
往来おだやかならず
誰が為に　これをあまねくするや

（中略）

芭蕉を蓑虫に仮託しているのは、申すまでもない。一連では、清少納言を軽く諷し、古代中国舜帝の故事を引きながら、蓑虫の純な心を説く。二連と三連では、美声の松虫や糸を作る蚕、華やぐ蝶や蜜を集める蜂と比較して、蓑虫は無用で無能なるが故に、害されることなく、在るがままに生きることができると述べている。和詩七連に続けて、四言十六句の古詩をもって結んでいる。

蓑虫々々	蓑虫々々
落入窓中	落ちて窓中に入る
一絲欲絶	一絲絶えんと欲して
寸心共空	寸心共に空し
似寄居状	寄居（宿借り虫）の状に似て
無蜘蛛工	蜘蛛の工無し
白露甘口	白露口に甘く
青苔粧躬	青苔躬を粧う
従容侵雨	従容として雨を侵し

飄然乗風　飄然として風に乗ず
栖鴉莫啄　栖鴉（せいあ）啄（ついば）むこと莫れ
家童禁叢　家童叢（そう）を禁ず（捕えてはいけない）
天許作隠　天は隠（いん）を作（な）すことを許し
我憐称翁　我は翁と称することを憐れむ
脱蓑衣去　蓑衣（さい）を脱し去りて
誰識其終　誰か其の終りを識らん

蓑虫の声なき声を感得した素堂の「蓑虫ノ説」に、芭蕉がいたく喜び満足したのはいうまでもない。そしてのちに、英一蝶（はなぶさいっちょう）の「みのむし詩画巻」に寄せた芭蕉の跋文に、「その詩や錦をぬひ物にし、其文や玉をまろばすがごとし」と記している。

世に伝わる松尾芭蕉の『野ざらし紀行』、その一つに絵巻がある。その絵巻には素堂の跋詩文をのせる。それは十三連から成り、その第一連。

金（こがね）は人の求めなれど
求むるは心静（しずか）ならず

色は人の好むものから
好めば身をあやまつ
たゞ心の友と
語りなぐなむより楽しきはなし

これに続く第二連。

ここに隠士あり
其名を芭蕉とよぶ
ばせをはをのれを知るの友にして
十暑市中に風月を語り
三霜江上の幽店を訪ふ

素堂と芭蕉の両人は風雅を愛する隠士として、互いに心を通わせていた。第一そして第二連は、その交友をいう。素堂は、芭蕉より二歳年長である。歳だけでない。林家で儒学を修めた素堂は、漢詩文の素養が、芭蕉よりかなり深かった。この和文体の詩にも、漢詩法を巧みに用いている。例えば、第一連で、一・二句の「金は人の……」と、三・四句の「色は人の……」が対句をなしている。また第二連の四句と五句は、対句法ばかりか、そのまま漢詩句「十暑市中語風月」「三霜江上訪霊居」の、いわゆる訓み下し文である。

第七連では、富士川で捨て子を詠じた芭蕉の句「猿を聞人捨子に秋の風いかに」にふれる。

そも野ざらしの風は
一歩百里のおもひをいだくや
富士川の捨子は
其親にあらずして天を泣くや
泣く子は独りなるを
往来いくばく人の仁の端をかみる
猿を聞く人に一等の悲しみを加へて
今猶三声(いまなおさんせい)のなみだくだりぬ

三声の涙とは、杜甫の詩「秋興八首」のなかの「猿を聴き実(げ)にも下す三声の涙」をふまえる。猿のなき声を三声(みこえ)も聴けば、涙がこぼれることをいう。そして結びの十三連。

風の芭蕉

我が荷葉
ともにやぶれに近し
しばらくもとゞまるもの丶
形見草にもよしなし草にもならば
なりぬべきのみにして書きぬ

我が荷葉とは、素堂の別号蓮池翁にちなむ。素堂は蓮をこよなく愛し、侘び住居の庭池に蓮を植えるほどだった。榎本其角編の俳諧撰集『虚栗』には、「荷興十唱」として、素堂の蓮の連作十句が採録されている。

素堂は和漢の素養を、当時としては斬新な詩型に発揮した。例えば、漢語句と発句との句合十番がある。その第二首。

左

白雲花燭暈（白雲は花の燭暈）

右

鮎小あゆ花のしづくを乳房かよ

次に第十首

　　左
鏖呉西施乳（呉を鏖す西施乳）
　　右
名をとげて身退しや西施乳もどき

西施は、古代中国呉王夫差の愛妃で、夫差の心を惑わし、呉の国を滅ぼしたと伝えられる。
素堂にはまた、漢語連句がある。知幾なる人との連吟の五十韻である。なかからいくつか抄録。

碁嗜無余念（碁嗜は余念無く）　素堂
画書有苦労（画書は苦労有り）　知幾
薄痩小町果（薄の痩は小町が果て）　素堂
蘭粧褒姒敖（蘭の粧い褒姒が敖び）　知幾
老子非常耳（老子は常の耳に非ず）　素堂
達摩破坐尻（達摩は坐せる尻を破る）　知幾

褒姒は、西周幽王の寵妃で、同じく傾国の美女である。
素堂は、初鰹の句ばかりが知られすぎた、いささか不幸な文人である。

二　本居宣長

宝暦二年（一七五二）の三月五日、本居宣長は、京都での医学修業を志して、松坂を発った。ときに二十三歳である。七日に京に入り、そして十五日、儒学者の堀景山に入門した。漢方が主流であったから、まずは漢籍の読解力をつけなければならなかったのである。

景山は詩文にも秀れ、晩年の荻生徂徠とも親交があった。その景山が指導したのだろう。入門したこの年の六月、初めて漢詩の会に参加した。題して「烏夜啼」と「山居」の二作品が伝わる。その「烏夜啼」、七言古詩である。

閨中独り臥して遥かに郷を思い　　閨中独臥遥思郷
耿々として寝ねず夜更に長し　　耿耿不寝夜更長
終夜空しく守る牀頭の燭　　終夜空守牀頭燭
年を経て猶お留む衣上の香　　経年猶留衣上香

底事（何事か）亦明旦（翌朝）を待たず
庭前の古樹棲烏鳴く
乱れ飛び啞々として何処にか去り
万里の母乃ち辺城に向う
簾を巻いて目送去ることに己に遠く
唯だ看る空庭（寂しい庭）風月清し

底事亦不待明旦
庭前古樹棲烏鳴
乱飛啞啞何処去
万里母乃向辺城
捲簾目送去已遠
唯看空庭風月清

当時の詩風は、徂徠門のいわゆる蘐園派が主唱する唐詩風が好まれ、『唐詩選』が広く愛読されていた。宣長もその影響を強く受けている。「烏夜啼」とは、中国で古くからある楽府と呼ばれる詩体のなかの詩題である。遠く離れた恋人や夫を想う情愛の詩が多い。宣長のは恋人でなく、故郷に残した母への想いである。『唐詩選』にある李白の「烏夜啼」がよく知られている。宣長はそれをふまえているようだ。ちなみにその李白の作。

黄雲城辺烏棲まんと欲し
帰り飛んでは啞々として枝上に啼く
機中に錦を織る秦川の女
碧紗は煙の如く牕を隔てて語る

黄雲城辺烏欲棲
帰飛啞啞枝上啼
機中織錦秦川女
碧紗如煙隔牕語

梭を停めては悵然として遠き人を憶い　　停梭悵然憶遠人
独り空房に宿りて涙は雨の如し　　独宿空房涙如雨

宣長は作詩を、余課の一つとして試みたと思われる。推敲を重ねたようにはみえぬが、初心者にしては上出来であろう。だが漢詩よりも、和歌に強く心を寄せていた。作歌は上京以前、十八歳ころから始めていたといわれている。京に出た年の九月二十二日、新玉津島神社の社司森河章尹に入門した。そして興に乗じては、さかんに歌も吟じている。入門した翌十月の三日、宣長は、師景山の子蘭沢と学友の藤重藤伯の三人して、栂尾・槙尾・高尾の三尾で紅葉狩を愉しみ、歌を詠んだ。

山ふかく紅葉の錦わけゆけばたち帰るべき心地こそせぬ
暮るともやどりはなげの山路かはあかぬ紅葉の木々の下陰

紅葉狩をした四日後の七日、また詩会が催された。宣長の作は題して「禅庵」と「長安月」の二作で、その「禅庵」。

禅室山林に邃く　　禅室山林邃

寂寥として客の来たる無し　　寂寥無客来
澄心《ちょうしん》（心を澄ませば）泉石《せんせき》潔《きよ》く　　澄心泉石潔
独坐して蒼苔《そうたい》を払う　　独坐払蒼苔

この十月の二十一日には、和歌の稽古会があり、宣長は七首詠んだ。なかからの三首。

はつせ山いのり〳〵て年月をふる川のべのあふせしらずも
花すゝきほのかに見てし面影をたどりてのみや袖ぬらすべき
夕霜のむすぶと見えて冬の日もはやくれ竹のひましろくみゆ

宝暦二年（一七五二）、上京して十か月、暮れも押し迫った二十三日、宣長は詩会に加わわる。
「遊仙曲」と題した作がある。

吟じ過ぐ洞底（洞庭湖）岳陽（岳陽楼）に酔い　　吟過洞底酔岳陽
鳳吹《ほうすい》髣髴《ほうふつ》として（ほのかに）風を逐《お》いて揚がる（聞こえる）　　鳳吹髣髴逐風揚
逍遙復た世人の識る無く　　逍遙無復世人識
鶴の背を家と作《な》し雲を郷と作す　　鶴背作家雲作郷

鳳吹とは、笙などの調べをいう。鶴は仙人の乗り物とされており、そして雲を郷里とするとは、いかにも漢詩好みの趣向そのままである。歳暮吟の和歌二首が伝わる。

はたとせにあまるみとせのくれはとりおもへばあやし何と過けん
今日のみと暮行空に飛鳥のとしは明日かもたち帰るらん

明けて宝暦三年癸酉、ときに二十四歳、宣長は初めて京での新春を迎えた。初春の吟がある。

初春やくむ若水のとり〳〵にことぶきいはふやまと諸人
さし出る三笠の山の朝日かげもろこし迄も春やたつらん

医学を修めるため、漢学の恩恵をうけていながら、新春の陽光が、大和すなわち日本から唐土すなわち中国にとどいて、めでたく輝くことだと、すでに大和心を発揮している。この年の九月、師の景山が広島へ赴くにあたり、宣長は送別の詩と歌を奉呈した。

揺落の清秋万里の行
盃を啣みて共に惜しむ別離の情
群山暮色雁鴻（大きな雁）乱れ（飛び）
駅路西風驪駒（黒色の馬）軽し
功業日に新たにして大国に師たり
徳音（徳育）年ごとに発して皇京に壮なり
曽て知る優待（優遇）君恩の渥きを
須く見るべし載陽（温かさ）錦衣の栄ゆるを

揺落清秋万里行
啣盃共惜別離情
群山暮色雁鴻乱
駅路西風驪駒軽
功業日新師大国
徳音年発壮皇京
曽知優待君恩渥
須見載陽衣錦栄

師に呈する作だけあって、律詩に求められる対句も確かで、作詩力の進歩ぶりはさすがである。そして和歌の二首

此たびは心をぬさのわかれかはたもとゆたかにたつらん物を
みつゝ行く秋のひかりや明石がた月のかつらを折からもよし

しばらく中断していた詩会が、宝暦四年の三月に入って、五日と十一日に催された。五日の作に「少年行」と「漁夫」、十一日の作に「読書」と「春宮怨」。その「少年行」。

白頭（老人）猶（な）お且（か）つ花に酔いて回（かえ）る
道（い）う莫（なか）れ少年 数（しばしば）杯（さかずき）を挙ぐるを
一擲（いってき）千金春酒の裏（うち）
揚々たる意気亦（ま）た雄なる哉

白頭猶且酔花回
莫道少年数挙杯
一擲千金春酒裏
揚揚意気亦雄哉

飲み代に大金を惜しまないのだと、いかにも若者らしく豪気である。たしかに宣長は、大の酒好きであった。当時の大酒ぶりを案じた母親が、切々と戒める手紙が今に伝わる。

ちなみに宣長はまた、愛煙家でもあった。煙草を礼讃する雅文「おもひぐさ」（別名「尾花がもと」）に、「あしたに起きたるにも、まして物くひたるにも、寝るとても、大かた離るゝ折こそなけれ、かう、常にけ近く親しき物は、何かはある」と記しているほどである。宣長の名歌として、きまって挙げられる歌に、

敷島の大和心を人問はゞ朝日に匂ふ山ざくら花

がある。かつて紙巻き煙草の命名に、歌中の「敷島」「大和」「朝日」「山桜」を採用したのは、宣長の煙草好きを知ってのことであろう。

格調の漢詩を作る一方で、風雅の和歌ばかりか、藪医隙成(やぶいのひまなり)の戯号で狂歌も詠む、滑稽洒脱の人でもあった。なかからの二首、「猩々画賛」と「千利休」。

衣さへ身さへ髪さへあかければさこそ心は清浄ならめ
茶をたてゝ法式たてゝ家たてゝたつる茶碗の利久居士これ

三　横井也有

横井也有が、戯れに詠んだ下(しも)がかりの独吟歌仙がある。「五月雨歌仙(さみだれかせん)」、あるいは「あてがき歌仙」と呼ばれている。この呼び名は、前書きに由来する。その前書きに、

五月雨の徒然なるまゝに西川の画姿(えすがた)、無量の心易きを友として、ひよいと思ひつき、あてがきのをかしげなるをもぢりて、うちこしさし合ひをくらず（連句の約束事にこだわらないで）、出はう題なる口にまかせて笑となせるのみ。

とある。西川の画姿とは、浮世絵師西川祐信派の描く姿絵をいうが、当時は西川絵あるいはただ西川というだけで、春画を意味したようだ。あてがきとは、当掻とか当垪とも書き、手淫のこと

だが、ここでは西川の姿絵一つ一つに当てはめて、句を書き連ねたということであろう。さてその歌仙を、四連に分けて記す。

あてがきの文字のゆかりをかきつばた
　臍のあたりをさぐる蚤がり（狩り）
いきざし（息差）のあらい昼寝の夢さめて
　つばき（唾）をり〳〵つけて目のやに
二ばんかけ長い将棊の月のかげ
　尻から露のつたふいと萩
どこやらがかはらけくさい生霊棚（しょうりょうだな）
　つくおとせわし入相（いりあい）のかね

かはらけとは、素焼きの焼き物、女人の無毛をいう。入相の鐘にも、なにやら卑猥な響きがしないでもない。

死にますとすゝり上（あ）げたる泣上戸
　無理なとりやうする車銭（くるません）（不当な高利貸し）

おしつけてまくりかけたる古むしろ（筵）
　じく〳〵しめる入梅の内
茶うす（臼）さへおもきが上の仕立物
　出すなといふに出す下女がつと（髱）
ぬれ〳〵と掃除にこまる風呂流し
　あゝ心地よい風のそよ〳〵
うしろからさしこむ月の花戻り
　はえたはえぬとよめ菜尋る

その多くは「死にます」だが、ちなみに、宮中の女房がたは、「玉の緒が切れるやうだと官女言い」（「柳多留」八六篇）、また儒学者の妻女は、「儒者の妻あゝ亡（め）つします〳〵」（同八五篇）などと、川柳にはさまざま詠まれている。

そろ〳〵と気ざすところに春めきて
　そこをついてといふおくり羽子（はご）（羽根突き）
したがるも同理（道理）させたい繻子（しゅす）の帯
　はな紙もんでふく顔の汗

ぼんの首（盆の窪）まで足上る下手の鞠
　最う能うなると雲切れの空
出しさうな風じやと駕籠を高ばりて
　にが〳〵しくもぬけた聟どの
其くせに長いがすきのおとしざし（落し差し）
　毛のある所を見せた胸いた（板）

出しそうな風とは、客が酒手をはずんでくれそうな素振りのこと。そして駕籠を高張るとは、地面の泥がはねて汚れないように、体を反らせて高めに舁いでゆく様をいう。抜くとは、行くと同義で、結果として陰萎。ちなみに、川柳には「入聟は聞かずに抜いて叱られる」（『柳多留』八〇篇）とある。

ふんどしもとけてすげないおくれ角力（負相撲）
　によつと大きな尻つきの出て
とりながら人はこぬかと豆畠
　はづみきつたる小便のおと
すが〳〵とおろす重荷の市戻り

ぬつとあたまを入れてくゞり戸
まだゆくとあせるは花に里ごゝろ
ぬく〳〵水にあたゝかなころ

水の温く温くは、挙句としてめでたく、満ち足りた上での抜く抜くにも、掛けているのであろう。

俳文集『鶉衣（うずらごろも）』で知られる也有は、尾張徳川家に仕え、御用人から大番頭（おおばんがしら）、そして寺社奉行まで歴任した能吏でありながら、漢詩和歌俳諧はもとより、歌舞音曲の作詞までこなす、器用多趣味の風流人であった。宝暦四年（一七五四）五十三歳のときに退隠し、八十二歳で世を去るまで、自由閑雅の生活を愉しんだ。

也有の多岐にわたる文芸に、仮名詩と呼ぶ作品がある。なかの一つ、題して「辻君（つじぎみ）」。

月にうかるゝ鳥も多きに
いかで夜鷹（よたか）と浮名にはたつ
袖はやなぎの人を招きて
枕の草にむしやとびかふ
待（まち）て相図のうたはうたへど

あふてわかれの文はおくらず
暁かへるそでのしろさは
馬場の夜寒の霜やおくらむ

辻君は京風の呼称で、江戸ではもっぱら夜鷹といい、大阪では総嫁(そうか)と呼んでいた。そもそも仮名詩は、漢詩に啓発されて生れたので、第二・四・六・八句に、「ウ」の韻をふんでいる。この仮名詩に、芭蕉の画像に賛をした作もある。

道は小池の吟にひらけつ
吟は枯野の夢におはりぬ
檜の木は月の笠ならねども
影を風雅の世にあふぐらむ

この作も「ウ」の韻をふんでいる。芭蕉の画賛には漢詩もある。

笠に題す旅装の吟　　題笠旅装吟
花を尋ぬる狂客の心　　尋花狂客心

豈芳野の句無からんや　　豈無芳野句
不言の深きを識る可し　　可識不言深

也有が芭蕉を敬愛すること深かったのは、俳諧をもっとも愛していたからである。数多い句のなかから十句。

闇の香を手折れば白し梅の花
くさめして見失うたる雲雀哉
昼がほやどちらの露も間に合ず
すがたみにうつる月日や更衣
物申の声に物着る暑さ哉
蠅が来て蝶にはさせぬ昼寝かな
秋なれや木の間〳〵の空の色
あふむいて眺る翌日の落葉かな
二三枚絵馬見て晴るゝ時雨哉
明日の事あすの事とて年暮ぬ

雅趣風韻漂わせながら、一方では飄逸洒脱でもある。洒落諧謔は、狂歌にも発揮した。老いを詠んだ作がある。

皺はよるふすべは出来る背はかゞむあたまは禿げる毛は白うなる
よどたらす目汁はたらすはなたらすとりはづしては小便もる
くどうなる気短かになる愚痴になるおもひつくこと皆古うなる
聞きたがる死にともながる淋しがる出交りたがる世話やきたがる

なにやら身につまされるような感がする。ふすべとは、贅と書き、瘤のことである。よどとは、よだれである。也有は、「歎老辞」と題した俳文のなかで、

わが身の老を忘れざれば、しばらくも心たのしまず。わが身の老を忘るれば、例の人にはいやがられて、あるはにげなき酒色の上に、あやまちをも取出でん。されば老はわするべし、又老は忘るべからず。二ツの境まことに得がたしや。

とのべている。老いを忘れなければ楽しめない。といって老を忘れると、仕損りかねない。難しいことだが、「老はわするべし、又老は忘るべからず」とは、現代にも通ずる名言である。この

「歎老辞」は、病身を理由に致仕して、名古屋郊外の前津の里に隠棲した五十三歳のときの言である。そして六十歳の秋には、

六十てふ身や夫(それ)だけのはぢ紅葉

と詠んでいる。ことさら長命を願わったわけでもなく、平々坦々と趣味三昧の日々を過して八十二年、辞世として伝わる詩・歌・句がある。

病み来たりて世路を辞し
久しく隠る舞津の農
八十余年の夢
驚き回(めぐ)らす暁寺の鐘

病来辞世路
久隠舞津農
八十余年夢
驚回暁寺鐘

きのふけふと思ひつゝ経し身の程ぞ中々長き世はかぞへぬる

短い夜やわれにはながきゆめ覚(さめ)ぬ

四　良寛

良寛の父は、俳名以南として越後では知られていた。その影響があってか、和歌や漢詩には及ばないものの、百句ほどの俳句が伝わる。なかに敬慕した西行にちなむ句がある。

同じくば花の下にて一とよ寝む
雨の降る日はあはれなり良寛坊

かの「願はくは花のしたにて春死なむそのきさらぎの望月のころ」をふまえているが、西行の死にたいものだに対して、良寛のは、同じ花の下なら一と眠りしたいものだと淡々としている。雨が降る日は托鉢に出られず、我ながら哀れなことだ。西行の作と伝えられる歌「捨て果てゝ身はなきものと思へども雪の降る日は寒くこそあれ」があり、雪にせよ雨にせよ、世捨て人とて厭わしいのである。

松尾芭蕉も西行を敬仰した。その芭蕉をもまた良寛は崇敬した。良寛の句に、芭蕉の句をふまえているのでは、と思わせる作がいくつもある。たとえば

つとにせむ吉野の里の花がたみ

須磨寺の昔を問へば山桜
春雨や静になづる破(や)れふくべ
人の皆ねぶたき時のぎやう〳〵し
真昼中ほろり〳〵と芥子(けし)の花
いざさらば我も返らむ秋の暮
木枯を馬上ににらむ男かな
新池や蛙とびこむ音もなし

これらの句にちなむ芭蕉の句といえば、「龍門の花や上戸の土産(つと)にせん」「須磨寺や吹かぬ笛聞く木下闇」、「ものひとつ我が世は軽き瓢哉」「能なしの眠たし我を行々子」「白芥子や時雨の花の咲きつらん」「この道や行く人なしに秋の暮」「冬の日や馬上に氷る影法師」などであろうか。そして古池には、芭蕉に続くほどの人物がいない、と当時の月次俳諧を批判しているようだ。良寛は、蛙の鳴き声をこよなく愛した。句にも詠んでいる。

夢覚て聞ば蛙の遠音哉
山里は蛙の声となりにけり
鍋みがく音にまぎるゝ雨蛙

自炊生活の良寛は、ときには鍋を洗い磨く。その音に、鳴き声が和しているかのようである。蛙の鳴き声は、歌にも詠む。

もゝ鳥の鳴く山里はいつしかも蛙の声となりにけるかな
草の庵に脚さし伸べてを山田の蛙の声を聞かくしよしも
山吹の花の盛りに我が来れば蛙鳴くなり此川の辺に
春と秋いづれ恋ひぬとはあらねども蛙鳴くころ山吹の花
蛙鳴く野辺の山吹手をりつゝ酒に浮かべて楽しきをづめ

粗末な草庵で、思いきり脚を伸ばして、山の田に鳴く蛙の声に耳を傾け、心ゆくまで楽しむ。蛙の声、これに山吹の花、そしてさらに酒が加わると、いっそう興がましてくるのだった。をづめとは、野遊びをいう。
ときには蛙の声に、心が深く沈むこともあった。その詩がある。

夏夜の二三更（真夜中）　　夏夜二三更
竹露（竹の夜露）は柴扉（さいひ）に滴（したた）る　　竹露滴柴扉

西舎（西隣りの家）に臼を打つこと罷み
三径（庭）には宿草滋し（生い茂ってる）
蛙声は遠く還た近く
螢火は低く且つ飛ぶ
寤めて言に寝ぬる能わず（寝つかれず）
枕を撫して思いは凄其たり（まことに侘びしい）

西舎打臼罷
三径宿草滋
蛙声遠還近
螢火低且飛
寤言不能寝
撫枕思凄其

漢詩人でもある良寛は、雅友と詩歌をよく交わした。だがなかなか巧く作れないときもある。それを言訳する歌がある。

漢詩を作れ〳〵と君は言へど御酒し飲まねば出来ずぞありける

酒を飲まずに作れるものかと、言訳しているが、酒を催促しているようでもある。良寛は酒豪ではなかったが、愛飲家ではあった。そして独り酒より、人と和して酌み交わす酒を好んだ。その相手の人には、文雅の友ばかりでなく、顔馴染みの農夫もいた。田畑などで出遇うと、酒盛りがはじまる。その様子の詩。

孟夏芒種の節（初夏）
錫を杖いて独り往還す
野老（老農夫）忽ち我を見て（見つけて）
我を率いて（引っ張り）共に歓（宴）を成す
蘆蔢（芦の筵）聊か薦と為し
桐葉を以って盤に充つ（器の代わりにす）
野酌数行の後（酒杯を重ねること数度）
陶然として畔に枕して眠る

孟夏芒種節
杖錫独往還
野老忽見我
率我共成歓
蘆蔢聊為薦
桐葉以充盤
野酌数行後
陶然枕畔眠

畔での酔郷、その酔態はいかにも良寛らしく長閑である。ときには托鉢などの途上、行く先で酒を振る舞われることもあった。

行き行きて田舎に投ず（たどり着いたところが田舎家で）
正に是れ桑楡の時（ちょうど夕暮れ時）
鳥雀竹林に聚まり
啾々として（騒がしく鳴き）相率いて飛ぶ
老農言に（そこに）帰り来たり

行行投田舎
正是桑楡時
鳥雀聚竹林
啾啾相率飛
老農言帰来

我を見ること旧知（旧友）の如し
婦を喚んで（妻女に命じて）濁酒を漉し
蔬（野菜）を摘んで以って之を供す
相対して此に更に酌み
談笑一に何ぞ奇なる（話が弾みに弾む）
陶然として共に一酔し（心地よく酔い）
知らず是と非とを（世間の煩い何のその）

見我如旧知
喚婦漉濁酒
摘蔬以供之
相対此更酌
談笑一何奇
陶然共一酔
不知是与非

脱俗の人良寛は、酒興のなかいっそう越俗の境地を深めるのだった。その酒興は、数々の歌に詠まれている。その中からいくつか。

さけ〳〵と花にあるじを任せられ今日もさけ〳〵明日もさけ〳〵
久方の長閑き空に酔ひ伏せば夢も妙なり花の木の下
よしあしのなにはの事はさもあらばあれ共に尽くさむ一杯の酒
うま酒に肴持て来よいつも〳〵草の庵に宿は貸さまし
さすたけの君がすゝむるうま酒に我酔ひにけりそのうま酒に
さすたけの君にあひ見て今日は酔ひぬこの世に何か思ひ残さむ

あすよりの後のよすがはいさ知らず今日の一と日は酔ひにけらしも

第一首の「さけさけ」とは、申すまでもなく「咲け」に「酒」を掛けている。また「よしあしのなにはの事」とは、難波の葦をよしとも言い、これに善し悪しを掛けている。さらに「何はの事」すなわち「何事」にも掛けている。そして「さもあらばあれ」、ままよと達観している。また、自分は場所すなわち宿を提供するから、いつでも酒と肴を持っておいでと、日ごろ手元不如意な良寛は、なかなかどうして抜け目がない。「さすたけの」は「君」の枕詞。なにはともあれ、君と酒杯を重ねることができて、もうこの世に思い残すことはない。明日からのよすが、すなわち生きる手だて、そんなこと知ったことかと、心地よく酔趣に浸る。だがときには、苦い酒に深く落ち込むこともあった。

簡傲（思い上がり）酒を縦にして歳時を渡り（年月がたち）
衆人（人々）間を闚うも（われを謗るも）相知らず（気づかず）
而今（今後）老い去りて始めて臍を噬む（後悔す）
通宵（夜通し）君が為に涙衣を沾おす

簡傲縦酒渡歳時
衆人闚間不相知
而今老去始噬臍
通宵為君涙沾衣

五　吉田松陰

嘉永七年（一八五四・安政元年）の一月十六日、修交を迫るペリー率いる米艦隊が再び来航、そして三月三日には和親条約を締結した。その月の二十七日夜、吉田松陰と同志の金子重輔が、米艦に密航を求めたが拒絶され、企ては失敗。江戸小伝馬町の牢屋敷に投獄された両人は、幕命により九月、国元の長州萩へ帰された。萩では、松陰が野山獄、重輔は岩倉獄に、それぞれ別の獄房に入った。

獄房でも松陰は、学問好きの行動性を発揮する。獄中の希望者を集めては孟子の講義を始め、またその一方で俳句の会を催したのである。松陰自身が、俳諧に長じていたわけではない。これを嗜む同囚がいて、その助力を得てのことだった。松陰の獄中での作が数々伝わる。そのなかから、

花の山日暮忘れて樽の酒
淋しさの一しほまさる雨蛙
葉柳や池にさし出た涼み棚
夕涼み月にすかして笛の声
涼しみの秋は是れなり桐一葉

旅の夜の灯火消えてきりぐ〳〵す
朝顔やはうきめの有る庭の砂
朝顔や手水を遣って窓の先
やれ窓に寝ながら見るや盆の月
柴の戸を開けばどこも月白し

作品としての出来映えよりも、松陰の句としての興味を覚える。獄中では度々連句の会が開かれ、十月十二日芭蕉の忌日には、百韻までものしている。その発句から、松陰の四句目までを記すと、

慕ふ道はぬくき小春や翁の忌　顕龍
　枯野につきぬ言草の種　花逸
糸つむぐひまには孫を遊ばせて　蘇芳
　隣へ頼む時附の状　松陰

時附の状とは、到着の日時を指定した書状をいう。顕龍こと吉村善作、花逸こと河野数馬この両名が、獄中俳諧の指南役である。蘇芳こと富永弥兵衛は儒学者で、書をよくしたので、松陰は

彼について熱心に学んだという。松陰は芭蕉を敬愛し、「翁の忌」と前書した二句がある。

紅葉ちる錦を拾ふ翁の忌
翁忌や香をりを慕ふ残り菊

岩倉獄に入れられた金子重輔が、入獄わずか四か月後の安政二年一月に獄死した。重輔の死に、松陰はじめ同囚の面々が、手向けの句を寄せた。松陰は、

ちるとても香は留めたり園の梅

と詠んだ。また歌仙も巻かれた。松陰が発句そして脇をつけ、松陰の挙句で巻き上げている。

入相にむかしを偲ぶ寒さかな　松陰
　折りて手向くる早咲の梅　同
注文の下し荷船も無事に来て　顕龍
　建添ふ蔵もおなじ白壁　同
（中略）

拝領というて伝はる陣羽織　松陰
竹の箒にかご塵取　花逸
散りし花は今も殊更慕はしく　顕龍
語り尽せぬ惜しむ春の日　松陰

死別の深い悲しみを、松陰は詩にも賦し哀悼している。

駅舎（宿場）にて君と訣（別）れ
匆々として（慌ただしく）詞を尽さず
囚繋（囚獄）は各所（別々）在りて
消息（その後の様子）相知らず
江海（大海に泳ぐ）呑舟の魚（巨大魚）
徒らに半畝の（広くない）池に困しむ
籠鳥（籠の鳥）は故林（昔いた林）を失い
未だ群飛の（共に飛んだ）時を忘れず
鼓角（時を知らせる鼓と角笛）自ずから晨暮（朝夕）あるも
会見（再会）期を知らず（その時はない）

駅舎与君訣
匆匆不尽詞
囚繋在各所
消息不相知
江海呑舟魚
徒困半畝池
籠鳥失故林
未忘群飛時
鼓角自晨暮
会見不知期

夢魂（夢の中）尚お相逐い
訃を聞いて却って自ずから疑う
豈計らんや（予期せず意外にも）生別離
更に（その上）死別離と為らんとは

夢魂尚相逐
聞訃却自疑
豈計生別離
更為死別離

野山嶽にあること約一年。安政二年（一八五五）の十二月、病気療養を理由に、実家の杉家に預けられる。そしてやがて、いわゆる松下村塾の実質上の主宰者として、高杉晋作や伊藤博文ら幕末維新に活躍する多くの人材を育てた。松陰の人生で、もっとも輝かしい時期だが、永くは続かなかった。政局に対する激しい言動の松陰を、藩は安政五年の十二月、再び野山獄に投じた。翌六年の五月には、いわゆる安政の大獄のなか、幕府からの召喚命令が松陰に告げられ、同月二十五日、江戸送りの駕籠が萩を出立した。その時の心情を二首の詩に賦している。

吾れを縛し台命（幕命）もて関東に致る
簿（取調べ）に対し心に期す昊穹（澄んだ空のような心境）を質すを
夏木原頭に天雨（雨降り）黒く
満山の杜宇（ほととぎす）血痕紅なり

縛吾台命致関東
対簿心期質昊穹
夏木原頭天雨黒
満山杜宇血痕紅

血痕紅なりとは、時鳥が血を吐くような哀切の声で鳴くことをいう。同じ日の作がもう一首ある。

志決して家に念い無し　　志決家無念
景（風景）は奇なれども観て明かならず　　景奇観不明
籃輿（駕籠）に眠り足るの後　　籃輿眠足後
黙々として更に多情　　黙黙更多情

またこの日、歌も詠む。

帰らじと思ひさだめし旅なればひとしほぬるゝ涙松かな

萩の郊外の街道に松の古木があり、その松を見て、旅立つ人は別離を悲しみ、永い年月経て帰る人は嬉しの涙を流したところから、涙松と呼ばれていた。護送される中、松陰は数々の詩を詠じた。出立から四日後の作。

道う莫れ疲囚（松陰）に気力無しと　　莫道疲囚無気力

要らずや逆豎（幕府役人）をして精誠（真心）に感ぜしめん　　要令逆豎感精誠
護中（警護の中）に幸い書を知る者あり　　護中幸有知書者
苦ろに口占（口ずさびの詩）を録して旅情を写す　　苦録口占写旅情

松陰は筆墨の携帯を許されなかった。だが護送役人のなかに、松陰の詩を理解できる者がいて、書き留めてくれるのだった。強固な信念を持つ憂国の士も、不自由な駕籠の中、時には心象の情緒に浸ることもあった。六月五日の作。

夢中に夢は真と作り　　夢中夢作真
醒めて後忽ち幻と為る　　醒後忽為幻
何れの時にか大夢醒め　　何時大夢醒
人生の患を脱却せん　　脱却人生患

六月二十四日、江戸藩邸に着いた松陰は、七月九日に幕府の評定所で最初の取り調べをうけた後、伝馬町の牢屋敷に送られた。十月七日、同囚の橋本左内や頼三樹三郎らが打首となり、それを知った松陰は、歌三首詠む。

晴れつゞく小春の今日ぞ時雨るゝは打たれし人を嘆く涙か

つひにゆく死出の旅路の出立はかゝらんことぞ世の鏡なる

国のため打たれし人の名は永く後の世までも語り伝へん

いよいよわが身にも処刑の近いことを悟り、十月二十五日、遺書ともいうべき『留魂録（りゅうこんろく）』の執筆にかかり、翌二十六日の夕方書き終えた。この題名は、冒頭に記した歌に因む。

身はたとひ武蔵の野辺に朽ちぬとも留め置かまし大和魂

辞世の詩も伝わる。

吾れ今（いま）国の為に死す
死して君親（くんしん）に負（そむ）かず
悠々たるかな天地の事
鑑照（かんしょう）明らかにするは明神に在り

吾今国為死
死不負君親
悠悠天地事
鑑照在明神

二十七日斬首、ときに数え三十歳であった。

六　菊舎尼

田上道こと菊舎尼は、明和五年（一七六八）数え十六歳のときに嫁いだが、八年後夫に死別。子がなかったので、婚家は養子を迎えて継がせ、自分は実家に復籍した。そして俳諧に打ち込む日々を過していたが、やがて社寺参詣や芭蕉の俳蹟を訪ねる大行脚を発起する。行動の自由を得るため、剃髪得度して尼の身となった。安永九年（一七八〇）ときに二十八歳。所懐句がある。

秋風に浮世の塵を払ひけり

また旅立ちにあたり、

月を笠に着て遊ばゞや旅のそら

と詠んだ。長府（現山口県下関市）から萩を経て、三田尻から船路で瀬戸内海を東上して大坂に着き、そして美濃路へと向う。一人旅である。翌十年二月、美濃国に入り、朝暮園傘狂に入門、一字庵の号を授かる。また各地に居る同門の俳人たちと交流し、厚遇を受けられるよう紹介状も書いてもらった。美濃を離れた菊舎は、加賀・信濃・越後などを遊歴する。加賀の松任では、敬慕する千代女の旧居を訪ねた。千代女は六年前すでに世を去っていたが、養子の白烏（はくう）に会うことができ、一夜宿って夜もすがら語り合う。その際の付合が伝わる。

花見せる心にそよげ夏木立　　菊舎
破れし蚊帳に移る月影　　白烏

信濃では善光寺に詣で、御詠歌中の語句「松のみ残る」にかけて、

松のみか幾世にかゝる雲の峯

と詠んだ。また更科の月を眺めたいと、姨捨山に登ったものの、にわかに激しい雷雨におそわれ、遭難しかけたが、里人に救われた。命拾いしたその喜びを、

姨すてた里にやさしやほとゝぎす

と詠んでいる。越後に入り、芭蕉とは逆の径路で仙台へ向い、途上数々の句を詠む。
まず柏崎では、

秋立つや波も木の葉も柏崎

立石寺では、

蹈(ふみ)しめて登るも清し霜の花

仙台に着き松島に遊んでは、

松島や小春ひと日の漕たらず

と詠んだ。いよいよ江戸を目指し、那須野では、

迷ふたは怪し奈須野の枯尾花

日光では、

雪に今朝まじる塵なし日の光

そしてこの年の暮、江戸にたどり着いた。江戸には三年半余りも滞在し、天明四年（一七八四）五月、江戸を出立して年末に帰郷した。

居心地よかった江戸滞在を、懐しく想い出してか、寛政五年（一七九三）、江戸へ再遊。まずは大工職の作左衛門を訪ね、再会を喜び合う。作左衛門は歓待し、新たに別室を設けて提供したばかりか、自ら七絃琴を作って贈呈した。また菊舎は、作左衛門の紹介で、薩摩藩菊地東元につき、その弾奏を学んだ。

そして翌年の春、この七絃琴を抱いて江戸を離れ、故郷をめざして東海道を上る。この旅では、五十三次を画題にして俳句を添える自画賛帖が成った。日本橋にはじまる各所の句を拾う。

月に花にわたる世広し日本橋
品川や袖に打越す花のなみ
陽炎や大師の不思議川崎に
神奈川や日永に絶ぬ道しるべ
吉原や桜にあけて富士おろし
蒲原やよしあししらぬ芽出し時
玉ふくや由井の蚫（あわび）の春日影
沖つなみおさまる春や清見潟

藤枝や花の紐とく烏帽子岩
花に渡る島田は安し大井川
白雲や富士を見付のさくら時
浜松や和らぐ波も遠江
振袖の御油に引かれつ藤の暮
赤坂に灯しそへたり桃の花
神風の風や桑名に舟上り
佐保姫の契りもかたき石部かな

俳諧をもっぱらにしていた菊舎が、初めて和歌を口吟（くちずさ）んだのは、吉野山に遊んだときだった。

夏来ても花かと見えて芳野山みねの青葉にかゝるしら雲

菊舎の和歌はさほど多くはないが、そのなかからのいくつか。

不破の関にて
今は誰もる人もなき板びさし月のみ関の名にかよひ来て

石清水八幡宮近きにて
男山神がきちかくたちなれて去年より待し春は来にけり
伏見の梅渓にて
立寄し昔のまゝの旅ごろもかはらずにほふ梅の下風
逢坂山にて
いつかはと思ひし関の山清水もとの心にむすぶ涼しさ

などがある。
寛政八年（一七九六）ときに四十四歳、長崎に再遊する。十一年ぶりである。この長崎行で、初めて漢詩を学び、たちどころに上達した。当地で風雅の交わりを結んだ中国人の蔣菱丹（しょうりょうたん）に、自作の詩を贈っている。それは菱丹との雅談、そして菱丹が奏でる琴の音色に感銘しての作である。

高士相逢う翰墨（かんぼく）（詩文書画）の林
春風手を携えて杏花（きょうか）深し
幽談（雅談）坐（ざ）すこと久しく琴譜を論じ
始めて聴く決々（おうおう）（秀れた）中土（中国）の音

高士相逢翰墨林
春風携手杏花深
幽談坐久論琴譜
始聴決決中土音

長崎では競漕のペーロンを観戦し、それを詠んだ詩もある。

曽て聞く此地に楚風の存することを　　曽聞此地楚風存
五日龍船海門を圧す　　五日龍船圧海門
競渡争い来たって豪興遍し（満ちている）　　競渡争来豪興遍
千年屈子（屈原）の恨み何ぞ論ぜん（今更論ずるまでもない）　　千年屈子恨何論

端午の節句に、今も続くペーロンは、古代中国楚の国の習俗で、汨羅に身を投げ果てた憂国の士・屈原の霊を慰めることに始まるといわれている。この詩に添えた一句がある。

わたる跡はもとの海なり競ひ舟

菊舎は、詩と句を並べる形をいたく好んだとみえ、数々の作を残している。たとえば、紫式部が『源氏物語』を執筆したとされる石山寺での吟。

飄遊して先ず到る石山の秋　　飄遊先到石山秋

湖水漫々月を浮べて流る
一たび美人の彫管（麗筆）を弄せし自り
須磨赤石（明石）雙眸（両眼）に在り

湖水漫漫浮月流
一自美人弄彫管
須磨赤石在雙眸

おもかげや六十帖の秋の月

享和元年（一八〇一）の秋、ときに四十九歳のことである。二十数年ぶりにかつての婚家を訪ね、養子の当主と感慨深く語り合うのだった。そして詩の二首や句も詠んだ。

二十年来累機（世渡り）を忘れ
風雲（風物）誘う処単衣（旅衣）を促す
郷に還れば松菊東籬に遍し
緑髪（黒髪）は霜（白髪）と為って帰らず

二十年来忘累機
風雲誘処促単衣
還郷松菊東籬遍
緑髪為霜去不帰

次に第二首。

幾年か世を逃れ片心（聊かの志）微なり

幾年逃世片心微

孤錫（こしゃく）（一本の行者杖）帰り来りて旧扉を叩く
愁殺す（深く愁う）荒涼たる深竹の色
此（こ）の君（養子の当主）今独り立って依々（いい）たり（立派である）

孤錫帰来叩旧扉
愁殺荒涼深竹色
此君今独立依依

そして添えた一句

うきわれを照す昔の秋の月

菊舎七十四年の生涯で、得意の絶頂といえば、文化九年（一八一二）の四月、ときに六十歳、法隆寺に訪れ、三十三年ごとの開扉で、寺宝の中国古楽器・開元琴を拝観できたばかりか、その弾奏まで許されたことであろう。その感激を詠む句と歌。

薫る風や諸越（もろこし）かけて七の緒に

異国（ことくに）のしらべにかけていかるがの宮の松風吹きつたふらむ

七　村田春海

江戸中期、いわゆる江戸派を代表する歌人として、加藤千蔭と並び称される村田春海（はるみ）。春海の歌文集『琴後集（ことじりしゅう）』に、それぞれ題詞をつけて、遊女を詠む歌がある。

うかれ女（め）年を惜しむ

流れゆく年にまかせてあだ波をいつまで袖にかけんとすらん

うかれ女の舟に乗りたるかたを

定めなき寄る辺を波にまかせつゝ繋がぬ舟ぞ身のたぐひなる

与君後会知何日（君と後（のち）に会うは何れの日か知らん）

逢ふせをばいつと契らんうかれめの繋がぬ舟を身のたぐひにて

流れ・舟そして波は縁語であり、波は無みに掛けている。岸に繋がれずに漂う舟は、わが身の境遇と同じようだと歎く。前書きの「与君後会知何日」は、唐の詩人白居易の詩句「与君後会知何処」をふまえている。つまり、「何処で再び会えるだろうか」を、「いつ会えるのだろうか」に置き換えている。

春海は、延享三年（一七四六）、江戸日本橋で豪商の家に生れた。十代の早いころから賀茂真淵に入門して、国学や歌文を学び、また儒学や漢詩文を、荻生徂徠の流れをくむ服部白賁（はくひ）や鵜殿本荘（ほんじょう）に師事した。兄が死去したため、家督を継いだものの、吉原通いなど遊蕩、火事の罹災が重なるなどして、家は破産した。遊蕩のころ、漁長の通り名で、江戸十八通の一人に数えられていた。そして吉原の遊女を妻にさえ迎えている。その放蕩ぶりと破産は、かなり世上の噂になったとみえ、安永十年（一七八二）刊の洒落本『舌講油通汚（ぜっこうあぶらつうえ）』で、揶揄（やゆ）された。

　あつたら干鰯問屋（ほしかといや）の株も人手にわたし、蔵宿（くらやど）も止め、質両替の居屋敷まで里人に売るなどと申すやうな事が、なんと大通でござろふか。こゐらを不通と申さねば、世の中に不通の根がたへます。在原の業平の歌に、吉原にたへて不通のなかりせば　君がこゝろはのどけからまし。

干鰯とは、鰯を乾燥させたもので、肥料としてよく使われていた。在原業平の歌とあるのは、言うまでもなく彼の「世の中に絶えて桜のなかりせば春の心はのどけからまし」のパロディである。

春海の女人への視線は、中国の麗人にも向けられ歌に詠む。たとえば王昭君（おうしょうくん）や楊貴妃。王昭君は、中国古代の前漢、元帝の宮女で、異民族匈奴（きょうど）との和睦のため西域に嫁し、その地で没した。候補の宮女から一人選ぶにあたって、どうせ敵地に送るのだからと、元帝は画工に画かせた絵姿の中から、一番醜い女に決めたところ、それが絶世の美人の王昭君だった。宮女たちは画工に賄賂を贈って美人に描いてもらったが、昭君だけはそれを拒んだので、醜く描かれたのである。後にその事情を知った元帝は、昭君を失った怒りで、画工たちを死罪にしたという。その昭君を詠む歌。

まそ鏡向ふも憂しとしのぶらん筆のすさみの性にくき世に
いかにして心はやらん四の緒の引とゞむべき旅路ならぬを

まそ鏡とは、よく澄みはっきり映る鏡。筆は絵筆で、性にくきは画工たちの汚い根性。四の緒は琵琶、昭君は愛用の琵琶を抱いて旅路についたという。春海は、よほど王昭君に魅かれていたものとみえ、長歌まで作っている。遠く異国の地で過すある夜、来し方を偲ぶ薄倖の佳人を、憐れみ詠む。

雪まじり　霰乱れて　夜もすがら　北吹く風の　荒ましき　夜床の上に　つく〴〵と　枕
そばだて　来し方を　思ひ出れば　人の世は　夢なりけりな（中略）いたづらに　年は重ね
つ　思ひきや　言も通はぬ　国人を　夫と睦びて　たをやめの　まとひもなれぬ　皮衣　袖
さし交へて　諸寝せんとは

反歌

春の日の光もうとき古塚に草の緑やいかに残せる

草茂る古塚、すなわち昭君の墓。死後も日の光をうけない昭君を、春海は哀悼する。

王昭君とならぶ麗人に、唐の玄宗皇帝に寵愛をうけた楊貴妃がいる。春海に、その貴妃を詠む歌がある。

たをやめの姿を今も偲べとや雨ににほへる山梨の花

たをやめ、そして山梨の花とは、唐の詩人白居易（はくきょい）の長詩「長恨歌」をふまえている。その詩は、皇帝と貴妃との愛憐と悲運を題材とし、貴妃の死後五十年目にあたる憲宗の元和年（八〇六）の作品で、七言百二十句に及ぶ長詩である。なかの九十九・百句に、

玉容（ぎょくよう）（美しい顔）寂寞として涙闌干（らんかん）たり（しとどに流れ）　玉容寂寞涙闌干

梨花の一枝春雨（はるあめ）を帯ぶ　梨花一枝春帯雨

とある。ちなみに、唐代の詩人たちは、玄宗や楊貴妃を詠んでいるが、両人に直接会っているのは李白だけだといわれている。同時代の杜甫にも、両人を詠む詩はあるが、実際に目にしてはいない。

春海は、陶淵明の詩も愛読していたようである。そして淵明の詩に触発された歌がある。たとえば「帰去来の辞」。

風清き南の窓のうたゝ寝にあがりたる世の心をぞ知る

この歌は、「帰去来の辞」中の句「南窓に倚り以て傲を寄せ（贅沢な気分に浸り）、膝を容るるの安んじ易きを審かにす（狭いわが家こそ落ち着けることを確かめた）」をふまえている。あがりたる世とは、上世すなわち大昔、その心とは淵明の心をいう。「帰りなんいざ、田園将に蕪れなんとす、胡ぞ帰らざる」の冒頭でよく知られるこの詩は、郷里に近い町の県令に就任したが、性に合わない職を、わずか八十日でなげうって帰郷する際に賦したものである。また淵明の「桃花源の記」にちなむ歌もある。

此里に隠れそめしはいつの世と花にぞ問はん桃の源
隠れ家の春や幾代の名残ぞと花もの言はゞ問はましものを

過ぎ来つる世の名をだにも幾千年（いくちとせ）霞にこめし桃の源

いわゆる桃源境、春海もまた、俗世間を離れた別天地、仙境に憧れていた。仙境といえば荘子である。荘子といえば、夢に蝶と化す寓話があり、春海はこれも歌に詠む。

露の間の夢さへ花にあくがれつ胡蝶に身をもかへし斗（ばかり）に

眠りから目覚めた荘子は自問する。この世の自分が、夢の中で蝶になったのだろうか。それとも蝶が、この世で荘子という自分になっているのだろうか。夢が現実なのか、それとも現実が夢なのか、その間にどんな区別が存在するのか。万物一体の心境とでもいうのであろうか。

春海は、半生を懐古した七言古詩を詠んでいる。百五十四字二十二句にもわたる長詩である。

酔郷（すいきょう）の主人（しゅじん）本（も）と財雄（富豪）　　酔郷主人本財雄
園を開き楼（大屋敷）を構える江城（江戸）の東　　開園構楼江城東
家僮（かどう）千指（奉公人百人）鼎（かなえ）（食器）を列ねて食し　　家僮千指列鼎食
素封（そほう）恰（あたか）も是れ王公に擬（なぞら）う　　素封恰是擬王公
主人は驕惰（きょうだ）（驕慢遊惰）にして性且（か）つ僻（へき）（捻（ひ）ねくれている）　　主人驕惰性且僻

治産（財産）何ぞ問わん（気にしない）計然の策
読書学剣両つながら成らず
酒を縦にして沈湎（溺れ）惟だ自適す（心の赴くままに楽しむ）
日に酔郷に入りて糟丘（酒粕の丘）を営み
随意に交遊して択ぶ所無し
（中略）
嗚呼世間守銭の虜（守銭奴）
応に笑うべし坎壈（志を得ず不遇なさま）此の身に纏うを

治産何問計然策
読書学剣両不成
縦酒沈緬惟自適
日入酔郷営糟丘
随意交遊無所択
（中略）
嗚呼世間守銭虜
応笑坎埴纏此身

八　杉田玄白

杉田玄白にとって、安永二年（一七七三）は、まことに嬉しい事が二つあった。一つはかの『解体新書』の翻訳が、やっと成稿に至ったこと。もう一つは、妻登恵を迎えたことである。ときに玄白は四十一歳、登恵は二十九歳、ともに晩婚であった。そして翌三年も、大きな喜びが二つあった。一つは『解体新書』を上梓できたこと。もう一つは長男の誕生である。

しかし十年後、大きな悲しみに見舞われる。天明四年（一七八四）、その長男が夭折。そして四年後、天明八年の一月二十日、よく家庭を守り、賢夫人の評判高かった登恵が病死する。二十

一日に葬送、二十二日の日誌に一句、

　中〱に残るもつらし春の雪

と記している。そして翌二月の十三日には、二十二句にもわたる悼亡の長詩を詠じた。

噫吁汝は是れ糟糠の妻
（第二句は脱字あり省略）
初来（嫁入り以来）謹慎（慎み深さ）終いに改めず（終生変らず）
十有六年能く雙栖（仲よく同居）す
何事か（どうした事か）一朝（ある朝）沈痾（重い病い）と作り
千百余日枕に伏して過ごす
憐れむ可し半ば死して歓娯少なく
憐れむ可し一身憂苦多し
（中略）
匣中（手箱の中）の書草（書き物）に手跡を余し
牀頭（枕辺）の針線（針と糸）には容音（面影）を思う

噫吁汝是糟糠妻
（第二句省略）
初来謹慎終不改
十有六年能雙栖
何事一朝作沈痾
千百余日伏枕過
可憐半死歓娯少
可憐一身憂苦多
（中略）
匣中書草余手跡
牀頭針線思容音

大姉(姉娘)は情(気持)を解いて(圧えて)声哭(泣き声)を呑み
小妹（妹娘）は眠りを覚まして衾（母の寝衣）を誤り探る
老夫（自分）は之に対して（これを見て）両つながら忍び難く
哀々恋々として涙禁まらず
起きちて空房（妻なき部屋）に向い無事（虚しさ）を慨き
強いて唱う（詠む）当日白頭（白髪頭）の吟

大姉解情呑声哭
小妹覚眠誤探衾
老夫対之両難忍
哀哀恋恋涙不禁
起向空房慨無事
強唱当日白頭吟

ときに玄白は五十六歳、姉娘は十四歳、その妹は七歳であった。幼い娘を残して先立たれた玄白の心情はいかばかりであったか。

月日はまたたく間に過ぎ、亡妻の一周忌。命日の一月二十日、悲しみを新たに、玄白は詩を詠む。

空房に牌（位牌）を護りて青灯に照り
語は尽き（言葉無く）往事に涙泫然たり（はらはらと流れる）
女児は近くに来たり漸く事を解し
学人（自分）は今夜清饌（ご馳走）を供す

空房護牌照青燈
語盡往事涙泫然
女兒近來漸解事
学人今供夜清饌

ちなみに、この月の二十五日、元号の天明が寛政と改められた。玄白は俳句にも親しむ。たとえばこの年の春の二句。

まづさくら此（この）仙人の都かも
行春をとめてや贈る花一枝

そして立秋の三句。

今朝秋を知らする庭の一葉かな
花の山に月の秋立つ夕部かな
宮は秋世は水無月のあつさかな

折に触れては漢詩を詠む玄白、暮の十二月には、七首も日誌に記している。なかの一首。

灯前独り坐して思い凄然（せいぜん）（もの寂しい）
形影（けいえい）（わが姿）相憐れみ暮年（老年）奈（いか）んせん
嗟爾（ああ）風流（風雅）の旧知己（古友達）

灯前独坐思凄然
形影相憐奈暮年
嗟爾風流旧知己

当今指を屈すれば半ば帰泉（きせん）（半分は死去）　　当今屈指半帰泉

明けて寛政二年（一七九〇）、新春を迎えて、少しは気分和らぎ、歳末の暗い気持から明るさを取り戻す。元旦には一句、そして十日には歌二首を詠んだ。

とりが鳴く吾妻は早し初日影

余所（よそ）よりも早も春やこへぬらん霞関の今朝の長閑さ
夜のほどに関の扉のあけぬらし早も春に逢坂の山

この年を締めくくるとき、玄白の歳暮吟は暗い。

老い来りて一事（然（さ）したる事）無く　　老来無一事
寂寥（せきりょう）として寒陰（かんいん）（寒く暗い処）に坐す　　寂寥坐寒陰
岸幘（がんさく）（気を楽にして）霜の満つるを憐れみ　　岸幘憐霜満
孤灯は夜の深まりを照らす　　孤灯照夜深
空しく三世の術（三代にわたる医術）を伝えうるも　　空伝三世術

長く四方の心（理想）を棄つ（実現せず）
白駒（はくく）（神事の白馬）将（まさ）に過ぐるを看（み）て
凄然として思い禁（とど）まらず

長棄四方心
白駒看将過
凄然思不禁

また句も詠む。

入相や花の暮より年の暮

夕暮れを告げる鐘の音も、花見時よりも、年の暮れにいっそう感慨を深くするのだった。
古稀の前年、享和元年（一八〇一）の夏のこと、玄白は、健康を保つための心得七か条、題して「養生七不可」をものした。

一、昨日の非は悔恨（こんかい）すべからず
一、明日の是（ぜ）は慮念すべからず
一、飲と食とは度を過すべからず
一、正物に非れば苟（いやしく）も食すべからず
一、事なき時は薬を服すべからず

一、壮実を頼んで房を過すべからず
一、動作を勤めて安を好むべからず

この養生心得を守りながら、平穏な日々を過す玄白だが、ときには老いの寂しさに沈むのだった。この年九月の詩がある。

老い来たりて事無く世間休(やすら)かなり　　老来無事世間休
家に児孫有りて愁いを識らず　　家有児孫不識愁
寤寐(ごび)(眠りと醒め)は年々昔日(せきじつ)(過去)と違(たが)う　　寤寐年年違昔日
夜中に眠り覚めて思いは悠々(物悲し)　　夜中眠覚思悠悠

そしてまた、寄る年波には、さすがの玄白も勝つことはできなかった。古稀を迎えた享和二年の三月、発熱して三日間も気を失い、十日間ほど床に臥した。病中の吟がある。

病いに臥して幾日か知る(幾日たったか)　　臥病知幾日
未だ尽きず庭前の花　　未尽庭前花
風雨　夜来甚しく　　風雨夜来甚

処々垣墻（垣根）斜めなり（倒れかける）　　処々垣墻斜

倒れかかった垣根は、病身の自分を擬しているのであろう。幸い大事に至らず、元気を取り戻すことができた。そして戯れ気分で、歌と詩を詠む。

ながらへて又来ん春と契り置は散にし花を何か恨ん

待わびし花は何所にかへりけん青葉色こく世はなりにけり

地上の頑仙（頑固な仙人）謫せられて（仙界から追放されて）久しき哉　　地上頑仙謫久哉
今に懐う三日蓬莱（仙境）に向う　　懐今三日向蓬莱
世人道（言）う勿れ天に登りて去ると　　世人勿道登天去
是を風流と為て換骨し来たる（仙人の骨に取り換えられたのだ）　　為是風流換骨来

性格が陽性なのであろう。くよくよしないのが長命の秘訣だったようだ。この年の歳暮吟として、

老らくのうかれ心や年忘

と詠んでいる。さらに十五年の長寿を保ち、文化十四年（一八一七）に八十五歳の生涯をとじるのだった。

九　柳亭種彦

柳亭種彦が愛用していた硯は、茄子（なす）の形をしていて、その蓋には自詠の狂歌が彫られていた。

名人になれ〱茄子とおもへども
　とにかくへたははなれざりけり

申すまでもなく、茄子は成す、へたは蒂（へた）に下手をかけている。種彦の文芸活動は、とても下手どころではない。種彦といえば、江戸後期、空前のベストセラー『偐紫田舎源氏（にせむらさきいなかげんじ）』の作者としてよく知られる。その人気ぶりは、まさに世に源氏フィーバーともいうべき現象をまきおこした。たとえば、錦絵の類はいうまでもなく、衣装や調度類の源氏模様をはじめ、はては源氏煎餅や源氏蕎麦、源氏鮨などまで現われるほどの熱狂ぶりだった。

種彦の文芸は、狂歌に始まる。現在知り得る最初の作品として、

汐干する頃は花見も乗物をおりてぞ山のかひをひろへる

享和元年（一八〇二）、ときに十九歳の作である。貝は峡(かい)に、そして「ひろへる」の「拾」は、「しょう」とも読むので、「渉」に掛けているようである。「夏の月」と題した、二十二歳ころの作がある。

花の後吉野の川に又一夜寝にはかへらぬ月の涼しさ

あえて花の季節をずらして、月の吉野を愉しむとうそぶく。その他の狂歌をいくつか。

嗚呼せめてをとゝひくればよかつたと袖の毛虫をすつる葉桜
こゝもとは夏も泡雪(あわゆき)氷水富士からおろす両国の風
古寺は屋根までしげる草ひばりなくや椚間の雲にかくれて
月今宵露を玉かととひよればかぶりをふつてこぼす芋の葉
雪の肌すきやちゞみに色見へて詠歌も六つの花にこそいれ

泡雪は、泡にように溶けやすい雪をいうが、両国とあるから、当地の名物日野屋(ひのや)の餡(あん)かけ豆腐をさす。草ひばり（草雲雀）は、こおろぎよりやや小さく、八、九月ころの夕方、枯葉などの中にいて、美しい小声で鳴く。すきや縮（透綾緒）は、きわめて薄い絹織物の縮をいい、六つの花は雪のこと。

種彦は、狂句いわゆる川柳にも手をそめている。狂号とした木卯の初出は、選句集『柳多留』の七十五篇（文政五・一八二二年刊）とされている。以後、作句ばかりか、『柳多留』に序文を寄せるほど、熱の入れようであった。作のいくつか。

虫も利も喰のは御代の鎧也
梅ぼしを二合目にはるふじびたゐ
玉菊の盛りたそやは影もなし
内裡から十間ゆくと日本橋
わすれ草とは茗荷だと馬鹿な説
俗語方言こもぐ〱す下女が文
羽織を二枚あつたかい雪見舟
士の文字を十一段に分け

永く質草にしている鎧は、虫に喰われもし、利子もくうと嘆く貧乏武士。富士山にたとえたら二合目あたり、富士額のこめかみに、千切りにした梅干しの皮を貼りつけているのは、二日酔いの頭痛を早く治したい遊女だろうか。若死した吉原の遊女玉菊（たまぎく）を慰霊する灯籠の前では、誰哉行灯（たそやあんどう）の影は薄い。日本橋の十軒店（じっけんだな）には、内裏雛や武者人形などを売る雛市がたった。食うと物忘れするという茗荷と、忘れ草の異名がある萱草（かんぞう）とは、全くもって別物である。田舎弁まる出しで、慕う男に思いを綴る下女がいじらしい。羽織を二枚、すなわち芸者を二人侍（はべ）らせての雪見とは、さぞかしいい気分であろう。士の文字を分割すると、十と一になるところから、かの「忠臣蔵」は十一段の芝居なのだとの理屈。

種彦に川柳との縁が深まるのは、三世とくに四世川柳の時代である。その頃の川柳は、心を和ませる詩情よりは、ただ笑わせる滑稽に傾いていた。当然のことながら、種彦の詩情は、川柳でなく発句に発揮された。

種彦に蝶を詠む好句がある。そのなかの幾つか。

蝶二つ狂ふてのぼる鐘楼かな
ゆく春や蝶も麓へちりにけり
ゆさ〳〵とてふのまひけり牡丹畑
早わらびのこぶしを蝶ののし羽かな

空だきに小蝶きてまへ夜の花

小さな拳の形をした蕨(わらび)の若芽、そこに羽をのばしてとまる、これまた愛くるしい蝶。また、夜のしじま、どこからともなく漂ってくる香り、小蝶よ、現われて舞え、怪しく夢幻の世界である。そもそも蝶の句は、榎本其角に啓発されてのことで、他の作もなにやら其角風である。

朧夜(おぼろよ)のむかし語らん月の雁
月は一つの影は二つの丸行燈
花咲いていよ〳〵あをし鐘の色
長閑さを糸のたゆみやいかのぼり
青傘や上野の花の雲ちぎれ

根生(ねおい)の江戸人種彦は、なかなか洒落っ気に富んでいた。天保六年(一八三五)には『戯言句合(たわごとくあわせ)』を刊行した。わずか十葉の小冊子ながら、挿絵は人気絵師の歌川国芳である。まずはその序文。

其角が田舎句合、杉風が常盤屋句合は、己が句に己が句を合せ、師に判を乞たるなり。

（中略）素堂がとく〳〵の句合を例として、三役兼ねたる自問自答、切字もなければ、てにはも揃はぬ、たゞ十七字のたわ言句合、と題しておくになん。

次になかから二題の句合を抄する。

娵（よめ）

左　きり〴〵す鳴とおさへる嫁手ばや

右　聞猿（きかざる）の身振で髱（たぼ）を娵直し

三線（さみせん）

左　寒びきも今日ぎり神楽獅子が出る

右　ぺん〳〵草の虫除に母が付き

ぺんぺん草は三味線草ともいい、春の七草の一つナズナの異名で、虫の駆除に効くとされていた。悪い男に誘惑されないよう、若い芸者にその母親が監視している。ちなみに、このぺんぺん草の句は、天保四年刊行の『柳多留』（一二三篇）に採句されている。

種彦の俳諧趣味は、かの『田舎源氏』にも発揮された。各編に配された発句が、読者を惹きつける魅力の一つになっている。それらの句は、紫式部の『源氏物語』にのる和歌をふまえている。物語ばかりでなく、歌をも翻案したのである。その例をいくつか、まずは初編、すなわち「桐壺」の巻。花桐（桐壺の更衣）は、足利義正（桐壺帝）に寵愛され、次郎君（のちに光氏）を生むが、心労が重なり、

撫子に振返りけり別れ道

の句を残して病没する。この句は、桐壺の更衣の歌、

かぎりとて別るゝ道の悲しきにいかまほしきは命なりけり

をふまえている。この編からもう一つ、幼い遺児に思いやる義正が、

宮城野の小萩はいかに秋の風

と句を詠む。この句は、桐壺帝の歌、

宮城野の露吹きむすぶ風の音に小萩がもとを思ひこそやれ

をふまえている。次に十七編から一句、これは「須磨」の巻にあたる。須磨に向って京を発つ光氏の句、

いつか見んわれも散りゆく花の京

ふまえているのが、光源氏の歌、

いつかまた春の都の花を見ん時うしなべる山がつにして

である。

人気絶頂の種彦は、天保の改革により咎めをうけ、『田舎源氏』の版木没収処分となる。さらに春本『水揚帳（みずあげちょう）』の作者ではとの嫌疑をかけられ、その直後すなわち天保十三年（一八四三）七月、にわかに病没した。自死説もある。ときに六十歳、辞世の二句が伝わる。

ちるものに定る秋の柳かな

もう一句は、「源氏の人々のうせ給ひしもおほかた秋なり」と前書きして、

我も秋六十帖を名残かな

十　石川雅望

石川雅望（まさもち）、通称は糠屋（ぬかや）七兵衛のちに五郎兵衛。家業の旅籠屋（はたごや）にちなんで、狂名を宿屋飯盛（やどやのめしもり）といい、六樹園あるいは五老斎などとも号した。ちなみに父は、美人画に優れた石川豊信である。

寛政三年（一七九一）ときに三十九歳、家業に不正あったとして、財産没収・江戸追放の処分をうけた。そして郊外の鳴子村（現新宿区西新宿）に退隠し、以後、国学の考究と著述に励む。石川雅望とは、そのころからの名乗りである。若年時、専ら遊んだ狂歌は、大田南畝こと四方赤良（よものあから）の門下として活躍、数々の撰歌集に入集している。よく知られた作をいくつか挙げる。

　ある人によみてつかはしける

歌よみは下手こそよけれあめつちの動き出してたまるものかは

　鴫（しぎ）

蛤（はまぐり）にはしをしつかとはさまれて鴫立ちかぬる秋の夕暮

　傾城の夢（けいせいのゆめ）

傾城のねる間もばから周が夢胡蝶と呼びし昔をぞ見る

歌読みは、下手なのがよいのだ。和歌の聖典として尊ばれている『古今集』の序に、「力をも入れずして天地を動かし、目に見えぬ鬼神をもあはれと思はせ」と、歌の徳をのべているが、なまじ上手に詠んで、天地が動きだしたらたまったものではない、と揶揄する。諺の「漁夫の利」として知られる、鴫と蛤とが争う中国の故事があり、これに西行法師の有名な歌「心なき身にもあはれは知られけり鴫立つ沢の秋の夕ぐれ」との取り合わせた機知である。いわゆる「胡蝶の夢」で知られる荘周（荘子）の故事がある。夢の中で蝶になった荘周が、目覚めたとき、蝶が現世で荘周になっているのか、一体どちらが真実の自分なのか。この重重しい荘周の哲学に、吉原の遊女がよく使う「馬鹿らしゅう」を掛け、そして傾城がかって、禿だったときの呼び名だった胡蝶にも結びつける。

吉原といえば、雅望に『吉原十二時』と題した著作がある。吉原の二十四時間を、十二支で表わし、卯時からはじめて各時ごとに、遊女や遊客らの生態を、格調高い雅文体で描写している。淫風の場所柄と風雅な表現との不均衡、その滑稽味が作者の狙いようだ。そして本文の後に、各地の門人から寄せられた数々の狂歌を載せ、その末尾に雅望の作一首を置いている。各時ごとの一首を、三首ずつまとめて並べる。

卯時（およそ午前六時から八時）

玉の緒も今やたえなん迎にと孔雀長屋の駕の来る頃
辰時（およそ午前八時から十時）
竹村がおまんに湯気の立つ頃にうまいの夢もさめぬ傾城
巳時（およそ午前十時から十二時）
居つゞけの口舌するころ笈仏とせなか合せの修行者も来ぬ

孔雀長屋とは、浅草田町の北はずれにあり、吉原に近いところから、仕立屋とか酒屋、遣手や女衒、そして駕籠舁などが住んでいたという。朝帰りの遊客を迎えに来たのである。竹村のおまんとは、廓内にある高級菓子屋の饅頭、その旨さ甘さに、熟睡の意を掛けている。口舌とは、帰るという客と帰さないという遊女との言い争いである。そんな朝っぱらから、笈仏すなわち諸国行脚のいわゆる六部が、金品を乞いに廓内を徘徊していたようだ。

午時（およそ午後零時から二時）
鳥影のうつる連子にいさみつゝ我も飛び立つ鳳凰の袖
未時（およそ午後二時から四時）
六阿弥陀参にのぞく昼見世にをがみんすといふ声の聞ゆる
申時（およそ午後四時から六時）

駒下駄もやすらふ君が道中はたてはてをすの茶屋の縁先

連子とは、細い角材を縦あるいは横に、一定の間隔に並べた格子。吉原の妓楼では二階が連子窓で、内側に障子をたてていた。鳳凰とは、その模様を縫取した豪華衣装、または花魁など高級遊女をいう。飛び立つは、いうまでもなく鳥と逸る心を掛けている。

六阿弥陀参とは、春秋の彼岸に、江戸府内外にある六体の阿弥陀仏を巡り詣でること。吉原の営業は、昼見世と夜見世の二部制であった。昼見世はふつう昼過ぎから七つ時（午後四時ころ）まで、そして夜見世は暮六つ（午後六時ころ）からはじまる。拝みんすとは、参拝と遊女の客へのお強請りを掛けている。

夕日が西に傾くころ、花魁が馴染みの大尽客を出迎える道中があると、引手茶屋の縁先は、廓言葉がとびかい、仲の町はいっそう華やかになる。

酉時（およそ午後六時から八時）
駕を出て客は一とび大門のうちへいぬきか雀色時
戌時（およそ午後八時から十時）
鳳凰の壁に孔雀の袖を見てちひさくなりてのぞく椋鳥
亥時（およそ午後十時から十二時）

かしましき太鼓の声にけたれてやねよとの鐘を聞かぬ吉原

いぬきか（往ぬ気）すなわち行く気か。雀色時とは夕暮時のこと。遊女たちが見世を張る格子の間の壁には、鳳凰の絵が描かれていた。孔雀とは、孔雀の羽模様の絞り染めをいい、椋鳥とは、田舎者を嘲る語である。

太鼓すなわち太鼓持（たいこもち）、その騒々しい声に、時を知らせる鐘の音も消されて聞えない。寝と音を掛けているようだ。

子時（ねのとき）（およそ午前零時から二時）

片手では四つ両手では九つ（ここの）の引（ひけ）に小指の無いやつを買ふ

丑時（うしのとき）（およそ午前二時から四時）

床の海これもながれの身なればや葦鹿（あしか）のやうに寝入る新艘（しんぞう）

寅時（とらのとき）（およそ午前四時から六時）

吉原を日の出ぬさきと急ぐのは昨日迎（むかえ）に来し木乃伊取（みいらとり）

夜見世（よるみせ）の営業は、四つ時（午後十時ころ）までが決まりなのだが、廓内ではその四つを知らせる拍子木を打たず、九つ時（午後十二時ころ）に四つの拍子木を打ち、ついで正しい九つを打った。かような変則の打ち方をして、営業時間の延長が黙認されていた。引とは張見世の終りをいう。小指のないやつとは、小指を切り落してまで心中立てをした遊女、すなわち情夫がいる遊女だから、なかなか他の客がつかず、最後まで売れ残る。両手合わせて九本の指と時の九つを掛けている。

海獣の葦鹿は、海驢あるいは海馬とも書く。よく眠る動物といわれるところから、新艘の異名に使われていた。新艘は新造とも書き、年がごく若いせいか、客との床の中でもよく眠りこけたらしい。木乃伊取の諺は、よく知られていたとみえ、前句集『十八公』にも、「居続けを迎へにゆけば木乃取」の句がある。

狂歌で名高い雅望は、漢詩もまた巧みであった。そのいくつかから、南畝撰の詩文集『東風詩草』に載る作、題して「両国橋」。

岸を夾む人家百尺楼（豪荘な建物）　　夾岸人家百尺楼
雲霞忽ち散じて大江（隅田川）流る　　雲霞忽散大江流
彩虹始めて見る長橋（両国橋）の影　　彩虹始見長橋影
能く春光をして二州に満た使む　　能使春光満二州

二州すなわち武蔵・上総の両国、これにまたがる大橋の春景色を雄渾に詠んでいる。また一方では、一笑誘う狂詩をも作る。

鴈首（がんしゅ）（雁）は行然（こうぜん）（歩み行く）反圃（たんぼ）（田圃）の中
猪牙（ちょき）（船）は坐（そぞ）ろに走る大川橋（吾妻橋）
雷神臍（へそ）を抱える狂歌の会
人は偃（やす）む（憩う）東風（とうふう）浅草の寮（別宅）

鴈首行然中反圃
猪牙坐走大川橋
雷神抱臍狂歌会
人偃東風浅草寮

十一　大田南畝

明和四年（一七六七）九月三十日のことである。大田南畝は、雅友三人とともに、市川での清遊を愉しんだ。ときに十九歳。この日の行楽を漢文で記し、『遊勝鹿記』（「勝鹿に遊ぶの記」）と題した。秋の市川漫策を思いつく事の発端から、筆をおこしている。

遠出の相談がまとまったのは、二日前の二十八日であった。この日、例によって、親友の岡部四溟が、南畝の家に上がりこみ雑談しているとき、川名林助がやって来た。林助は、寺籠りをしていた高野山から帰ったばかりだった。林助の話は、南畝をいたく刺激した。そして都会の喧噪からしばし離れ、せめて近郊で俗塵を洗い落したい。そんな思いにかられたようだ。

東都は山水に便ならず。己む無くんば其れ勝鹿か。勝鹿は北総に属し、都を去ること五里にして近し。莽蒼（広々とした草野）に三餐（食事）し、行きて子と与に遊ばんと（原漢文）。

南畝の提案に二人は賛同。その日を三十日と決めた。当日は早朝の出発なので、四溟も林助も前夜南畝宅に泊る。また例のごとく、酒杯を傾けながらの談論風発に、夜が更けるのも忘れたにちがいない。そして翌朝、といってもまだ夜の明けきらぬうちに、牛込の仲御徒町（現新宿区中町）にあった南畝の家を出た。その日の朝、四溟の友人高木芳洲が加わったので、一行は四人である。

東方、未だ明けざるに、蓐食（早朝の朝食）して発す。牛門（牛込門）自り歩き、小石河を歴て、一里許りにして浅草門に至る。柳橋を過ぐれば則ち両国橋なり。

両国橋を渡り、平井の田圃道を歩いて、市川の関にたどり着いた。

関を過ぎて、舟に乗れば、秋水汎々たり。中流にて東を望めば、平楚にして蒼然たり。遍覧の亭、巋然として独り在す。石壁の千仞たるは是れ国府台為り。

市川の渡し舟から、南畝の目にまず入ったのは、弘法寺（ぐほうじ）境内の遍覧亭（へんらんてい）、そして国府台の絶壁であった。岸に上がり、総寧寺（そうねいじ）へ向った。

岸に上れば則ち道の口径（ちか）し。蓋（けだ）し古え城門の在りし所ならん。路は威夷（いい）にして脩（なが）く通ず。落々たる長松（ちょうしょう）、蔭を左右に落す。門有りて、安国山の三大字を榜（ぼう）す。是れ総寧寺なり。

総寧寺から里見城趾へと歩いた。

昔、里見氏此地に割拠し、北条氏之を滅ぼす。城闕（じょうけつ）門は廃墟と為（な）り、今も也即（またすなわ）ち亡（な）し。千齢万代、唯だ山川丘陵の険有るのみ。古えを思うの情、物に感じて作（お）こる。

往時を偲びながら、一行は携えた弁当をひろげた。ひと休みして、さて山を下りようとした、その時である。突然に山が揺れ動いた。霊神の祟りかと肝をつぶし、来た山道を一目散に駈け下りた。ほっと息をついたところで、出会った一人の農夫から、いま地震があったことを教えられ、なんだ地震かと一同笑い合うのだった。一行は国分寺へ向った。国分寺で南畝は、古瓦を見つけ、これを拾う。当時の好事家は、古瓦で硯をつくり愛用したという。国分寺から弘法寺、手（て）児奈堂（こなどう）、真間（まま）の井（い）、継橋（つぎはし）とまわる。

崢嶸（高くけわしい）たる墳塋（墓所）は、是れ弘法寺為り。堂前に一大楓樹有り。山門有り。石磴（石の坂道）より而下なり。石磴の上を右に折れれば、則ち所謂遍覧亭なり。亭は西南に向い、一覧殆んど遍す。刀禰の千帆、樹杪（樹梢）に出没す。径を下りて左に折れれば、氏胡の神祠有り。傍らに一井有り。真間の井と名づく。元禄中、鈴長頼（鈴木長頼）碑を建つ。

継橋の近くで、酒屋に入った。

一酒肆に入る。酒薄くして酔い難し。相与に茶菓を求めて喰らう。

酒好きの南畝らにとって、そこでの酒は口に合わなかったようだ。日が傾いてきた。江戸への帰路は、行徳河岸から船に乗ることにした。乗船客の多くは商人だったと記している。南畝が自宅に帰り着いたのは、戌の刻すなわち午後八時前後だった。

この『遊勝鹿記』の文末に、「勝鹿六詠」と題して、六首の詩を載せている。

国府台

万古荒台の上　　万古荒台上

空しく留む国府の名
悲風吹けども尽きず
日暮れて辺声を起す

総寧寺

清秋古寺の中
落日空山の上
采樵（さいしょう）の人（木樵（きこり））を見ず
但（た）だ鐘磬（しょうけい）（鐘と磬）の響くを聞く

刀禰（とね）川（現江戸川）

悠々たり刀禰の水
遠く総州自（よ）り来る
万里風色（風景）長（すぐ）れ
布帆（ふはん）浪を破りて回（めぐ）る

真間山

山上の丹楓樹（たんふうじゅ）（紅葉の楓（かえで））
蕭々たり昨夜の霜
徘徊すれども人見えず

空留国府名
悲風吹不尽
日暮起辺声

清秋古寺中
落日空山上
不見采樵人
但聞鐘磬響

悠悠刀禰水
遠自総州来
万里長風色
布帆破浪回

山上丹楓樹
蕭蕭昨夜霜
徘徊人不見

石磴（石の坂道）斜陽に下る　　石磴下斜陽

　遍覧亭

遍覧亭何くにか在る　　遍覧亭何在

空山（人気のない山）坐して移らず　　空山坐不移

自ら傷む千里の目　　自傷千里目

是れ一時の悲しみに非ざるなり　　非是一時悲

　氏胡祠

粉黛（美女）空しく黄土（冥土）　　粉黛空黄土

祠壇美人を賽す（祀る）　　祠壇賽美人

請う看よ山下の井　　請看山下井

千古心神（真心）を瑩す（輝いている）　　千古瑩心神

南畝はのちに、手児奈や弘法寺の楓樹を懐しく想い、狂歌を詠んでいる。

　たれ人の手こなに染めてむかしみし時は青葉のまゝのもみぢ葉

文化五年（一八〇八）、大田南畝は快晴の元朝を迎えた。この年、還暦の六十歳、いつものように歳旦の詩を吟じた。

日は出づ庭前の一古松　　日出庭前一古松
晴天遥かに照らす丈人峰　　晴天遥照丈人峰
児孫共に献ず三元の寿　　児孫共献三元寿
千金と万鐘（多量の食料）を羨まず　　不羨千金与万鐘

丈人とは老人をいい、そして丈人峰とは、中国山東省の名山泰山にそびえる一峰をいい、その形が、背の曲った老人に似ることに由来する。三元すなわち天地人、万物の弥栄を祝い、自らは過分の財物を望まないと心に決めるのだった。また狂歌二首も詠む。

したがふかしたがはぬかはしらねども先これよくの耳たぶにこそ
六十の手習子とて里に杖つくやつえつき乃の字なるらん

六十歳、そして従うか従わぬかとあれば、『論語』にいう耳順、すなわち「六十にして耳順う」である。六十ともなれば、何を聞いても、驚きもしないし抵抗感もない。つまり耳に逆らうことがない。そして耳たぶ、これが厚いのは福の相という俗説がある。よくの耳たぶは、欲に掛けているのだろうか。折角の耳順なのだから、耳にあやかって、ほどほどの福運に恵まれたいものだと、気分は、晴れやかである。乃は乃父、子に対する父の自称で、乃の字の形が杖ついている姿に似ており、外出好きの自らをからかっている。

南畝の外出好きは、春ともなれば花見、この年の三月、雅友と連れ立つことしばしばだが、家族で出掛けることもよくあった。長男の定吉との花見には、二人して詩の聯句を愉しむ。以下の覃は南畝、俶は定吉である。

新花看るみる暮れんと欲す
況んや復た雨声の懸かるをや
池小にして蛙草に鳴き
竹深うして鳥椽に入る
酒觴（酒杯）聊か且く進め
詩句更に相聯ぬ
昏黒（真っ暗）須べからず燭（灯火）に親しむべし
沈吟（思い深めるうち）酔眠に入らん

新花看欲暮　覃
況復雨声懸　俶
池小蛙鳴草　覃
竹深鳥入椽　俶
酒觴聊且進　覃
詩句更相聯　俶
昏黒須親燭　俶
沈吟入酔眠　覃

花見から戻り、寛ぐ気分でまた酒杯を傾けながら、父子相和し詩句を連ねるうち、日沈んであたりは暗くなり、灯をともせば、何やらしみじみとした気分と快い酔い心地に、眠気が催してくるのだった。

秋になれば菊見にも、南畝は定吉との聯句に興じている。同じ年の九月である。小石川の鶯谷にあった南畝の住居から、菊の名所とし知られる巣鴨へと出掛けた。この日は、七歳になる孫を連れていた。当時の巣鴨では、菊の花壇ばかりでなく、形造りと呼び、白菊で富士山や象の形とか、黄菊で虎を形どったりするのが流行していたので、孫を喜ばせようとしたのだろう。両人の聯句。

鶯谷(おうこく)より遥かに尋ぬ巣鴨村(そうおうそん)
雨晴れて泥路(でいろ)郊園に向う
露は甘谷(かんこく)に流れて清く酌(く)むに堪(たえ)えたり
英(はな)は霊均(れいきん)に伴いて落ちて餐(くら)うべし
節(せつ)（重陽）去って叢辺(そうへん)景色を余し
行閑(みちかん)にして午後寒温変ず
誰か知らん蕭瑟(しょうしつ)（寂漠）たる楓林(ふうりん)の晩
神仙に逢着(ほうちゃく)して（出逢って）一樽（樽酒）に対せんとは

鶯谷遥尋巣鴨村　覃
雨晴泥路向郊園　儆
露流甘谷清堪酌　儆
英伴霊均落可餐　覃
節去叢辺余景色　儆
行閑午後変寒温　覃
誰知蕭瑟楓林晩　儆
逢着神仙対一樽　覃

甘谷とは、飲めば不老長寿という伝説の水が流れる谷。霊均は、憂国の詩人屈原（くつげん）をいい、彼の詩句「夕には秋菊の落英（らくえい）（散る花）を餐う」をふまえている。

秋が過ぎて冬、歳末に至り一年が、平穏にしめくくれるかに思えたが、そうにはならなかった。十二月、玉川治水視察の命が下ったのである。この年は関東一円に大雨が続き、洪水などによる被害大きく、幕府は早急な対策と復旧が迫られていた。管轄は勘定奉行で、属する南畝も動員されたのである。この月の十六日に出立、翌年の四月三日までの百日余り、多摩川一帯を巡察した。その出立に際しての歌二首がある。

玉川のきよきながれに洗ふべき耳したがへるとしのくれ哉

鶯の谷のふる巣をたちいでてあら玉川のとしやむかへん

六十歳になった耳順（じじゅん）の年に、その耳を玉川の水で洗うことになろうとは、思いの外であった。あら玉のとしとは、いうまでもなく、年の初めの新玉。その新年を、家族と離れて是政村（現府中市）で迎えた。七言律詩と歌それぞれ一首を詠む。その詩前半の四句。

華甲重回己巳春　　華甲（かこう）重ねて回（め）ぐる己巳（きし）の春

留連半月玉河浜　　留連（りゅうれん）（留まり続けること）半月玉河（ぎょくが）の浜（ひん）

三竿（昇る日）の影は静かに元旦を迎え　　三竿影静迎元日
五畝の田は閑かにして世塵（俗世）に遠し　　五畝田閑遠世塵

華甲とは、華の字を分解すると、六つの十と一とになり、そして、甲は甲子の略で、その人のいわゆる本卦がえりを意味、すなわち還暦、数え六十一歳をいう。長閑やかな農村の新春、文人らしく「世塵に遠し」と吟じてはいるものの、いささか開き直った感がしないでもない。その歳で、もっとも寒気厳しいなかでの巡視は、身にこたえたようだ。時には老いの身をかこつこともあったが、また大いに見聞を広めたし、思わぬ人物との交歓もあった。

交歓した一人に、閨秀俳人の榎本星布がいる。二月十三日、拝島村（現昭島市）の宿舎で、入手した星布の句集を読み、その優麗にして漂う気品に、よほど感じ入ったみえ、句を写し取るばかりか、三日後には八王子の松原庵を訪ねている。星布は古典の教養も豊かであり、愉しい歓談のひとときであったに違いない。南畝自身はあまり俳句を詠まないが、日ごろ俳諧文芸には強い関心を抱いていた。瀟洒な庭を見て詠む挨拶の歌二首がある。

玉川のながれに近く庵しめてわが手づくりの庭の松原
うつし植しよしのゝ桜さく頃は心してふけ庭の松原

ここでの桜は、開花いまだしであったが、やがてその季節がきた。江戸の桜名所を、くまなく見ている南畝が、小金井堤の並木には、心底驚嘆し讃美する。その花見をした二月三十日の日誌に、

年頃、此花(このはな)をめでて、大江戸のうち、いたらぬくまなく見ありきしが、かくはてしなき桜をみし事なし。年六十あまり一つになりて、はじめてかかる華をみき。(中略)今日よりして、遠桜と号して、此日此華のながめをわするまじく思へり。

と、その感激を記すのだった。そして感激のあまり、記念の新しい雅号までつくってしまう。以後、遠桜居士とか遠桜子、遠桜主人なども用いる。ちなみに、もっともよく知られる号の蜀山人は、享和元年(一八〇一)ときに五十三歳、大坂銅座に赴任中に初めて使われ、これは銅の異称に因(ちな)む。

小金井堤の桜を、もちろん詩や歌に詠んだが、なんと仮名詩を試みているのが珍しい。仮名詩は、芭蕉の門人各務支考(かがみしこう)が提唱した詩形で、脚韻をふみ、和詩とも呼ばれている。

春もながれてきさらぎみそか
見にこそ来つれ小金井の花

ゐせきの水も木末の花も
とめてとまらぬものとしりきや

この仮名詩は、「か」「な」「や」とア音の脚韻をふんでいる。

とまれ南畝は、無事に公務を果す。その労をねぎらう褒賞金を賜わり、そして節約して残した出張手当、それらの金で念願だった書庫の修理をし、その喜びに浸るのだった。

十二　上田秋成

生れつきの虚弱体質だが、近かごろはことのほか体調がすぐれない。友人の医師から、湯治をすすめられた秋成は、かつて訪れたことのある城崎温泉を、懐しく想い出した。安永八年（一七七九）の九月十二日早朝、妻のたまを伴い、大坂尼ヶ崎町（現今橋）から城崎へ向った。結婚二十年、初めての夫婦旅で、ときに秋成は四十六歳、たま四十歳である。その日は住吉に宿をとった。

翌十三日、淡路島を眺めつつ、須磨の浦づたいを楽しみ、『源氏物語』にあれこれ思いをめぐらすのだった。この日は明石に宿る。浜に出て、十三夜の月を賞し、歌を吟じた。

うら風に雲吹(ふき)はれて長月のながき夜わたる月のさやけさ

旅立ちから七日の十九日、城崎に着く。この湯治行の紀行文『秋山記(あきやまのき)』に、

城の崎に来て見れば、宿舎(やどり)は昔ながらにて、旧(もと)見し人はあらず、偶(たまた)ま君我を忘れずやと云(いう)を見れば、昔の人なり。髪髭半白(まだら)なる翁の、彼方(かなた)（相手）よりも、我を如何に浅まし（見苦し）とか見らん。主人（現当主）と云も、丫(あげまき)なりし人（かつて少年の髪を結った人）の、今はおよづけて（成長して）、昔物がたりなどす。

と記しており、懐旧の情に浸るのだった。だが、例の気難しい癇癪持ちは相変らずで、同じ宿の湯治客へ向ける眼はきびしく、

爰(ここ)に集ひたる人は、都なるも田舎なるも、男も女も、朝夕に訪交(といかわ)し、馴睦(なれむつ)びて、打混(うちみだ)り礼(いや)なきは（礼儀知らずは）、かかる世界とぞ覚ゆ。

と、人嫌いそして偏屈で頑固な性癖に、温泉の効き目はないようだ。城崎では雨が続くこともあり、これに風が強まる夜などには、つい寝覚めがちとなる。そのような夜の歌二首がある。

山里は雨さへ夜さへあらしさへ世に似ぬ憂のひまなかりけり
いを寝ねば夢てふものも夜がれしてたよりほどふる故郷の空

故郷すなわち大坂、孝養心の厚い秋成は、帰りを待ちわびる母に思いを馳せるのだった。
十月になった。五日の朝、久々に日の光がさしたので、妻と浜に出て、色とりどりの小貝拾いに興じ、歌も詠む。

わたつみの手向けのちぬさ散りみだり渚に秋の錦をぞしく

砂浜の美しい貝を、海神に捧げる幣の小片に見たてている。これに妻が唱和した。

とめくれば雪のしら浜名のみして千くさに玉の色は見えかり

そして八日の夕刻には、海に近い料亭に遊び、ここでは珍しく詩を吟じた。

水国陰山秀で（山水は明媚にして）　水国陰山秀

江村楓樹稀　　江村楓樹稀なり（村や木々は稀な美しさ）
日晡風浪湧　　日晡れて風浪湧き
漁父収魚帰　　漁父（漁師）魚を収めて帰る

十月十七日、快癒したわけではないが、母に約束した予定の日もせまってきたので、城崎の宿を発つこととした。帰途には、いくつかの名所をめぐる。その一つに、これもかつて訪れ、妻は初めて見る天の橋立があった。ここでの歌がある。

いくそ度松の千年もおひかはりとこ波よする天のはし立

妻もまた、

踏みゝんとおもひがけきや白波の上にわたせる天のはし立

と思いがけずも、天下の絶景を目の前にした感激を、夫秋成への感謝もこめて詠むのだった。

その後、宮津や福知山を経て、大坂の家には、二十三日ころに帰省したようだ。

四十余日に及ぶ旅を終え、早々に書き上げたのが『秋山記』である。そしてこの記には、随所に妻との和歌の唱和、また妻をいたわる情愛を記している。秋成は、周囲から癇症にして狷介、ときに依怙地と思われ、本人も自覚しているが、妻への温情はきわめて深い人であった。秋成は、身近の何事にも妻を頼りとし、まさしく妻に支えられていた。その妻への正直な気持を、常の秋成とはとても思えないほど、素直にそして戯けながら、「鶉居」（『藤簍冊子』六）に記す。

あなかしこ（有難いことです）、さらずばかかるものぐるひ（気狂いじみた私を）見つぎて（世話して）、三十年がほどをねんじ（年月）過させ給はん。我為のまもり神（守護神）にておはしけりと、かうべをむしろにつきて、手をすりあはす。

秋成がときに二十七歳、二十一歳のたまが嫁いでから三十七年後、寛政九年（一七九七）の十二月、最愛のたまが急の病で世を去る。突然に独り残された秋成は、いかばかりであったか。その時の落胆慟哭ぶりを、歌文集「麻知文」が伝える。

我うばらの尼、とみの（急の）病して、空しくなりぬ。こい転び、足摺りしつつ嘆けども、すべのなさに、野に送りて烟となしぬ。柩の内に書いつけたる繰言。

つらかりし此年月のむくひしていかにせよとか我れを棄てけん。

我儘三昧で過ごしてきた報いで、棄て去られてしまった自分は、これからどうしたらいいのか。直情激情の人秋成は、事実転げまわり、小児のように泣き喚いたにちがいない。そして毎夜、妻が夢に現われては、相変らず身の回りを世話してくれるので、悲しみが増すのだった。

起き臥しはひとりと思ふを幻にたすくる人のあるが悲しき

年が明けて寛政十年、秋成ときに六十五歳。悲嘆が消えぬなか、二月のとある日、妻たまの遺品を整理しているとき、「露分衣（つゆわけごろも）」「夏野の露」と題した草稿の二篇を見つけた。これを浄書して、菩提寺の実法院に納め、四十九日忌の供養とした。

秋成は下戸だったが、妻のたまはいける口であった。酒好きの文友が訪ねて来ると、いつもは控え目のたまが、喜んで相手をした。相手をした一人に、松村月溪（げっけい）（画号呉春（ごしゅん））がいた。月溪は、与謝蕪村の門下である。秋成と蕪村は、俳友としての親交が深かった。

そもそも秋成の俳諧歴は、和歌や小説より古く、二十歳前後にはじまる。当初の俳号は漁焉（ぎょえん）、のちに無腸（むちょう）と改号したときの句。

月に遊ぶおのが世はありみなし蟹（かに）

みなし蟹とは実なし蟹、中身のない蟹をいう。そもそも蟹の異称に無腸公子がある。そして真っ直ぐに歩かぬ蟹、拗（す）ね者の自分をなぞらえている。蕪村調の句をいくつか。

桜〳〵散て佳人の夢に入る
枕にもならふものなり春の水
朝顔に島原者の茶の湯哉
四つに折ていただく小夜の頭巾哉
小夜千鳥（さよちどり）加茂川越ゆる貸蒲団

第二句の枕と水といえば、隠遁生活をいう成語「枕石漱流」（石に枕し流れに漱（くちそそ）ぐ）をふまえているのだろう。城崎紀行「秋山記」の補遺として書かれた「去年の枝折」には、二十余の俳句を配している。なかのいくつか。

雁啼きて菊をかき根のやどりかな
何も〳〵秋詠（なが）め也須磨の里
霙（みぞれ）ふる湯ざめの牀（とこ）の夜もすがら
冴（さえ）さゆる月にぬれたるいらかかな

暁や市の中にも鐘氷る

享和二年（一八〇二）六十九歳、自分の墓と棺を作る。墓には「無腸之墓」と刻み、そして棺の蓋には歌一首を書きつけた。

長き夜の室とし聞けば世の中を秋の翁が住むべかりける

墓というものは、終りのない夜の部屋だと聞いており、自分が住むにふさわしいことよ。世の中に「飽き」を秋に掛けている。墓まで調えたものの、さらに生きながらえ、

死神に見はなされたか老の春

などと自嘲の句を口遊んだりもしたが、七十を過ぎて、体力はとみに衰えてきた。

文化五年（一八〇八）、悪口雑言随筆として名高い『胆大小心録』を書き、人々や世間を痛烈に批判した。死ぬ前に、どうしても吐露しておきたかったのだろう。翌六年六月、七十六年の命を終えた。

二、詩歌句の画人たち

一　酒井抱一

天明三年（一七八三）のことである。大田南畝こと四方赤良（よものあから）は、初の江戸狂歌集といわれる『万載狂歌集』を刊行した。また時期を同じくして、当時の狂歌界の勢力を、赤良と二分する一方の旗頭唐衣橘洲（からころもきっしゅう）が、『狂歌若葉集』を上梓する。

同じ年、こうした狂歌の人気をあてこんでか、赤良の編による『狂歌三十六人撰』が出版された。平安中期、藤原公任（きんとう）が選んだ「三十六人撰」に因んで、天明狂歌壇を代表する三十六人の狂歌を、それぞれの肖像画入りで紹介したものである。その冒頭に、酒井抱一の狂歌が、尻焼猿人（しりやけのさるんど）の狂名で載っている。ときに二十三歳であった。そのころの抱一は、美人画などの浮世絵に手をそめながら、赤良を師にして、狂歌にも興じていたのである。能装束の舞台姿に添えられた猿人の狂歌は、

長月の夜も長文の封じめを明くれば通ふ神無月なり

である。

そして三年後の天明六年、赤良が主宰する連衆の狂歌集『吾妻曲狂歌文庫』が刊行された。これまたそれぞれ肖像入りで、猿人が冒頭に据えられている。その姿は、前に御簾を垂らし、大きな座蒲団の上に坐して、脇息に右手を軽くのせ、左手には煙管を脂下りに持つ。載る狂歌は、

御簾ほどになかば霞のかゝる時さくらや花の王と見ゆらん

である。翌七年には、この『狂歌文庫』の高評を受けて、人数を百人に増した『古今狂歌袋』を出版。これにも猿人が冒頭に、今度は透ける紗の団扇で顔を隠す姿に描かれている。載る作品は、四年前の『狂歌三十六人撰』と同じ歌である。猿人は狂歌連の一人とはいえ、姫路藩十五万石の藩主酒井忠以の弟であり、歌の技量はさておき、貴人として遇されているようだ。猿人の他の作のいくつかを挙げる。

双六のこひ目といへど来ぬ人の涙の雨とふり出しつゝ

雪の日富が岡山本といへる茶店にて

世をすてゝ山にゆく人山もとでまだうき時はどこへゆきの日
山賤（やまがつ）のおなかも春の木下や花の吹雪に腰はひえめし

賽子（さいころ）そして雨のふり出し、春と張る、腰の冷えと冷え飯など、解かりやすい掛詞をちりばめている。

かの喜多川歌麿は、美人絵師として名をあげる以前、その鋭い観察眼と精細な写生力は、狂歌画本と呼ばれる作品群の作画に発揮されていた。例えば、『絵本詞の花（ことばのはな）』（天明七年刊）や『画本虫撰（むしえらみ）』（天明八年）などである。この両作品にも猿人の狂歌が登場する。『詞の花』は、江戸市中の四季風俗の絵に、狂歌を配したもので、猿人の作が吉原遊廓、引手茶屋二階の花見席の絵に載る。それは

ほれもせずほれられもせずよし原に酔うてくるわの花の下かげ

である。もう一つの『画本虫撰』は、さまざまな植物と虫を精彩に描いた作品で、猿人の狂歌は、蜂と毛虫の歌合の蜂を詠む。ちなみに、毛虫の方は四方赤良である。

こはぐ〱にとる蜂のすのあなにえやうましをとめをみつのあぢはひ

抱一の豊かな情感詩情は、狂歌にはいささかそぐわず、どちらかと言えば俳句に出色である。抱一には、自撰句集『屠龍之技』がある。文化十年（一八一三）の刊と推測されている。ときに五十三歳である。この句集から吉原など色里にちなむ句を、いくつか拾う。

ほとゝぎす猪牙の布団の朝じめり
飛ぶ駕や時雨来る夜の膝頭
から／＼と日本堤の落葉かな
寝やと言ふ禿まだねずけふの月
青柳やいなりの額の女文字
湯豆腐のあわたゞささよ今朝の霜
此年も狐舞せて越へにけり
行年や何を遣手が夜念仏

猪牙、すなわち猪牙船。先が尖って細長く、船脚が速い。名の由来は、その形が猪の牙に似るからとか、この船を初めて造った長吉の名からとか、激しく動く櫓の音からとか、いろいろ言われている。柳橋と山谷その船着き場を往復する。遊客すなわち吉原通いによく利用された。冒頭句は、言うまでもなく朝帰りである。色里通いには駕籠も使われた。次句は、「飛ぶ」とあるから、帰りでなく往きであろう。日本堤とは、山谷から吉原へ通ずる土手をいう。稲荷の額の女文字は、遊女たちの発句かなにかの奉納額である。湯豆腐は、朝帰り客の朝食であろう。狐舞とは、大晦日や節分の夜、狐の面をかぶって幣（ぬさ）を持ち、「ご祈禱（きとう）」とよびながら舞い歩き、銭を乞う門付け（かどづけ）である。日ごろ遊女たちから、恐れ怖がられている遣手、一年を振り返り、何を思い念仏を唱えているのだろうか。若年から馴染む妓楼、その隅々にまで向ける抱一の観察眼は、華やかさばかりではなかった。

『屠龍之技』から六年後、文政二年（一八一九）ときに五十九歳の作に、俳画集『柳花帖』がある。五十余の画に添えられた句に、味わい深い佳句が数々ある。たとえば、画題の菊・今戸の瓦焼・蝶・花火・雨中鷺の五句。

いとのなき三味線ゆかし菊の宿
瓦（かわら）焼く松の匂ひやはるの雨
飛ぶ蝶を喰わんとしたる牡丹かな
星ひとつ残して落ちる花火かな
夕立の今降るかたや鷺一羽

集名の『柳花帖』は、花街柳巷に因むのであろう。吉原のさる妓楼で、その主に乞われて画筆をとった。派手な遊興が過ぎたか、断わりきれなかったようだ。そのいきさつを跋文に記している。

夜毎郭楼に遊ぶ咎か、予にこの双帋へ画かきてよとのもとめにまかせ、やむなくも、酒に興じて、ついに筆とりそめぬ。つたなき反古を跡にのこすも憂しと乞ひしに、うけかひなくやむなくも、恥ぢながら乞ひにまかせ、ついに五十有余の帋筆(紙筆)をつゐやしぬ。

文中に、「酒に興じて」とあり、あまり飲めない酒の勢いもあったのであろう。下戸の抱一だが、酒豪の亀田鵬斎との親交が深かった。抱一の画の数々に、鵬斎が詩の賛をしてる。その両人が、四条派の画家岡本豊彦が描いたころ柿と裏白の画に、両人で賛をした句がある。

屠蘇のあとわれも聞ばや酒のかん　鵬斎
　亀田先生とは予も断琴の中なれども
　楽みは酒餅の違なりければ
ころ柿にわれも立ばや茶一盌　抱一

抱一の画賛には、自作の詩もある。たとえば「荷花泰亀図」の七言絶句である。池の中の蓮、その大きな蓮の葉に、泰然と休らう亀を描いている。

千年の亀自ら蔵六（亀の別称）
両骨高興能く言を解す
玄甲（黒い甲羅）は蓮葉の上に浮遊し
碧天遥かに見る白雲の翻えるを

千年之亀自蔵六
両骨高興能解言
玄甲浮遊蓮葉上
碧天遥見白雲翻

抱一の賛には自作の和歌もあった。たとえば「住吉神図」。右手に根引き松、左手に鍬を持つ老翁姿の住吉神像に賛した歌は、

君がよの久かるべきためしにはかねてと植しすみよしのまつ

である。

多芸多才の抱一は、音曲にも通じていた。当時の通人の多くがそうであったように、抱一もまた、江戸浄瑠璃の河東節を好んだ。同好の仲間としばしば会を催し、いくつもの作詞までものしている。その一つ「江戸鶯」。

花に啼く鶯、水に栖む蛙まで、何れも諷ふ一曲あり。人は元より妙音の、仰げば高き梁の、塵を動かすためしある、そのふし〴〵の中にしも、広まる道は大江戸に、響き渡りて朱欄干、昔語を今の世も、伝へ〳〵ていや栄へ、靡かぬ草もなかりけり。（以下略）

ちなみに、抱一はまた、「梅屋敷にて十寸見河東に逢て」と前書して、

紛れなき江戸鶯や梅に今日

との句も詠んでいる。

二　与謝蕪村

天明三年（一七八三）十二月二十五日の未明、病床の与謝蕪村は静かに息を引き取った。六十八歳だった。翌四年、閏一月十四日の四十九日に、追悼集『から檜葉』が刊行された。これに雅友の上田秋成が一文を寄せ、一句を添えた。

（前略）其句々の麗藻（華麗）なるや、其文の洒落なるに相似ぬものにて、うちよめば唯か

ら哥（唐歌すなわち漢詩）を、女文字（仮名書き）して、かいつけたるさましたるは、（中略）是やかむ名（仮名）のからうたともいふべく。（以下略）

と記して付した句が、

かな書の詩人西せり東風吹て

である。当時は詩人といえば漢詩人のこと。秋成は蕪村の俳句を、仮名で書いた漢詩だと感じていたのである。

蕪村の俳句を、こよなく愛誦していた萩原朔太郎は、今なおよく読まれている蕪村論、すなわち『郷愁の詩人与謝蕪村』を、昭和十一年に刊行した。そのなかで、蕪村のいわゆる俳詩「春風馬堤曲」を、「俳句と漢詩とを接続して、一篇の新体詩を作ったのは、全く蕪村の新しい創案だと賞賛する。創案かどうかの当否は置くとして、この俳詩には、仮名書きの詩人、そして郷愁の詩人としての情感と素養が遺憾なく発揮されており、南画家として描いた詩句の「画帖」である。ちなみに、馬堤とは、毛馬堤の中国風表現。毛馬堤は、蕪村の郷里毛馬村（現大阪市都島区）の淀川べりの堤である。

この作品は、薮入りで帰省する小娘の心情を、発句体・漢詩体・漢文訓読体など、さまざまな詩型を、自在に織り交ぜながら詠いあげている。全十八首・三十二行から成り、長短はあるが、大きく四段に分けることができ、いわば起・承・転・合（結）の構造をなしている。まず発端が語られる起の四首。

○やぶ入や浪花を出て長柄川

○春風や堤長うして家遠し

○堤下摘芳草　荊与棘塞路
　荊棘何妬情　裂裙且傷股

○渓流石点々　踏石撮香芹
　多謝水上石　教儂不沾裙

堤より下りて芳草を摘めば　荊と蕀（茨）路を塞ぐ
荊蕀何ぞ妬情なる（どうして焼き餅やくの）　裙（私の着物の裾）を裂き且つ股（ふくらはぎ）を傷つけるとは
渓流に石点々　石を踏みて香芹（香しい芹）を撮る（採る）
多謝す（有難うよ）水上の石　儂をして裙を沾らさざらしむるを（お前のおかげで、濡らさずにすみました）

この発端を承けた次の段は、旧知の茶店でのひと休み、そして道すがらの田園風景が描写される。その九首。

○一軒の茶見世の柳老にけり

○茶店の老婆子儂を見て慇懃に
舞恙（無事）を賀し且儂が春衣を美む
○店中有二客　能解江南語
店中に二客有り　能く江南の語（廓言葉）を解す（色話などしている）
酒銭擲三緡　迎我譲榻去
酒銭（酒代）に三緡（三緡すなわち三百文）を擲ち（支払い）
我を迎えて（私のために）榻（席）を譲って去る
○古駅三両家猫児妻を呼妻来らず
（古い集落に二、三軒の家があり、雄猫が雌猫を呼ぶけれども来ない）
○呼雛籬外鶏　籬外草満地
雛を呼ぶ籬外（垣根の外）の鶏　籬外は草地に満つ
雛飛欲越籬　籬高堕三四
雛は飛び籬を越えんと欲するも　籬高くして堕つること三四（羽）
○
春艸（草）路三叉中に捷径（近道）あり我を迎ふ
○たんぽゝ花咲けり三々五々は黄に
三々は白し記得す（記憶す）去年此路よりす
○憐みとる蒲公茎短して乳を浥せり
○むかし〳〵しきりにおもふ慈母の恩
慈母の懐抱別に春あり

路傍に咲く蒲公を眺めていると、昔のことが思い出され、子供のころよくしていたように、その茎を折ると、切り口から真っ白な乳がこぼれ出てくる、あたかも母の乳のように。かつて抱かれた母の懐(ふところ)、それは別世界の懐かしい春だった。

次段の四首は、がらりと一転する。道道(みちみち)、大坂での奉公生活で、華やかな都会暮らしの味を知り、つい忘れがちの家族にすまないと自省する。そしてやっと郷里の家にたどり着くと、戸口には弟を抱く白髪の母親が立っているのだった。

○春あり成長して浪花(なにわ)にあり
梅は白し浪花橋(なにわきょう)辺(へん)財主の家
春情まなび得たり浪花風流(なにわぶり)（派手な流行風俗）
○郷を辞し弟に負(そむ)く身三春
本(もと)をわすれ末を取接木(とるつぎき)の梅
○故郷春深し行々(ゆきゆき)て又行々(またゆきゆく)
楊柳(ようりゅう)長堤道漸(みちようや)くくだれり
○嬌首(きょうしゅ)（首をのばして）はじめて見る故園（故郷）の家黄昏(こうこん)（夕暮れ）
戸に倚(よ)る白髪の人弟を抱き我を

待(まつ)春又春

終段は、俳友の炭太祇(たんたいぎ)の一句。

○君不見(みずや)古人太祇が句

薮入の寝るやひとりの親の側

あなたもご存じでしょう、かの太祇の句をと、冒頭に置いた自作の藪入り句に照応して、今は亡き友人を偲びつ、この長詩を結ぶ。ちなみに、蕪村の薮入り句は、他に十句ほどあるが、なかからの四句。

薮入の夢や小豆のにへる中(うち)
やぶ入に曇れる母の鏡かな
やぶいりのまたいで過(すぎ)ぬ几巾(いか)の糸
やぶ入の宿(やど)は狂女の隣哉

薮入りで、久々に戻ったわが子、日ごろの緊張感や疲れから解放されて、転寝の楽しい夢も、母親の心尽しの小豆が煮える僅かな間のことで、いじらしくも憐れなことよ。薮入りの娘が、懐かしそうに母親の鏡を見ると、母も後ろからのぞきこみ、二人とも思わず涙がこぼれ、鏡の顔が曇ってしまうのだった。薮入りで帰ってきた家の近くで、かつての遊び仲間が凧上げをしており、自分も加わりたいのだが、待ちこがれる親を思い、糸をまたいで家路を急ぐ遊び盛りの少年、これも哀感が伝わる。薮入りに漂う哀憐、これに流されないところが、やはり曲者の蕪村である。薮入りで親子団欒の家、その隣に狂女がわめく悲劇の家を配する句をも詠むのだった。

蕪村には、数多くはないが、自画の賛や書簡などに記した漢詩が伝わる。その一つ、老翁坂と呼ばれる山路を登る老人図の賛。

老翁坂上に老翁回る（行きつ戻りつす）　　老翁坂上老翁回
明日老翁何れの処にか来る（行くのか）　　明日老翁何処来
路を距てて松間看れども見えず　　距路松間看不見
秋風落月影徘徊す　　秋風落月影徘徊

あの老翁、明日には何処へ行くのだろうか。遥か路をへだてて、松林の間に眼をこらしても、その姿は見えない。秋の風が吹きわたり、月は落ちかかるとき、ただ影が揺れ動くばかりである。老翁は坂の化身とされ、蕪村の幻想趣味が描く幻化の境界である。

もう一首、蕪村の高弟高井几董(きとう)へ宛てた書簡にみえる作。

美人帳（几帳(きちょう)）を出でて独り徘徊す
春色頻(しき)りに辞す(終ろうとする)窓下の梅
却て恨む落花の斂鬢(れんびん)を侵すを
一花払い去れば一花来たる

美人出張独徘徊
春色頻辞窓下梅
却恨落花侵斂鬢
一花払去一花来

春が過ぎ去るとき、落花の風情を惜しむ気持よりも、散る梅の花びらが、美しく梳(くしけず)った鬢髪にやたら付くのが恨めしい。花一片を払えば、また一片が散りかかってくる。まことに艶麗な、まさに蕪村好みの風景である。

三　池　大雅

池大雅(いけのたいが)は、旅に親しみ、また山登りを好んだ。もちろん新しい画題を求め、画技を磨くためである。

寛延元年（一七四八）ときに二十六歳、江戸へ初めて遊学し、富士山にも初めて登った。この年には、さらに日光や松島、奥州の各地に訪れている。翌二年には、北陸に旅し、立山と白山に登った。これを機に、三岳道者と号するようにもなった。三岳のなかでは、とりわけ富士山への愛着心が深かった。宝暦十年（一七六〇）には、親友の篆刻家高芙蓉と書家韓天寿と共に、大雅は再び富士登山をしている。登攀の感動をこめた自画賛の詩がある。

和合（和やかな）神州（日本）の第一峰
連巒（連山）は朝揖（朝の拝礼の如く）翠重重
祥霞（めでたい霞）は彩映す千秋の雪
瑞旭（幸いなる朝日）は輝開す万歳の松
斗を懸くる（枡をぶら下げたような）石壇に春自から満ち
潮に応じて陰洞（暗い岩屋）に気先ず衝く（衝き出る）
皇（大）なるかな維れ岳（山勢）鰲身現じ
譲らず嬴が秦の岱宗（泰山）を封ずるに

和合神州第一峰
連巒朝揖翠重重
祥霞彩映千秋雪
瑞旭輝開万歳松
懸斗石壇春自満
応潮陰洞気先衝
皇哉維嶽鰲身現
不譲嬴秦封岱宗

鰲とは、伝説上の巨大な海亀で、背に蓬莱などの仙山を背負うといわれている。その大亀が、あたかも現れてくるかのようだと、賛嘆する。嬴とは秦の始皇帝の姓で、岱宗とは泰山の別称である。始皇帝には、中国を統一して登った泰山を、第一の名山として封じた故事がある。富士山は、その泰山に譲らず、すなわち決して劣らないのだ、と賞賛するのだった。また、富士山を駒ヶ岳から遠望した詩がある。

万里の雲山行色（旅路）寒し
五十三駅（東海道）路漫漫（長く遠い）
乾坤（天地）削出して日東（日本）に美し
八朶の芙蓉駒（駒ヶ岳）に立ちて看る

万里雲山行色寒
五十三駅路漫漫
乾坤削出日東美
八朶芙蓉立駒看

八朶の芙蓉とは、富士山をいう。それは頂上に八つの峰があり、それがあたかも蓮の八つの花弁に似ていることに由来する。ちなみに、富士の美称には、蓮岳、芙蓉峰、玉芙蓉などがある。
三岳道者を新たな号とした二年後、すなわち宝暦元年（一七五一）ときに二十九歳、大雅は上洛していた白隠禅師のもとに参禅した。白隠は日本臨済宗中興の祖といわれ、書画にも秀れていた。禅師を崇敬した大雅は、詩偈を奉呈している。

耳豈に（どうして）隻手（片手）の響を聞くを得んや
耳能く没了するも（聞こえなくなっても）尚お心を存す（心は有る）
心能く没了すれば（働かなくなれば）尚お得難し（悟れない）
却って（まさに）師恩を識って深さを識らず（識らないことと同じだ）

耳豈得聞隻手響
耳能没了尚存心
心能没了尚難得
却識師恩不識深

隻手の響とは、禅家が用いる公案の「隻手声」である。片手で打つ音を耳で聞くことが出来るだろうか。そういう問いかけである。白隠は、初めて参禅する者には、「隻手声有りその声を聞け」とよく諭したという。

大らかな性格で洒脱な大雅には、艶詩もある。美人に梅の枝を折って献ずる詩である。

軽煙（うす煙）玉檻（美しい囲い）を払い　　軽煙払玉檻
繊月（三日月）清漪（清らかなさざ波）に浴す　　繊月浴清漪
花を折って阿姉（女人）に寄せんと　　折花寄阿姉
雲鬢（美しい髪）に一枝を挿す　　雲鬢挿一枝

艶詩とまではいえないが、佳人を称える六言詩もある。春の景物を女人に喩え、堅苦しい議論などさっさとやめて、春の情趣を愉しもうではないかと謳う。

到る処黄鸝（鶯）と蝴蝶　　到処黄鸝蝴蝶
眼に看る草の緑と花の紅　　眼看草緑花紅
道を修め経を談ずるは塵（無風流）の事　　道修談経塵事

蛾眉（美しい眉）鬘髪（麗しい髪）春の風　蛾眉鬘髪春風

大雅は、和歌も嗜んでいた。妻の玉瀾とともに、冷泉為村の門下であった、為村は、和歌の宗家である冷泉家中興の祖といわれている。ちなみに、門下とはいっても、望んで入門したわけではない。為村の方から招いたようだ。伴蒿蹊の『近世畸人伝』（寛政二・一七九〇年刊）は、

かれ（為村）よりまねき給へる也。富たるにもあらねば、夫婦ながら仮初の礼儀を表しても有べきを、世人にまさりて、季節の謝物をとゝのへまゐれり。

と記している。裕福ではないのだから、相応の礼をすればいいのに、その礼は他の門人たちより優っていたという。これも大雅の人柄である。また、信仰心の厚い大雅には、救世観音を賛仰する歌があり、その謂われを前書に記す。

はじめの秋、十日あまり七日、救世観音供養し侍る、年々（毎年のこと）也。ことし、「さまぐ\も身を分ちつゝ救はむと法のちかひをきくぞ頼もし」、と双林なる謙上人よみて給ひけるを、ありがたくうけ奉りて

御仏は身をだにわけて救ふ世に我ももれじとしめすたふとさ

親しくしていた双林寺の謙阿（けんあ）上人から、一首を贈られ、その返しである、この歌は、江戸後期の選歌集「類題若菜集」に、他の作とともに収められている、それらの作からいくつか。

草庵花

結びおく草のいほりに幾世々の春も絶えせぬ花にほふらん

池辺花

いけ水に影をうつして山ざくら春風さそふ花のしら波

郭公（ほととぎす）

さとふけて雲にひと声名のるなり待出でし月の山郭公

さみだれ晴れなむとする頃

庵の辺に螢の飛びかふを

聞きわぶる蓬の庵のさみだれの露をよすがに飛ぶ螢かな

月前懐旧

照るといひ曇ると見るも世の中の人の心にありあけの月

ちなみに、歌にある庵とは、京の祇園社にほど近い真原の草堂で、妻玉瀾（ぎょくらん）と住む。

大雅は西行を敬慕していた、東山の双林寺で催される西行忌に奉献した二首がある。

きさらぎのけふふりければ春雨も花をおしめるたぐひなるらし

うとからぬ春にはあらでとはかりにかねてしのべる花の下かも

申すまでもないが、西行のかの「ねがはくは花の下にて春死なむそのきさらぎの望月のころ」をふまえている。

大雅は、与謝蕪村とは共に画帖「十便十宜図（じゅうべんじゅうぎず）」を制作した間柄である。また同じく画人であり俳人の彭城百川（さかきひゃくせん）とも親交があった。だが何故か俳句はごく少い。田宮橘庵（きつあん）（仲宣）の考証随筆『東牖子（とうゆうし）』が、わずか二句を伝える。五十歳になる年の歳旦句と吉野での吟。

いくつじやと問はれて片手の春

粉晒らす水まではなの雫（しずく）かな

たいして好句とは思えず、大雅の作とは信じ難いほどである。

大雅は、音曲とくに三味線が得意であったという。金沢に逗留したある年、興に乗って作ったとされる小唄がある。

閨に窓うつ時雨もよいわな　ゆかり思へば茄子もよいわな　色もひとしほ小紫。

四　浦上玉堂

江戸後期の南画家浦上玉堂にとり、最高の充足感に浸った年はといえば、安永八年（一七七九）であろう。その年の五月、長男の紀一郎（後に春琴）が誕生。そして八月には江戸で、中国の古い七絃琴を手に入れた。ときに三十五歳。雅号の穆斎を、後に玉堂と改めるのは、この琴の刻銘「玉堂清韻」に由来する。これを手にした感激を詩に詠んでいる。

俸余（余禄）蓄え得たり許多の金　　俸余蓄得許多金
青山を買わずして却って琴を買う　　不買青山却買琴
朝には花前に坐し宵には月下　　朝坐花前宵月下
嗒然として（我を忘れて）弾じて散ず是非の心（世俗の煩わしさ）　　嗒然弾散是非心

青山を買わずとは、中国の故事で、隠棲するための山を買わないことをいう。以後、常日ごろ傍らに置いていた。そして愛用愛着の琴を詠まない詩、そのような詩は一つもないとまでいい、その気持を詩に詠む。

蘿苴たる（自堕落な）生涯酔吟に寄す
劣かに能く学び得たり古般（古来）の音
到頭（結局は）秖だ咲う（笑う）吾が癡着（耽溺）を
一詩として中に琴を説かざる無し

蘿苴生涯寄酔吟
劣能学得古般音
到頭秖咲吾癡着
無一詩中不説琴

自堕落な生涯とは、いかにも漢詩流の修辞である。玉堂は、二万五千石の小藩とはいえ、岡山新田藩の家臣として、要職の大目付まで勤めている。大きな転機となるのが、寛政六年（一七九四）ときに五十歳である。この年の春、長男の春琴と次男秋琴の二子を連れて、突然に脱藩した。二年前に妻を亡くし、一年前に致仕し藩務を離れてはいた。

脱藩後は、琴の教授料や画料などを得ながら、東北から九州にわたる放浪の生活に入る。そして、酒を酌んでは琴を弾じ、琴を弾じては詩を吟じ、詩を吟じては画筆を揮うのだった。自由人として、飲酒の酔境、弾琴の佳境、作詩の雅境、作画の幽境、これらの心境を詠む数多くの詩がある。中からの三首。

琴間（弾く間）に酒を把れば酒猶お馨し

琴間把酒酒猶馨

酒裏《しゅり》（飲む間）に琴を弾《だん》ずれば琴自《おのず》ら清し
一酒一琴相与《あいとも》に好し
此《こ》の時忘却す世中《せいちゅう》（俗世）の情《じょう》

琴《きん》を弾じて時に酒を飲み
酒を飲んで復《ま》た琴を弾ず
琴酒に吾れ耽楽（耽悦）して
朝昏《ちょうこん》（朝夕）吟味（玩味）深し

歳は紅顔と与《とも》に去り
春は白髪を迎えて来たる
鰥夫《かんぷ》（男やもめ）独り蓬散《ほうさん》
多病花の為に催さる
新たな悶《なや》みは琴曲もて排《はら》い
旧《ふる》き非《あやまち》には酒杯もて澆《そそ》ぐ
梅を折って満頭《まんとう》（頭いっぱい）に挿《さ》し
酔舞して童孩《どうがい》に学ぶ（童心にかえる）

酒裏弾琴琴自清
一酒一琴相与好
此時忘却世中情

弾琴時飲酒
飲酒復弾琴
琴酒吾耽楽
朝昏吟味深

歳与紅顔去
春迎白髪来
鰥夫独蓬散
多病為花催
新悶排琴曲
旧非澆酒杯
折梅満頭挿
酔舞学童孩

蓬散とは蓬首散帯の略である。蓬首とは髪のばさばさ頭をいい、散帯とは帯のだらしないこと。ここでの多病は、身体の病気でなく、俗にう「病膏肓に入る」の病である。
玉堂は、日々飲んだくれ、弾琴に明け暮れていたわけではない。読書家でもあった。

万銭もて一琴を買い
千銭もて古書を買う
朝に幽窓の下に弾じては
暮れには寒燈の余（残り火）に読む
衣有り聊か酒に換え
竿有り魚を求めるに足る
時に或いは佳客を得
心を論って歓び如何ぞや（いかばかりか）
酔歌して日夕（昼夜）を忘れるも
襟に期すは一とたび清虚（清らかで淡白）ならんと
陶令（陶淵明）は遇うべからず
已んぬるかな予を起たしむるもの無し

万銭買一琴
千銭買古書
朝弾幽窓下
暮読寒燈余
有衣聊換酒
有竿足求魚
時或得佳客
論心歓如何
酔歌忘日夕
襟期一清虚
陶令不可遇
已矣無起予

玉堂の読書には、陶淵明の詩も多く占めていた。「遇うべからず」とは、彼のような節操堅固の人物にめぐり会えないという意。淵明には「五斗米（ごとべい）のために腰を折らず」の故事がある。五斗米とは安い俸禄をいう。そのために腰をまげて人に諂（へつら）うことができず、役職を辞して郷里に帰ってしまうのだった。淵明にはまた、無絃琴の故事もある。楽器は苦手だったが、絃の無い琴を持っていて、酒機嫌がよいときなどに、その琴を撫でさすりして、心に無音の美音を楽しんだという。この故事を思い起こす詩がある。

叔夜毎労好弾琴
淵明何必解絃音
阮瞻更不論長幼
一半高山属我心

叔夜毎（しゅくやつね）に労して（慰みに）弾琴（だんきん）を好む
淵明何ぞ必ずしも絃音を解せん
阮瞻（げんせん）更に長幼を論ぜず
一半（半分）の高山は我が心に属（つらな）る

叔夜は、いわゆる竹林の七賢人の一人で、嵆康（けいこう）の名のほうがよく知られている。阮瞻もまた琴の名手で、貴賤長幼を問わず人々は、その音色に聴き入ったと伝えられている。高山、これは琴の名人伯牙（はくが）とその親友鐘子期（しょうしき）の故事である。伯牙が心に高山を思い弾ずると、これを聴く子期がその風景を言い当てたという。こよなく琴を愛した古人たちと、心で深くつながっている、と玉堂は思うのだった。

玉堂が妻を亡くしたとき四十八歳。長男の春琴が十四歳、そして次男の秋琴は八歳であった。男手の子育ては、さぞかし厳しかったに違いない。常日ごろは独酌独弾を愛し、気儘に愉しむ自遣自逸の人玉堂だが、父子睦まじく過すひと時は、また格別であったようだ。玉堂と春琴とが合奏した際の詩がある。

東瑟と西琴（東には瑟そして西には琴）
相和す西東の音
忼慨して（怒るように激しく）抹挑を動かし（絃をかきたて）
人をして邪淫を遠ざけ使む
知音（音楽のよき聴き手）の子期等
徽（弾琴）に当たって忽ち相欽う
峩峩たり（険しい）高山の曲
洋洋たる流水の深し
名声道うに足らず（言うに値しない）
冷然として煩襟（俗事にこだわる心）を洗う
琴中の趣を解するに非ずんば

東瑟与西琴
相和西東音
忼慨動抹挑
使人遠邪淫
知音子期等
当徽忽相欽
峩峩高山曲
洋洋流水深
名声不足道
冷然洗煩襟
非解琴中趣

詎んぞ（どうして）古人の心を識らん　　詎識古人心

琴は絃が少い小琴、瑟は絃の多い大琴をいう。そして琴瑟、すなわち夫婦や兄弟が仲良い喩えをふまえる。春琴が東に玉堂が西に対坐して弾奏したのであろう。この春琴が、父玉堂の古稀を祝う肖像画を描いた。そして玉堂自身の画賛の詩が付された。

烏帽（隠者の黒い帽子）巾底に白毛浸し　　烏帽巾底白毛浸
迂拙に身を伝る（世事にうとい人生）歳月深し　　迂拙伝身歳月深
十五にて詩を学び今七十　　十五学詩今七十
依然として手に抱える玉堂琴　　依然手抱玉堂琴

玉堂と記したこの賛の落款には、「酔郷」の印が捺されている。琴士を自任し、画人にして詩人、そして酔郷の雅人であった。

五　田能村竹田

田能村竹田と浦上玉堂は、江戸後期を代表する文人画家の双璧といわれている。文化四年（一八〇七）冬のことである。ときに玉堂は六十三歳、竹田は三十一歳、両人は大坂生玉の持明院で、四十日余にわたり寝食を共にした。酒杯を重ねては画筆を揮ひ、興にのって竹田が詞を賦すと、玉堂がこれに曲をつけ謳うのだった。

こうしたいとも風雅な生活の合間には、身上について語り合うこともあったにちがいない。玉堂は、岡山新田藩を脱藩してから十三年、画人としての地歩を固めていた。竹田は、当時豊後国（現大分県）岡藩の儒学者として、京都を中心とする遊学中であったが、玉堂の自由な生き方に、憧憬心を強くしたことであろう。そしてやがて大転機が訪れる。

文化八年そして翌九年、藩内に百姓一揆が起った。竹田はその都度、藩政の改革を要望する建言書を提出したが、いずれも採用されなかった。その失望感もあってか、隠居を内願し、翌十年認められた。以後、各地に遊歴し、多くの雅人との交遊を深めていく。退隠して、間もないころの心境を詠じた詩がある。

小詩もて聊か喜びを記す
牆角（塀の角）に月升り初む
葉を掃うに妻は竹（竹箒）を持ち
窓に当りて（窓辺で）児は書を読む
家を挙げて機事（機密事）を息む（無い）

小詩聊記喜
牆角月升初
掃葉妻持竹
当窓児読書
挙家息機事

何れの寺か茶魚（合図の鼓）を打つ　　何寺打茶魚
身は病むも心には病い無し　　身病心無病
清時（太平な代）に旧廬（我が家）を守る　　清時守旧廬

ここでは画人文人の顔ではなく、妻子と過す家庭人として、その幸せに浸る様子がうかがえる。

竹田は、隠居の身とはなったが、その学識識見を惜しむ藩主は、わずかではあるが扶持を与えて、藩校での非常勤の役職につけていた。そして時には、藩主の参勤交代に供することもあった。たとえば文政二年（一八一九）の参府である。その年には、「芙蓉残雪図」と題した作がある。東海道の往復は幾度もあり、富士山には何合目あたりまでか判らぬが、登った経験がある。画賛の詩がある。

東遊して万里僊蹤（仙境）を訪い　　東遊万里訪僊蹤
踏み尽くす芙蓉第一峰（天下一の富士山）　　踏尽芙蓉第一峰
洞裏の青泥は石髄を流し（古溶岩の様相）　　洞裏青泥流石髄
幾処か時に洪涯（大きな断崖）に逢う　　幾処時与洪涯逢
吾れ亦た夙に遠行（遠出）の意を懐き　　吾亦夙懐遠行意

乍ち君の遊ぶを聞きて翅を挿むが如し（翼をえて飛んで行きたい）
起って塵研（硯の塵）を払い枯毫（古筆）を拈り
鵞絹（絹布）に興（画興）を寓して聊か寄似す（お目にかけよう）
看よ吾れ竟に世と謝絶し（俗界と離れ）
琪花瑶草（仙郷の花や草）手ずから折るも
衰顔忽ち紅に鬢は再び蒼（黒）く
坐して餐う終古結りて解けざる霊雪を

乍聞君遊如挿翅
起払塵研拈枯毫
鵞絹寓興聊寄似
看吾竟与世謝絶
琪花瑶草手自折
衰顔忽紅鬢再蒼
坐餐終古結而不解之霊雪

結びの二句は、富士山の残雪を口に含むや、齢重ねた衰顔が、若返って紅顔に、そしてさらに、髪まで黒くなったと、そのあらたかな霊験を、いかにも漢詩らしい表現で詠じている。また和歌もある。

ちりひぢ（塵泥）は神代の前の幾つ世に積り初めけむふじのしら雪

竹田は画賛などによって、秀れた詩人としてもよく知られているが、また和歌も数多くあり、いまに三百首ほどが伝わる。その中からのいくつか。

ものごとに哀れおほかるこの世かな月花紅葉そればかりかは

また、「花の上に月を描いて」と前書きして詠む。

花の上の月は余りの哀れさに声打出でて泣くとぞ思ふ

花それは散る桜に、いたく心動かされ、数々の作がある。中からの三首。

はかなしや此世は風かちる花の離れぐ〵にくちはつるとは
つくぐ〵と入相の鐘に物ぞ思ふちるを習ひは桜のみかは
ひとさかり果は有りける人の世を桜に見する春の夕ぐれ

そして散る花は、落葉への思いにも通ずるのである。

わび人の袂(たもと)に似たる落葉哉かわきはやらで湿りがちなる
音するはいづれ落葉か小夜時雨聞くもあやなき老が手枕

落花落葉は、老残への思いを深くし、老いを喞つ歌も数々ある。中からの二首。

今朝春と立つも懶し年毎に老のおも荷をつみてふる身は

としを経て身につむことの多ければ老てののちぞ物はかなしき

竹田はまた、艶なる趣の歌をも詠む。たとえば、京祇園の寵妓飛珊にあてた書簡、そこに記した歌一首がある。

思ふことこゝろの内にのこしおきて又逢ふまでのなぐさめにせむ

余程惚れていたとみえ、次の逢瀬を待ち遠しく思う気持を、臆面もなく吐露している。艶なる情趣は、歌ばかりではない。詩にもある。いわゆる漢詩（中国では旧詩という）のなかの詞である。ちなみに、詩と詞が日本では同音なので、区別するために、詞を中国音に倣いツーと発音するのが慣わしとなっている。その詞とは、まず楽曲が先にあり、これに合わせて歌詞を当てはめるので、塡詞ともいう。その内容はきわめて情感抒情に富む。しかしその韻律が、詩より厳格で、古来わが国では根付かなかったが、竹田はいたく好んで作詞している。作詞ばかりか、わが国初の詞の専門書『塡詞図譜』まで著わしている。作のなかから二首。

采桑子(さいそうし)（詞譜名）

朝(あした)には鶴子(つるこ)を携(つ)れて孤艇(こぶね)を泛(うか)べ、煙(かす)む渚(なぎさ)に詩を吟ず。

風(そよ)ぐ渚に詩を吟ず。

吟ずればまさに松の渓(たにま)に月上(のぼ)る時。

終宵(よもすがら)棹(さお)を停(とど)めて清籟(まつかぜのね)を聴き、風が春の衣を透きとおる。

露が春の衣を湿めらせる。

却(かえ)って憶(おも)わん梅妻(わがつま)が我(われ)の帰りを待ちわぶるを。

長相思(ちょうそうし)（詞譜名）

月が門を照らします。花が門に映えてます。

茶は冷えて、香りは寒(ひや)やか、人の温りどこへやら。

乱れ髪、束ねる気にもなれませぬ。

満たされぬこの思い。

羞(はじら)う心のもどかしさ。

背を郎(きみ)の、肩に倚(よ)りそい、翠裙(もすそ)をつかむいじらしさ。

うつむいて、お酒の痕(しみ)とる愛らしさ。


朝携鶴子泛孤艇、煙渚吟詩。

風渚吟詩。

吟到松渓月上時。

終宵停棹聴清籟、風透春衣。

露湿春衣。

却憶梅妻待我帰。


月照門。花映門。

茶冷香寒人不温。

也慵束乱雲。

思半分。

羞半分。

背倚郎肩把翠裙。

低頭熨酒痕。

長相思のほうは、訓み下し調ではなくて、歌謡調に訳してみた。かように詞は、いってみれば小唄端唄に通ずる趣がある。粋人でもある竹田は、いわゆる俗曲の歌詞をものにしている。『風露真趣図巻』と題する画巻に賛した一つに、その歌詞がある。

あのそらの火の、消るもまゝよ、伽羅（きゃら）のにほひの、たゝぬもまゝよ、あの人の、おも影をまた、見よふても有まいし、痩（や）せおとろへし、おもかげを又（また）、みせふてもあるまいし、コレコノ、コレコノ、このにくらしい此（この）きぬ（衣）に、なんのまた、たきこみせうじやあるまいし、思へばあいその、つきはてた、ほんにうき世じやエ（以下略）。

六　渡辺崋山

文政十二年（一八二九）の十月十四日は、小春日和であった。渡辺崋山はときに三十七歳。この日、上役の許しをえて、朋輩らと連れ立ち、目黒不動界隈の散策を愉しむ。半蔵門外にあった田原藩の屋敷を出て、はやばやと赤坂あたりで句を詠む。

いのちありて小春にあそぶ牡蝶

自由に飛びまわる蝶に、日ごろの煩務から解放された自分の姿をなぞらえ、その浮き浮きした気分をよく伝える。よほど楽しかったとみえ、句の他に狂歌や詩まで詠み戯れている。ひちりき屋という目黒の酒店で、しばし酔いしれたときの狂吟。屋号のひちりきは、楽器の篳篥であろう。はじめに狂歌。

皆人の酔はば臥すともひちりきやねの高きにぞおどろかれぬる

申すまでもなく、音の高いと値段の高いを掛けている。次に詩。

冬令偸春暖又加
興来不識夕陽斜
勿言霜葉如杜句
酡面却紅二月花

冬令（冬期）春を偸みて暖又加わる
興来たりて識らず夕陽の斜めなるを
言う勿れ霜葉（紅葉）は杜句の如しと
酡面（酔顔）は却って（むしろ逆に）紅なること二月花

杜句とは　晩唐の詩人杜牧のかの有名な詩句「霜葉は二月の花よりも紅なり」をいう。ちなみに杜牧もまた、中国文人のつねとして、政治に関わり、志と情熱を抱いていたが、旧制旧習に阻まれ、挫折する。以後放浪の旅を重ね、遊蕩と詩作にふけるという経歴をもつ。崋山が杜牧に魅かれたのは、詩もさることながらその経歴にも、かねがね心動かされていたのではなかろうか。

崋山は二十代の半ば、藩の財政逼迫のなか、士風の堕落頽廃を憂う。そして、同志とともに藩政の刷新を志したが、旧例墨守の重役らに阻まれ、失敗に終わる。そのころすでに、家計の一助としても始めた画技が進み、画名も広く知られつつあった。藩政への反発と挫折感が強まり、ついに出奔しての長崎行を決意する。外国の画法を深く学んで、画人としての道を志すのだった。そのときの真情と苦悩を、詩に吐露している。

嗤う莫れ鷦鷯の鵬雲を試むるを
決起して楡を搶きすすみ初めて分を見る
游子（旅人）固より知る風木の歎き
花朝月夕何ぞ君を忘れん

莫嗤鷦鷯試鵬雲
決起搶楡初見分
游子固知風木歎
花朝月夕何忘君

鷦鷯とは、みそさざい。小鳥のみそさざいは、広い林に巣をかけるとき、その身に合う小枝に巣をつくるので、分相応の生き方に喩えられ、すなわち崋山自身のこと。鵬雲とは、巨鳥の鵬が飛翔する天空の雲。鵬どころか、みそさざいのような自分だが、大それた志を抱いて雄飛しようとする、そんな自分をどうか嗤(あざわら)ってくれるなという。

決起して楡を搶きすすみとは、低い楡の木さえも飛びこせず地に落ちてしまう蜩(ひぐらし)や小鳩が、自分の非力無力を恥じるどころか、優れたものを逆にけなす連中の喩え。これらの寓言は、いずれも『荘子』が記す。風木の歎きとは、風樹(ふうじゅ)の嘆(たん)ともいい、中国の古くからの諺である。父母の死後には孝行できないことをいう。江戸川柳の「孝行のしたい時分に親はなし」(『柳多留二十二篇』)と同じである。

花朝月夕とは、毎朝毎夕すなわち毎日。君は、日ごろ孝養をつくす両親をいう。崋山の出奔を察知した父定通(さだみち)は、心を痛め悲しむ。それを感知した崋山は、決行を断念。多忙な藩務のかたわら、画作にも打ち込む道に進むしかなかった。

文政七年(一八二四)八月、病い勝ちだった父が死去。崋山は家督を相続し、遺録八十石を継いだ。ときに三十二歳、哀悼の歌がある。

かぎりなき親の恵をふじ衣かぎりあるこそうらみなりけれ

ふじ衣は藤の衣。粗末な衣類、そしてまた喪服をいう。崋山の歌はほかにもある。例えば、天保十一年(一八四〇)の秋に詠む三首。

八月十五日夜雨ふりければ
名にしあふ秋は今夜とまつかひもなみだににたる軒の村雨
十六夜月を見て
なぐさむる雲ゐの月の影なくば秋のこゝろにいかでたまへし
秋虫思
夕露の草葉にかゝるほどばかりありたる世とも思ふべきかな

秋の歌とはいえ、あまりにも寂しい。この年の一月、崋山は、江戸小伝馬町の牢屋敷から、藩地の田原へ移され、蟄居の身となっていた。これは蛮社の獄と呼ばれる幕府の弾圧事件に連座しての処罰で、『慎機論』や『西洋事情書』などの著述による幕府批判が咎められたのである。蟄居中の詩がいくつもあり、なかの一首。

複嶺重雲（遠く離れ）友期（友に会える機会）を絶つ　複嶺重雲絶友期
中襟（胸中）の鬱塞誰の知る有らん（誰にも知ってもらえない）　中襟鬱塞有誰知
一花零落すること豈に数無からんや（宿命である）　一花零落豈数無
百鳥和鳴して時に感ずるが如し（感無量）　百鳥和鳴如感時
蕨を送る（呉れる）隣翁は幽独を愛し　送蕨隣翁愛幽独

折花野老慰愁眉
櫟方雖没驚人句
満胸隠憂杜老詩

花を折る野老（自分）は愁眉を慰む
櫟（くぬぎ）方に人を驚かす句没しと雖も
満胸（胸一杯）の隠憂杜老の詩

櫟は、あまり役立たぬ木として、無用の人にたとえられる。ちなみに、杜老すなわち唐の詩人杜甫は、唐王朝の弱体化が招いた安禄山の乱の際、捕われの身となったが脱出し、新帝の粛宗のもとに参じた行動が、忠節の士として後世の史家に評価されている。

翌十二年、幽居での新春を迎えた崋山は、歳旦の詩二首を詠む。

万甍烟裏海暾紅
投刺飛轎西又東
滾滾馬声皆酔夢
今朝真箇迎春風

万甍（町中の屋根瓦）烟裏海暾紅なり（海からの朝日で赤くそまり）
刺（年賀の名刺）を投じ轎（駕籠）を飛ばして西又た東
滾々たる（絶え間ない）馬声皆な酔夢
今朝真箇に春風を迎う

武家の都江戸の新春は、諸大名の将軍家への年賀登城をはじめ、家中の者も上役への年始回りは、まさに東奔西走のいそがしさで、崋山もその一人であった。今はその煩雑な役目から解放され、久々に穏やかな元旦を迎える喜びが伝わる。もう一首。

四十九年官道（公務）樗（役立たず）なり
昨非（過去の過ち）改めず衛遽に愧ず
天下望み難きは只だ天楽（聖人が知る至高の楽しみ）
七十萱堂（七十歳の母堂）数架の書

四十九年官道樗
昨非不改愧衛遽
天下難望只天楽
七十萱堂数架書

樗すなわちおうち、櫟と同じように、無用の人にたとえられる。古代中国の春秋時代、列国の一つ衛の遽伯玉は、歳五十のとき、過去四十九年の非を悟ったというが、改められない自分が恥かしく、とても天楽の境地には到達できないけれども、孝養を尽せる七十歳の母親がいて、幾許かの書物があれば、それで十分に幸せであると、つくづく思うのだった。ちなみに、第三句が「只だ知る楽は人を超ゆるに有り」とも伝えられるが、意味するところは同じである。

この年の十月十一日、崋山は自刃、ときに四十九歳であった。画人であると同時に、小藩とはいえ藩政を支える公人であり、儒学と洋学との葛藤を精算する自決であった。ちなみに、絶筆と伝えられる画作は、中国の故事「邯鄲の夢」をふまえた「黄粱一炊図」である。

三、近世の文人家族

一　内藤風虎と露沾

内藤風虎と露沾父子は、江戸前期の大名俳人として名高い。風虎は、奥州磐城平藩七万石の三代藩主義概（のち義泰）で、露沾はその次男義英である。

風虎は戦国武将の子であった。父忠興は、大坂の陣に加わっている。夏の陣では酒井家次に属し、目ざましい戦功をあげた。その奮戦ぶりを目にした家康は、戦いのあと、並みいる家臣たちの前で、あれは何者であったかと尋ねた。家次は、忠興が自分の娘婿なので答えずにいた。忠興自身も黙したままである。たしか家次配下の者だがと、家康は再三問うが、家次も忠興も答えない。その謙譲ぶりに、家康は感じ入るのだった。

風虎は、この忠興の血をひいて、剛胆と徳性を継いだ。生れたのは、元和五年（一六一九）である。戦乱はおさまり、世はいわゆる元和偃武と呼ばれた。平和な時代のなか、風虎は学芸にいそしむ。風雅の世界に遊ぶことができたのは、隠退した父忠興から家督を継ぎ、藩主となるのが遅かったせいもある。忠興は、七十九歳で隠退するまで、三十六年間も藩主の座にいた。風虎が藩主となるのは、寛文十年（一六七〇）、五十二歳のときだった。それまで藩政に煩わされずにすんだのである。

和歌も嗜んだが、とくによく俳諧に親しんだ。その俳諧は北村季吟に学んだ。季吟はいわゆる貞門、すなわち松永貞徳の流れをくむ派に属する。また風虎は、いわゆる談林派をひらいた西山宗因にも学んだ。連歌から俳諧を独立させた貞徳の功績は大きい。だが貴族的な教養を素地にして、縁語や掛詞を駆使した言語遊戯から抜け切れない面があった。これに飽き足らず、庶民感覚に根ざした題材や機智を生かしたのが談林俳諧である。

俳諧そのものを楽しむ風虎は、流派にこだわることがなかった。そこが風虎の胆太く、いかにも大名らしい大らかなところである。優れた俳人を招いては教えを受け、寄り来る俳人には手厚くもてなし、また援助もした。そもそも松尾芭蕉は、蕉風を開く以前には、貞門そして談林の句風に染まっていた。桃青の名で芭蕉が、江戸で広く知られるようになったのは、宗因を囲む句会に一座したのが大きい。その句会は、風虎が宗因を大坂から江戸へ招き、その歓迎の俳席である。延宝三年（一六七五）五月、ときに芭蕉は三十二歳であった。

風虎は句会を好んでしばしば催し、優れた俳人たちと幅広く交流したので、その技量はみるみる熟達した。そして大名の趣味芸を越えた句を数多く詠んでいる。

江戸や先(まず)あくれば富士をみよの春
春の海辺かへらん事やわすれ貝
夏の色も竹先しるや青すだれ
夕暮は蛍よりげに花火哉
寒声や名乗(なのり)をしつゝたが子供
年越の夢路にさへや老の坂

風虎は句を作るだけではなかった。俳諧集の編著にも力をそそいだ。『桜川』『夜の錦』『信太ノ浮島』の三部集がよく知られている。そしてまた歌集『左京大夫家集』もある。左京大夫とは風虎の官名である。

風虎の俳諧趣味は、子の露沾に受け継がれた。早くから風虎の影響を受けながら育った露沾の俳諧活動もまた、風虎に優るとも劣らなかった。だが風虎と露沾との間には、風雅の世界とは別に、父子間の葛藤があった。それは大名家によくある家庭ドラマであり、そして藩の存亡にかかわるお家騒動にもなりかねない政治ドラマでもあった。

露沾は、風虎の正室の子として、明暦元年（一六五五）に生れた次男である。長子の義邦は、風虎が藩主となる五年前、二十九歳の若さで没した。露沾が次の世継ぎである。ゆくゆくは襲封するはずであった。だが、天和二年（一六八二）突然に廃嫡となり、跡継ぎを腹違いの弟義孝に譲る。露沾二十八歳のときである。表向きの理由は、病のためとした。しかし裏には、複雑な事情が隠されていた。

　露沾がわずか五歳のとき、母すなわち風虎の正室が死去する。風虎は後添いに、京都から三条実秀の娘を迎えた。京の文化を身につけた、風虎好みの女であった。だが幼い露沾はどうしても、新しい母になじめなかった。やがて三子義孝が生れる。風虎五十一歳の子である。晩年の子は、ひとしお可愛いという。この継室は産後の肥立ちが悪く、二月後に死去した。風虎は義孝を不憫な子と思い、いっそう愛情をそそぐのだった。ときに露沾は十五歳、まさに多感な年ごろである。可愛い弟ではあったが、心は複雑であった。

　この家族間の心情に、付け入る奸臣がいた。家老の松賀族之助である。松賀は、児小姓として風虎に仕えて以来、永く寵を受けていた。それをいいことに阿り、政事にうとい風虎に代わり、藩政をわがものにし、権勢を誇っていた。風虎は松賀を頼りにしていたが、露沾は目に余る松賀の専横ぶりを不快に感じ、いずれ処断せねばとかねがね思っていた。松賀の方でも、露沾の心中を察していた。露沾が藩主になれば、自分の身が危ない。先手を打たねばと策謀をめぐらし、風虎に讒言を執拗にくりかえすのだった。奸計にはまった露沾は、風虎の勘気をこうむり、世嗣ぎをはずされる。若くして隠居の身となったのである。

　後年、風虎の後嗣ぎとなった義孝の次には、義孝の子義稠が継いだが、義稠に子がなく、露沾の子政樹が継いだ。ときに露沾は、五十四歳であった。心ある藩士たちの強い訴えに、相変わらず続いていた松賀一族の専横を、露沾はついに処断した。

梅咲いて人の怒の悔もあり

露沾の句である。芭蕉七部集の一つ『猿蓑』（元禄四・一六九一年刊）の春の巻の巻頭に置かれている。白い梅が咲いている。その気品ある花を見ていると、心が清められるようで、一時の激情にかられて激怒したことが、今になると悔やまれてくる。梅の花の高雅な美しさに、かつての忌まわしい事件の鬱憤が、浄化される思いに浸るのだった。

露沾の俳名は、父の風虎にくらべて、なんとも柔和である。風虎とは、風雅の世界に遊ぶ虎とでもいうのだろうか。それとも風の如く疾走する虎とでもいいたいのだろうか。いずれにせよ、いかにも戦国大名にふさわしい豪気な名である。露沾の沾には、湿りとか潤いという意味がある。露沾とは、露の雫とでもいえようか。俳名としては美しいが、勇将だった祖父忠興の血を引くにしては、温柔すぎるようだ。こういう俳名をつける人柄が、藩の存亡を賭ける抵抗を思い止まらせたのだろう。そして俳諧趣味そのものが、俗情を洗い清めたと思われる。

強いられた退隠だったから、憤懣やる方なかった。だが父風虎への憎悪はなかった。むしろ俳諧に眼を開かせてくれた感謝の気持が強かった。藩政よりも俳諧のほうが、性に合っていたのである。気苦労のない隠退生活によって、ますます俳諧三昧にひたることができた。風虎にもまして、頻繁に句会を催している。露沾の俳諧は、風虎に強く感化されていた。だから貞門や談林の俳人と交わっていたが、芭蕉が新風を起こすや、芭蕉の一門とも親しく接した。露沾は芭蕉より十一歳年下である。身分の違いはあったが、露沾と芭蕉とは、その人柄に相通ずるものがあったようだ。

貞享三年（一六八六）、露沾、芭蕉そして沾荷(せんか)による三吟の半歌仙「蜻蛉の」の巻がある。その冒頭の付合。

蜻蛉(せきれい)の壁を抱ゆる西日かな　　沾荷
　潮落かゝる芦の穂のうへ　　芭蕉
霧の外の鐘を隔つる松こみて　　露沾

露沾の邸宅は、麻布六本木にあった。ある年の春、芭蕉が訪れたときの句がある。

西行の庵(いおり)もあらん花の庭

桜の花が盛りのこのお庭は、吉野に名高い西行の庵でもありそうな、まことに風情がありま す、と露沾への挨拶句である。この露沾邸で、旅に出る芭蕉の送別句会が催された。貞享四年

（一六八七）九月のことである。露沾の発句にはじまる歌仙「時は秋」が巻かれた。その発句には、「旅泊に年を越て、よし野ゝ花にこゝろせん事を申す」と、前書を記している。

時は秋吉野をこめし旅のつと　　露沾

旅のつととは、旅の用具を入れた包みをいう。門出のときは秋ですが、来春の吉野の花を目あてに、旅のつとにはその吉野まで籠めて、さぞかしすばらしい花見になることを祈りますとの挨拶。この旅の出発が、秋から冬にのびたので、紀行『笈の小文』には、「時は冬」と改められている。

鴈（かり）をともねに雲風の月　　芭蕉

と芭蕉は脇を付けた。わたくしの旅は、雁を共寝すなわち道連れに、雲の月風の月を重ねて、侘しい旅になることでしょうと、挨拶を返した。

露沾は芭蕉に、「おくのほそ道」の旅立ちにも、餞別の句を送っている。元禄二年（一六八九）の三月初旬である。

月花を両の袂の色香哉　　露沾

この度の行脚では、あちこちの名所をめぐりながら、月の色や花の香を、左右の袂に満たして、さぞかし実りある風雅の旅となることでしょうと挨拶。これに芭蕉は、

蛙のからに身を入る声　　芭蕉

と付けた。かの『古今集』の序に、蛙も歌を詠むと申しますが、わたくしのは精々、蛙の殻に中身を入れるほどの、お粗末な句しかできません、と謙遜している。

元禄七年（一六九四）十月十二日、芭蕉死去。その訃報は露沾にも届いた。露沾はさっそく悼句を、義仲寺に送っている。

告て来て死顔ゆかし冬の山　　露沾

そして十月二十三日には、江戸でも追善の歌仙が巻かれた。露沾も一座した。北村季吟の長子湖春の発句ではじまり、露沾は第三を付けている。

亦たぞやあゝ此道の木葉掻　湖春
　一羽さびしき霜の朝鳥　素龍
碇綱綰なる月に浪ゆりて　露沾

自分を俳諧の世界に繋いでくれた芭蕉への思いを、碇綱にかけて偲んでいるのであろうか。綰なる月とは、輪のような丸い月をいう。その思いは、深い悲しみにゆれている。

貞門、談林そして蕉風、変化に富んだ江戸前期の俳風にこだわりなく、露沾の句は情趣に富む。

花に今頼政が歌を知る身哉
尼のいふ彼岸桜も咲きにけり
朝風に帷子軽し花あやめ
深川や花火によする歌枕
紅葉見に山もや酔へる酒機げん
日比きく鼓も雪のあしたかな

風虎は貞享二年（一六八五）没、享年六十七歳、そして露沾は享保十八年（一七三三）没、享年七十九歳であった。風虎・露沾父子は、江戸時代を通じてもっとも活気溢れる年代に、武人でありながら文人として、清興豊かな人生であった。

二　橘以南と良寛兄弟

元禄二年（一六八九）「おくのほそ道」の旅、その七月四日、松尾芭蕉と曽良は弥彦を発ち、夕方近く出雲崎に着いた。出雲崎は、金山のある佐渡との往来に、もっとも近い港として栄えていた。ここに宿をとった二人は、北国の海を眺めた。北の海は波が荒く、海の色も濃い。日が落ちるとともに、荒波の彼方に佐渡の島がくろぐろとひそまり、やがて夜空には、銀河がふりそそいできた。

荒海や佐渡によこたふ天河

と芭蕉は吟じた。

そしてその四十九年後、宝暦八年（一七五八）その出雲崎で、良寛が橘以南（たちばないなん）の長子として誕生した。以南こと橘左門泰雄は名主と神職を勤め、その家柄は当地随一の名家である。名家ではあったが、以南自身は名主としての経営能力に乏しい人であった。世事よりも文事を好む風流の人であった。不得手な世事で、不祥事が重なると、心を慰めるためもあってか、ますます風雅の世界に傾いていった。俳諧である。

以南は、地元の俳人近青庵北溟（ほくめい）の門下である。北溟は、芭蕉の直門各務支考（かがみしこう）に師事し、その系統のいわゆる美濃派に属する。そもそも越後は美濃派の勢力が強かった。その美濃派から出発した加藤暁台（きょうたい）も、出雲崎を訪れたことがあり、以南と句会を催している。以南は、平明で味わい深い句を、数多く詠んでいる。

蜑（あま）が子の牛にふまるる手鞠（てまり）哉
梅散りていよいよ古き軒場哉
花の下に誰わすれけん小刀
嬉しげに籠を出る鶉ぞ哀なる
此奥に君を見むとは夏木立
水鶏（くいな）啼て芦間（あしま）の月の動きけり
十六夜や誰と問ふ間に月の客
あら海も月の朧（おぼろ）となる夜哉
蛩（きりぎりす）　閨（ねや）に啼く時声細し
冬の月竹よりすべり落ぬべし

以南には子が七人いた。長男栄蔵こと良寛、二男泰儀こと由之（ゆうし）、三男宥澄（ゆうちょう）、四男香（かおる）、そして長女むら、二女たか、三女みかである。良寛は、安永四年（一七七五）十八歳のとき、長男として名主見習いとなったが、出家を望み、父以南に無断で家を出た。その三年後安永七年、以南は良寛の出家を許し、廃嫡（はいちゃく）とした。そして二男の由之を嫡子とし、名主見習いとした。良寛が両親に出家の挨拶をしたとき、その心情を詠んだ長歌がある。

うつせみは　常なきものと　むら肝の　心に思ひて　家を出て　親族（うから）を離れ　浮雲の　空のまにまに　行水（ゆくみず）の　行方も知らず　草枕　旅行く時に　たらちねの　母に別れを　告げたれば　今はこの世の　名残とや　思ひましけむ　涙ぐみ　手に手をとりて　我が面を　つくづくと見し　面影は　なほ目の前に　あるごとし　父に暇（いとま）を　請ひければ　父が語らく世を捨てし　捨てがひなしと　世の人に　言はるるな努（ゆめ）と　言ひしこと　今も聞くごと　思ほえぬ　母が心の睦まじき　その睦まじき　御心を　放（ほお）らすまじと　思ひつぞ　常（つね）憐みと心持しうき世の人に　向ひつれ　父が言葉の　厳（いつく）しき　この厳しき　御言葉を　思ひ出では　束の間も　法の教へを腐（くた）さじと　朝な夕なに　戒めつ　これの二つを　父母が　形見となさむ我が命　この世の中に　あらむ限りは

世を捨て出家するにあり、母の慈愛と父の言葉の厳しさを、この世の父母の形見として、片時も忘れず己れの戒めとし、修行に励むという決意をうたいあげている。安永八年（一七七九）、円通寺の住職大忍国仙の授戒によって出家、大愚良寛の法号を授けられた。ときに二十二歳であった。

天明三年（一七八三）良寛の母が没した。のちに母を偲んだ良寛の歌がある。

たらちねの母が形見と朝夕に佐渡の島べをうち見つるかも

母は佐渡相川の人であった。

そして十二年後、寛政七年（一七九五）の七月二十五日、以南は京都の桂川に謎の入水自殺をした。六十歳であった。すでに家督は二男の由之が継いでいた。隠居の身となった以南は、俳諧と遊歴の日々を過していた。寛政五、六年のころ、以南は京都へ上ったといわれている。京には、四男の香が、朝廷の学師菅原長親の学館に勤めていた。二人は折にふれ会っていたに違いない。入水自殺の十三日前、香は父の強い決意を知らされる。知らされた香の驚きと悲しみは、いかばかりであったか。そのときの思いを詠んだ歌が伝わる。

行方さへ知られぬ人の親の子のその行方さへいぶせかりけり

昨日まで夢にもなどか知らざりきかゝる悲しき門出せむとは

死に赴くという行方の知れぬ人を親にもち、子である自分の行方さえ気がかりで不安である。そして父がこんな悲しい死の門出をしようとは、昨日までどうして夢にも気づかなかった。当然父に翻意を促したであろうが、以南の決意は堅かった。決意の理由は未だに不明、謎である。いくつかの説はあるものの、人の心の奥底は解るものではない。永の別れに香は、父から辞世の歌を託された。

蘇迷盧(そめいろ)の山をしるしに立て置けば我が亡き跡はいつの昔ぞ

歌には「天真仏の勧めによりて、以南を桂川の流に捨つる」との詞書があった。天真仏とは、ありのままの自然が天真で、その自然が仏の姿であるということ。蘇迷盧とは須弥山をいい、世界の中心に聳(そび)える巨大な山。それは大海の中にあり、まわりを日月がめぐる、いわば宇宙である。その辞世歌は、現世観でなく宇宙観を表白しているようだ。歌には七月二十五日の日付が記されており、この日を以南が入水した日、すなわち忌日としている。桂川に遺体があがらなかったのである。以南は自殺せず、高野山に身を隠したという説もある。これも謎である。香は父の厳命に従ってか二十五日を待ち、三人の兄良寛・由之・宥澄へ父の自殺を知らせた。

四十九日の法要が、京都で営まれた。その折に、兄弟が唱和したといわれる歌と句が伝わる。

暇なくそゝぐ涙の藤衣(ふじごろも)浅きや色のなり果てぬらむ　橘　巣守

何事もいづら昔の世の中に我が身一つも在るはあるかは　橘　香

形見とも今は頼まむ藤衣褪(さ)めて涙に朽ちずもあらむ　やす子

蘇迷盧の音信(おとずれ)告げよ夜の雁　良寛

巣守は由之の別号である。やす子は由之の妻である。宥澄が入っていないのは、このとき橘家の菩提寺円明院の住職だったから、当院で法要かなにかあったのであろうか。ちなみに、良寛の句が末尾にあるのは、良寛もいなかったのではないかとする説もある。

良寛は父の死を契機に、出家後十七年ぶりに故郷に帰った。ときに三十九歳であった。そしてその後も、兄弟には不幸が続いた。父の死の三年後、寛政十年の三月、父の跡を追うかのように、香が父と同じく桂川に身を投じた。ときに二十七歳であった。父の自殺でうけた衝撃に耐えきれなかったのであろうか。これもまた謎である。そのさらに二年後には、宥澄が亡くなった。三十一歳であった。宥澄の死に、良寛は和歌を詠んでいる。「夢に来て、法門のことなど語りて、覚めて」と前書して、

面影の夢に見ゆるかとすればさながら人の世にこそありけれ

由之もまた、大きな不運に見舞われる。文化七年（一八一〇）、上納金の使い込みなどが訴えられ、家財没収のうえ追放処分となった。そして息子の馬之助は、名主見習の職を剥奪された。このとき五十三歳の良寛は、国上山の五合庵にいた。不幸な由之を思い、詩を賦した。

箇傲（かんごう）にして酒を縦（ほしいまま）にし歳時を渡る
衆人門を闚（うかが）うも相知らず
而今（じこん）老い去りて始めて臍（ほぞ）を噬（か）む
通宵して君が為に涙し衣を沾（ぬ）らす

箇傲縦酒渡歳時
衆人闚門不相知
而今老去始噬臍
通宵為君涙沾衣

箇傲とは、志が大きく傲（おご）り高ぶること、ここでは名家としての自尊心。酒を縦にするは、酒に溺れることではなく、酒を愉しむ自適の生活をいう。橘家に反目し、その失墜を目論む者が周囲にいることに気づかなかった。老いてから後悔してもはじまらない。夜通し由之のために心を痛め涙を流すのだった。

年老いてゆく良寛・由之兄弟は、離れて住みながらも、唱和の歌を取り交わしては、互いに慰め合っていた。たとえば文政二年（一八一九）の五月。

相見ずて年の経ぬればこのごろは思ふ心のやる方ぞなき　良寛
杖つきも行きても見むと思へども病ふの身こそ術なかりけれ　由之

行き廻り経るとはすれど恋しくに我も心のやる方ぞなき
心にも老の歩みの任せねばしかな思しぞ思すかひなし
真幸くてたゞ待ちおはせ旅衣ころも過さで帰り参てむ

このころ由之は、故郷を離れ越前福井やその周辺を巡り歩いていた。同じころの唱和がほかにもある。

同胞も残り少なになりにけり集ひし折もありにしものを　良寛
岩が根にしたたる水を命にて今年の冬も凌ぎつるかも
この夕べ天飛ぶ雁は幾重かも雲居へだつる声の遥けき　由之

そこにありて君が聞きけむ雁がねか今朝わが宿を訪れて鳴く

弟の宥澄と香はすでに亡く、長女のむらと末妹のみかはいたが、二女のたかが亡くなってい
た。互いに会いたい気持が、痛いほど伝わる。

文政十三年（一八三〇）は十二月十日に天保元年に改元され、その十二月二十五日のことであ
る。良寛危篤の報せが、由之と貞心尼のもとに届いた。雪の道を急ぎ駈けつけると、小康を得た
とみえ、良寛と由之は唱和した。

さすたけの君を思ふと海人の汲む塩之入坂（しおのりざか）の雪踏みて来つ　由之

心なき物にもあるか白雪は君が来る日に降るべき物か　良寛

そして十一日後良寛は、由之、貞心尼、法弟の遍澄に看取られつつ、永の眠りについた。七十
四歳であった。

三　加藤枝直・千蔭と村田春道・春海

元文六年（一七四一）の一月、加藤枝直（えなお）の五十賀を祝う歌会が催された。賀茂真淵（かものまぶち）も歌を寄せている。

若菜摘む袖にぞなれん千代の春野辺にまづ咲く春の薫りは

である。枝直自らも、

すてぬ世の恵みは老の身にも余り袖にもあまる宿の梅が香

と詠んだ。この歌会をととのえたのは、枝直の娘婿中村又蔵である。そもそも又蔵にとって枝直は、義父である以前に大の恩人であった。又蔵の父中村三右衛門は、枝直の母方の従弟である。その三右衛門は、かの南町奉行大岡忠相（ただすけ）配下の与力であった。そして三右衛門が没したとき、子の又蔵が幼年であったので、枝直が又蔵の後見人となり、又蔵が成長するまでの番代として与力に召し抱えられた。枝直自身、江戸での仕官を求めて、故郷伊勢から出府していたのが幸いした。享保五年（一七二〇）、ときに二十九歳であった。享保十六年、又蔵が十五歳になったのを機に、枝直は職を退き、又蔵に相続させた。枝直は信義の人、そして能吏であった。大岡忠相は、枝直の能力、業績を高く評価していたので、北町奉行の稲生正長配下の与力として、新たに召し抱えられるよう取り計っている。枝直はまた、教養人でもあった。春雪と号した父の手ほどきで、七八歳のころから和歌を詠み学んでいる。そして謡曲を好み、造詣も深かった。ちなみに、十五世観世大夫元章が、明和二年（一七六五）に刊行したいわゆる「明和改正謡本」には、枝直が寄与すること大であったといわれている。

寛保三年（一七四三）の四月、枝直五十二歳のとき、七歳の娘を病で失った。その悲しみを、「路卯花」と題して詠んでいる。

黒髪にふりそふものと見てゆけばあなうの花の雪の下道

その不幸を知った真淵は、折悪しく風邪をひいていたので、弔意の文と歌を送った。

えぞとはぬ問ひなぐさめんことぐさも露をそふべきよすがと思へば

これがその歌である。枝直は真淵より五歳年上だった。両人の間柄は、和歌を通じての師友であり、そして枝直は真淵の住居の面倒をみるなどの庇護者でもあった。枝直のよく知られている

歌の一つに、

埼玉(さきたま)の池のみぎはやこほるらむ鴨の羽音の遠ざかりゆく

がある。この歌は、『万葉集』の「埼玉の小埼の沼に鴨ぞ羽きる　己が尾に降り置ける霜を掃ふとにあらし」(巻九・一七四四)をふまえているという。

宝暦十三年(一七六三)、枝直七十二歳のとき職を辞した。そして天明元年(一七八一)三月のこと、菩提寺の回向院を詣でた日に剃髪して、長歌と短歌を詠んだ。その短歌、

悔いもなく恨みもなしやうつ蝉のなりのことぐなしはてぬれば

そして四年後の天明五年、九十四歳の長寿を全うした。清雅の人生であった。

枝直の子千蔭が、真淵に入門したのは、延享元年(一七四四)十歳(一説に九歳)のときである。枝直もまた入門以前から、千蔭に歌の手ほどきをしていた。子に教える気持を詠んだ歌がある。

おろかなる親に似よとは思はねど教へおかるゝ子の行くへかな

そしてまた、

つとめよやつゝしめよやと残しおく老いのくりこと千とせ忘るな
行くすゑの栄えいのらば人のためよからむ業の数を重ねよ

などの教訓歌を千蔭に与えている。

寛延三年（一七五〇）十六歳のとき、町奉行の与力勤方見習となり、退職した父のあとをうけ、吟味方助役を経たのち、吟味与力となった。ときに三十歳であった。

千蔭は、江戸で生れ育っただけあって、御城や町、隅田川の叙景に、数々の歌を詠んでいる。

大御門ひらく鼓の音すみてみ橋の霜に月ぞうつろふ
大路ゆく人のおとなひ絶えはてゝ軒端にかへる家鳩の声

冬の日の早朝、江戸城大手門の情景であろう。そして武家屋敷に続く町並みである。

隅田河蓑（みの）きてくだす筏士（いかだし）に霞むあしたの雨をこそ知れ
隅田河堤にたちて船まてば水上遠く鳴くほとゝぎす

弥生六日雨いみじう降りたるに、花ちりがたになりぬと聞きて、
　舟にてすみだ河へまかりてよめる
隅田河堤のさくら人ならば笠きせましを蓑きせましを

雨に打たれている桜木が、もし人であったなら、笠や蓑を着せてやるだろうにと思いやる。また隅田川ではないが、「狂雲妬佳月」と題した歌に、

詠(なが)めつゝ月をねたしと見る人の心や浮ける雲となりけむ

がある。桜に笠や蓑といい、心や浮ける雲となりけむといい、なにやら狂歌めいている。千蔭は、四方赤良(よものあから)（大田南畝の狂名）率いる狂歌連の一人であった。千蔭の狂名は、橘八衢(たちばなのやちまた)である。天明三年（一七八三）に刊行された『万載狂歌集(まんざいきょうかしゅう)』は、江戸の狂歌人による最初の狂歌撰集であり、江戸に空前の狂歌ブームを巻き起こした。これに千蔭は狂名で跋文を寄せている。千蔭の狂歌には、

渋団扇にかきたる市川団十郎といへる
わざおぎのゑに

大汗をかきの素袍のたもとにもしばらく風をやどしぬるかな

題しらず

和学者は四角な文字もいらざればかなつんぼうと身はなりにけり

などがよく知られている。

千蔭は、天明八年（一七八八）五十四歳のとき、願い出て致仕した。表向きは病のためとしたが、裏には当時の政治事情がからんでいた。千蔭が在職中もっとも活躍した時期は、まさに田沼意次の時代である。千蔭も側近の一人と目されていた。意次は、天明六年に老中を罷免され、失意のなか同八年死去した。そして松平定信による寛政改革がはじまった。千蔭はすでに退隠していたにもかかわらず、家禄二百石のうち五十石減俸のうえ、百日の閉門をおおせつかった。千蔭はこれを禍とせず、むしろ吉として、いっそう学芸にいそしむ。その成果の一つが、いまなお評価されている『万葉集略解』である。千蔭もまた当時としては長命で、文化五年（一八〇八）七十四歳の生涯をとじた。

真淵の門下、その門流の一つに江戸歌文派、いわゆる江戸派がある。その江戸派を代表する双璧といわているのが、千蔭と村田春海（はるみ）である。春海は、千蔭より十一歳年下であった。春海の家は、干鰯（ほしか）問屋そして金融業も営む豪商であった。また代々文事に親しむ教養人でもあった。春海の曽祖父そして祖父の和歌が伝わる。

糸竹のしらべの高く聞ゆるは天の河原の船わたりかも　曽祖父　忠之

春といへばまず待たれぬる心より散り来る雪を花とこそ見れ　祖父　忠享

いかにも風流な富裕商人の歌である。屋形船に芸妓をはべらせての遊興、その屋形船を浮かべた隅田川を天の川に見立てている。豪勢にして清婉（せいえん）である。そして料理茶屋での雪見酒だろうか。いずれも風雅な耽楽である。そして父春道の歌に例えば、

初瀬山をのへの鐘の音さえてひはら（桧原）が末に月ぞ傾く

がある。春道は、和歌を通じて枝直と親交があり、枝直よりも早くから真淵の世話をしている。そして子の春郷（はるさと）と春海を真淵に入門させた。弟の春海は七歳年下である。春郷・春海兄弟にとって、もっとも印象深い思い出は、師の真淵に供して、大和に遊ぶ旅であったろう。宝暦十三年の春のことである。ときに真淵は六十七歳、春郷二十五歳、春海十八歳であった。春郷はこの旅の五年後、その歌才を惜しまれながら、三十の壮齢で病没した。春郷の歌には、

鳰鳥の葛飾早稲田露散りて穂の上に秋の初風ぞ吹く
秋の夜はいたくふけぬらし足柄の箱根の山に月かたぶきぬ
さらぬだに旅とし思へば侘びしきに時の雨の降りにけるかも

などがある。春郷はもともと病弱で、早くから家督を弟春海に譲っていた。そして春郷が没した翌年の明和六年（一七六九）七月には父春道も死去した。そして三月後の十月には、師の真淵もこの世を去った。ときに春海は二十四歳。以後の十余年、莫大な身代を放蕩三昧の生活に費やし、やがて家は破産した。家業を廃して、豪奢な生活から離れた後は、歌文の道をいっそう深めていった。春海の歌には、

心あてに見し白雲は麓にておもはぬ空にはるゝ富士のね
おもほえずすだれ動かす夕風に袖の香たどる軒の橘
とまり舟苫のしづくの音絶えて夜半のしぐれぞ雪になりゆく

などがよく知られている。春海は歌文ばかりでなく、漢詩文にも秀れた才能を発揮した。「蕉窓高趣」および「偶成五首」と題した連作詩から、それぞれ一首。

蕉窓高趣

孤灯客散りて後
独り坐す夜将に闌ならんとす（深更に及ぶ）
架上（書架）群籍（群書）を挿む（並べ置く）
抽き来たりて手に随せて看る

孤灯客散後
独坐夜将闌
架上挿群籍
抽来随手看

偶成

坡老（蘇東坡）の篇章（詩文）は元より博大（広大）
放翁（陸游）の詞気（詩情）は自ら豪雄
近人（周囲の人々）は宋（宋代の詩風）を学んで何語らんとするや
繊弱（弱々しく）軽浮（浮薄）なること比々同じ（どれもこれも同じ）

坡老篇章元博大
放翁詞気自豪雄
近人学宋為何語
繊弱軽浮比比同

春海は、北宋随一の詩人蘇東坡、そして南宋を代表する陸游の詩風をしたっていたようだ。春海にとっての漢学は、国学に対抗するものではなく、文学を理解するために必要な学問であった。和歌を詠む国学者であり、漢詩を作る儒学者でもある。千蔭が歌人でありながら、狂歌師でもある。江戸派の人々は、総じて分野にこだわらない幅広い教養を身につけていた。また春海の後妻は、吉原の妓楼丁子屋の遊女であった。出自すらこだわらなかった。春海は、千蔭に遅れること三年、文化八年（一八一一）に六十六歳の生涯をとじた。

四　頼春水・静子と山陽

頼山陽の父春水（しゅんすい）は、延享三年（一七四六）に、芸州竹原（現広島県竹原市）の一商家に生れた。その父亨翁（こうおう）（山陽の祖父）は、商人とはいえ、家業を営むかたわら学問を好み、とくに和歌には京都の小沢芦庵（ろあん）に師事するなど、風雅の人であった。そして子供たちの教育にも熱心で、長男の春水はじめ、その下の春風や杏坪（きょうへい）いずれも秀れた学者に育てあげている。

春水は、十代のころから各地へ勉学の修行に出ていたが、二十一歳のとき大坂に出て、片山北海が主宰する詩社の混沌社（こんとんしゃ）に入る。秀れた多くの同人と交わり、学業を深めた。そして二十八歳のとき、町人学者として独立する。大坂江戸堀（現大阪市西区）に、私塾をひらき、青山塾と名づけ、居宅を春水南軒と称した。その居宅の南に江戸堀川が流れ、川面の輝きが書斎を美しく映したことに由来し、号にも用いた。詩にも詠じている。

南軒は吾が愛する所にして
夏日は薫風に倚（よ）る
坐（そぞろ）に長流の水を見て
吾が心は渺（びょう）（広々として）として窮まらず

南軒吾所愛
夏日倚薫風
坐見長流水
吾心渺不窮

山陽の母静子（歌号は梅颸（ばいし））は、宝暦十年（一七六〇）、儒医者飯岡義斎の娘として、大坂立売堀（現大阪市西区）で生れた。儒医者とは、町医者のかたわら、儒学を教授する学者をいう。この義斎と春水とは、家もさほど離れていず、互いに文雅の士として交流があったと思われる。娘の静子もまた、父義斎の導きもあり、豊かな趣味と教養を身につけていた。そして奇しくも、和歌の師が春水と同じ小沢芦庵であった。

安永八年（一七七九）十一月、春水と静子が結ばれる。春水三十四歳、静子は二十歳であった。その結婚を祝うために翌年、竹原から父の亨翁が大坂に出てきた。その折、春水は父と妻とともに京都に遊んだ。そして淀川を下る帰途、すでに子を宿していた静子は、船中、はるかに望む石清水八幡宮を拝して、

行くするゑをかけてぞ頼む石清水神のちかひの恵みあふぎて

と歌を詠み、生れくる子の幸多き行く末を祈るのだった。竹原に戻った亨翁からも、和歌が送られてきた。まだ見ぬ孫を、男の子のような気がするから、もしそうなら久太郎と名づけよといい、群鶴の懐紙に、

名づけたる久太郎ともよびかはす千代をこめたる鶴のもろ声

祝ふぞよ幾久太郎ひなづるとともに千歳をふるもうれしき

と歌二首を記してあった。

周囲に祝福されるなか、安永九年の十二月、山陽は呱々（ここ）の声をあげた。そもそも頼家の先祖は武士であり、春水はかねて仕官の志を抱いていた。その念願がかない、春水は、広島藩主の浅野家に藩儒として召し抱えられた。町人から武家となったのである。天明元年（一七八一）、ときに三十六歳であった。春水一家は、大坂から広島城下に移った。移ったものの、藩主の参勤や世子の侍講やらで、江戸での在勤がしばしばあった。もちろん単身赴任である。春水は三十四年にわたる出仕生活のうち、七度も江戸勤務があり、家族との別居生活が都合およそ十年半にも及んでいる。

藩儒の跡取り息子として、山陽もまた幼少時から、学問に励んだ。秀れた才能にも恵まれていた。ただ心配なのは、癇症（かんしょう）すなわち癇癪（かんしゃく）を起こして筋肉の痙攣（けいれん）がともなう症状が出ることだった。山陽は寛政五年（一七九三）、十四歳の正月、「癸丑（きちゅう）歳偶作」と題した詩を詠んだ。

十有三の春秋	十有三春秋
逝（ゆ）くは已に水の如し	逝者已如水
天地始終無く	天地無始終

人生生死有り　　人生有生死
安(いず)くんぞ古人に類して　　安得類古人
千載青史に列するを得ん　　千載列青史

数え年でこそ十四歳だが、満年齢でいえば十二歳になったばかりである。そのころ江戸に在勤していた春水は、送られてきたこの詩を読む。そしてわが子ながら、その大人びた詩才と昔の偉人に伍して名を残したいという高い志に、誇らしく思うのだった。だがその年の秋、山陽の癇症が激しくなった。良いと勧められた温泉治療も試みたものの、あまり効果はなかった。そして寛政九年、十八歳の年、すでに春水と同じく広島藩儒となっていた叔父の杏坪(きょうへい)が、江戸勤番を仰せつかったのを機に、山陽も出府して、幕府の昌平坂学問所(しょうへいざかがくもんじょ)に入学することとなった。いってみれば、地方から東京大学へ国内留学というわけである。広島を発つその朝、母の静子は山陽へ、餞の歌を、

不二のねもあふみのうみも及(および)なき君と父との恵わするな

と短冊に記して与えた。江戸での山陽は、その学才が周囲の学友たちを驚嘆させたという。一年余の江戸遊学を終え、寛政十一年二十歳のとき山陽は、藩医御園道英(みそのみちひで)の娘淳子(じゅんこ)と結婚する。だ

が円満な家庭とはならなかった。その翌年、藩に無断で京都へ出奔したものの、連れ戻され自宅の一室に監禁の身となった。すでに妊娠中の淳子は離縁させられ、生れた子のちの聿庵（いつあん）は、春水夫妻の子として育てられた。ちなみに、かの有名な『日本外史』は、この幽閉中に筆を起こしたのである。三年後の享和三年（一八〇三）八月、廃嫡すなわち相続権を取りあげられ、その十二月幽閉を解かれた。ときに二十四歳だった。父の部屋住みとして過し、文化六年（一八〇九）、父の親友菅茶山（かんちゃざん）のもとに、その廉塾（れんじゅく）の講師として招かれた。その後京都に出て塾を開き、町儒者として自立の生活に入る。文化八年、ときに三十二歳だった。父春水の期待通りにはならなかったが、京都では次第に名を上げ、多くの著名な文人との交わりを深めた。老いた父春水が病み、悪化の報が届くたびに広島に帰省していたが、文化十三年二月、春水は没する。享年七十一歳であった。

文政元年（一八一八）、山陽は広島に帰省して、父の三回忌の法要を営んだ。そして広島から、長崎を中心に九州の各地を遊歴すること、約一年に及んだ。その長旅の疲れを広島で癒した後、文政二年の二月、母静子を伴い京都に向った。幼少のころから、苦労をかけどおしの親不孝を償うため、京での花見などを楽しんでもらおうと願ったのである。ときに山陽四十歳、静子は六十歳であった。母との旅の喜びを、山陽は詩に詠じている。

輿 行 吾 亦 行

輿（よ）行けば吾も亦（また）行き

輿止まれば吾も亦止まる
輿中道上語りて輟めず
歴指す某山と某水と
時有りて俯して韈結の解たるを理れば
母児を呼び前めしめ児曰く唯と

輿止吾亦止
輿中道上語不輟
歴指某山與某水
有時俯理韈結解
母呼兒前兒曰唯

（以下略）

母を乗せた駕籠が進めば、自分も歩みを進め、止まれば自分も歩みを止める。道中、山や川を指さしながら、駕籠の内と外での会話が尽きない。たまたま、草鞋の紐が解けたので、かがんで結び直していると、母が呼ぶので、自分はただ「はい」と答えて、ついて行くばかりである。なんとも心和む母と子の旅である。

母を奉じての旅はこれが最初で、その後もたびたび京都へ招いた。第二回は五年後の文政七年である。第三回は文政十年で、このときも吉野山へ桜を見ることとなり、かの江馬細香をはじめ親近の門人たちも加わっている。また近江八景の見物には、十三年前に妻として迎えた梨影（梨枝とも）と二人の子、五歳の又二郎（支峰）と三歳の三樹三郎を連れていった。この行遊を詠んだ山陽の詩がある。

母を奉じて閑遊尽く家を挈い
後先の奴婢咲うこと啞々
穉孫同じく載す板輿の裡
面を輿窓に露わして阿爺を喚ぶ

奉母閑遊盡挈家
後先奴婢咲啞啞
穉孫同載板輿裡
露面輿窓喚阿爺

召使いまで加わっての家族総出である。母の駕籠に乗せている三樹三郎が、ときおり顔を出して、山陽に呼びかけている。まことに長閑な情景である。山陽は和歌も詠んでいる。

親も子も老いの波よる志賀の山三たび越えける事ぞ嬉しき

この歌は、のちに高名な歌人香川景樹に添削をしてもらい、「親も子も老いの波よる」を「たらちねの母と打ちつれ」に直したという。

二年後の文政十二年、父春水の十三回忌法要のため、山陽は広島に帰省した。そして京都へ戻るとき、また母静子を伴った。京都で半年以上の滞在中、伊勢などに遊んだのち、広島まで母を送りとどけた。その際の詩がある。

東風に母を迎え来て

東風迎母來

北風に母を送って還る
（中略）
母に一杯を献じて児も亦飲めば
初陽（しょよう）店に満ち霜已に乾く
五十の児に七十の母有りて
此の福（さいわい）人間（じんかん）に得ること応（まさ）に難し
南去北来（なんきょほくらい）して人織るが如きも
誰人が我が児母の歓に如（し）かんや

北風送母還
獻母一杯兒亦飲
初陽滿店霜已乾
五十兒有七十母
此福人間得應難
南去北來人如織
誰人如我兒母歡

春と秋、京と広島を往復の途上、茶店でしばしの休憩をとるとき、母ともども酒杯を交えていると、陽の光が店にさしこみ、往来の霜もすっかり乾いたようだ。五十歳の子と七十歳の母とが一緒に旅ができる幸せは、この世でそうざらにあるものではない。街道では大勢の人々が行き交うが、この嬉しさは誰よりも優ると、山陽は喜びをかみしめるのだった。

京・広島を往復する母子の旅は、これが最後となった。三年後の天保三年（一八三二）、山陽は肺患が悪化して、六月に喀血、翌七月にはさらに激しい喀血をし、九月二十三日息を引きとる。享年五十三歳であった。子に先立たれた母静子の悲しみは、いかばかりであったか。その悲しみの歌を数々詠んでいる。

先たつをいかに悲しく思ひけんまかせぬものはいのちなりけり
かしのみのたゞひとりなる子におくれかれぬ老木の影ぞさびしき
花につけもみぢにつけて春秋に子と旅せしをいつか忘れん

天保十年、静子は八十歳を迎えた。喜ぶべき長寿であるのだが、老いとともに寂しさがつのるのだった。

いつとても老は心のさびしきにひとりながむる秋の夕ぐれ
夢うつゝさだかならざる老が身のあるかなきかもしられざりけり

天保十二年十二月、静子は八十四歳の生涯をとじた。

五　斯波一有・園女と野沢凡兆・羽紅

松尾芭蕉の門下で、夫妻ともども門人といえば、まず挙げられるのは斯波一有（のち渭川）・園女であろう。園女のほうが名が知られているが、園女が俳諧をはじめたのは、夫一有のすすめと思われる。

伊勢山田の医者で俳人の一有は、貞享二年（一六八五）に、俳諧撰集『あけ鴉』を刊行している。その中に、ただ女として、

桜さへいやしくなりぬ花ボウル　女
母かこつ姿よ花の雨の百合草　女

の二句が載っており、園女の作ではないかといわれている。桜を見てると、おいしい南蛮菓子のボウル（ボーロ）が欲しくなるという。いかにも年若い女性を思わせる。園女はこの頃、一有に嫁したようである。

貞享五年（九月改元して元禄・一六八八）の二月、帰郷していた松尾芭蕉は、伊勢神宮に詣でた。そしてしばし伊勢に滞在中、その地の人々と俳諧の交流をした。久保倉乙孝（くぼくらおつたか）宅での俳席には、一有も加わっている。芭蕉の発句を得ての句会である。その日は雨だった。

かみこ着てぬるとも折らん雨の花　芭蕉
すみてまづ汲（くむ）水のなまぬる　乙孝
酒売が船さす棹に蝶飛（とび）て　一有

紙衣(かみこ)の袖が濡れても、美しく咲いている雨中の花を手折らんと、花を賞しての挨拶句。これに主の乙孝が脇、そして一有が第三を付けている。一有は伊勢でそれなりの俳人であった。その吟会に、園女が同席していたかどうかは判らない。一有は、芭蕉を自宅に招いた。その日が、芭蕉と園女の初対面である。一有とともに入門した日とされている。芭蕉は園女に、挨拶の句を詠んだ。

暖簾(のうれん)の奥ものゆかし北の梅

通された座敷と奥との間には、暖簾がかかっている。その透き間から、奥庭に咲く梅の花が見えた。そのたたずまいが、まことに奥ゆかしく感じられたという。北は北の方すなわち奥方をいい、梅は奥方すなわち園女をさしているのは、言うまでもない。この句に、園女は、

松散りなして二月(きさらぎ)の頃

と付けた。そして芭蕉への挨拶句として、

時雨てや花まで残るひの木笠

と詠んだ。芭蕉の檜木笠が雨に濡れ、花の季節にも、その詫びた様を残していると、芭蕉に漂う気品を賞した。この句に、芭蕉はすかさず、

宿なき蝶をとむる若草

と付けた。自分を宿無しの蝶に見立て、その宿無しを温くもてなしてくれる園女を、若草に喩えた。この年園女は二十五歳。芭蕉の発句や付句には、園女が湛える色香を感じさせるようである。お互いに心のこもる付合に、夫の一有とて悪い気はしなかったであろう。

元禄五年（一六九二）の八月、一有・園女夫妻は大坂へ移り住んだ。はっきりした理由は不明である。俳諧でのさらなる活躍を志したのであろう。当時、大坂には井原西鶴がいた。その西鶴が、園女の転居を祝い、前書を付した一句を贈っている。その前文とは、

伊勢小町は見ぬ世の歌人、今の世のいせの国より、園といへる女の、俳諧をわけて浜荻の筆遠き浪速の里に、こころざしての、我に嬉しく、二見箱硯の海にうめて、気のうつり行事艸をかけるに、おもふままにぞうごきぬ。過し光貞の妻、かい原のすてなど、花にしぼみ、

紅葉はちり、世に詠の絶にしに、名をいふ月の秋に、此人此ところに、しばしの舎りをなし、神風の住吉の春も、久しかれとぞことぶきける。

と、遠き昔は平安の伊勢や小町、近きは杉木光貞の妻美津女、そして田捨女といった閨秀になぞらえて称えた西鶴は、

浜荻や当風こもる女文字

の一句を添えるのだった。ちなみに西鶴は、翌年の八月に没す。享年五十二歳であった。

まさに才色兼備の園女は、当世風の人として、大坂では夫の一有よりも、その名が知られ活躍したと伝えられている。

元禄七年（一六九四）の九月二十七日、一有・園女夫妻は、再び芭蕉を自宅へ招く機会に恵まれた。芭蕉はその年の五月、江戸を発ち帰郷した。そして九月八日に伊賀上野を出て、奈良に一泊し九日に大坂に入る。着いた当初から病いがちで、数々の俳席は体にこたえたようだ。二十七日は、芭蕉の発句で歌仙を巻いた。

白菊の眼に立て見る塵もなし　　芭蕉

紅葉に水を流すあさ月　園女
冷〳〵(ひや)と鯛(たい)の片身を折曲(おりまげ)て　之道
何ッにもせずに年は暮行(くれゆく)　一有

園女とは六年ぶり再会である。招かれ来てみると、床には白菊の花が生けてある。伊勢山田で見た梅の花を、芭蕉はふと思い出した。いま見る白菊は、まことに清楚で、目にとまる塵ひとつない清らかさ、それはいかにもこの家の主人の人柄がしのばれることよと挨拶。園女は、白には紅葉のあでやかな色を対照させて、脇をつけた。第三の之道は、秋の清冷な気分を、鯛の白身を料理する人の仕種に転じ、これに一有が、これといった仕事もせずに、年の暮も悠々と過す裕福な人の思いを付けている。一有は、陽性の人だったようである。この歌仙のなかに、

野がらすのそれにも袖のぬらされて　芭蕉
老の力に娘ほしがる　一有

との付合がある。侘びしい旅の身には、野烏の悲し気な鳴き声にも、つい涙で袖が濡れてしまうと、いかにも芭蕉らしい。これに一有は、気も弱くなる老の身には、力頼みに若い娘の一人もそばに居て欲しいものだと付けた。この明るい付句は、芭蕉はじめ一座に笑いを誘ったにちがいな

い。九月の二十日を過ぎてからの二度の歌仙は、いずれも半歌仙で終っているのに、この日はきちんと巻き上げている。芭蕉は気分が乗っていたのである。だがそれが裏目に出た。二日後には病いに臥し、快復することなく十月十二日にこの世を去る。享年五十一歳であった。

その後、一有は病いがちとなり、元禄十六年（一七〇三）の秋に死去、享年は不明である。ときに園女は四十歳であった。

一周忌をすませた園女は、宝永元年（一七〇四・一説に宝永二年）の冬、大坂を離れ江戸に出た。江戸では深川に居住して、榎本其角を頼りながら、多くの俳人と交流し、華々しく活躍した。宝永三年にはかねて念願の俳諧撰集『菊の塵』を完成させる。巻頭を、歌仙「白菊」の巻で飾った。さらに享保八年（一七二三）には、六十の賀として『鶴の杖』を編纂した。また園女は晩年、和歌にも親しみ、

枕さへ取もさだめぬ短夜に五十年過行夢のはかなさ

六十路にはひとゝせたらぬ身の程もおもへばくゝ遠きむかしかな

などの詠がある。そして享保十一年四月、六十三歳の生涯をとじた。

秋の月春の曙見し空は夢か現かなむあみだ仏

辞世の歌である。

蕉門の女流で花にちなむ俳人とえいば、梅と菊が園女、そして椿は羽紅であろう。羽紅は、野沢凡兆の妻である。凡兆は、いわゆる芭蕉七部集の一つ『猿蓑』（元禄四年刊）を、向井去来とともに編み、一躍して名を高めた。その『猿蓑』に、椿を詠む羽紅の句がある。

　わがみかよはく、やまいがちなりければ、髪けづらんも物むつかしと、
　　此春さまをかへて
笄もくしも昔やちり椿

病身のため、髪を梳るのもわずらわしいので、髪をおろして、有夫の尼となったときの懐いを詠む。それを知った芭蕉は、歌をおくった。

　九重の内には海のなきものを何とてあまの袖しぼるらん

九重とは、古代中国の王城は、門を九重に造ったことから、帝都をいう。海のない京都に住む尼に海女をかけた、いわゆる俳諧歌である。なにやら断髪を惜しむ気持があるかのようである。

凡兆・羽紅夫妻は、向井去来や河合曽良、榎本其角らと、早くから俳交があったが、芭蕉に親しく教えをうけるようになるのは、元禄二年（一六八九）冬のころであった。そして翌三年の六月上旬、芭蕉は凡兆の家を訪ねている。十八日まで滞在した。夫妻の温いもてなしに、よほど居心地がよかったのであろう。

元禄四年四月十八日、芭蕉は去来の別荘落柿舎に入った。この日から五月四日までの日録が『嵯峨日記』である。その日記は、芭蕉と凡兆・羽紅夫妻との親交ぶりをよく伝える。初めて入った当日、凡兆は去来に同行した。そして翌十九日も、凡兆は訪れている。

さらに二十日は、妻羽紅を伴って訪れ、その日は泊ることになった。居合わせた去来、奉公人と思われる与平、合わせて五人が、一つの蚊帳の中で寝ることとなった。だがあまりに狭くて寝苦しく、夜中には皆起き出してしまう。そこでまた菓子や酒などを取り出して、朝方まで話し明すのだった。前の年の夏、凡兆の家で、芭蕉、去来、丈草（内藤氏）そして凡兆の四人が、二畳吊りの蚊帳で一緒に寝たことなど思い出しては、笑い合ったりした。明けた朝、羽紅は

又やこん覆盆子あからめさがの山

と詠んだ。また訪れたい、その時は嵯峨の山の苺が赤らんでいてほしい。赤い苺は、ここでの実り多き生活をひたすら願う気持を表しているのであろうか。凡兆にも、落柿舎での句がある。

豆植る畑も木部屋も名所哉

この辺りは、豆の畑も薪部屋(まきべや)も、みな由緒ある名所の跡だという。凡兆・羽紅の二つを並べてみると、羽紅の方がさすがに情感がこもっている。

五月四日まで滞在した芭蕉は、五日には京の凡兆宅に移った。凡兆が去来とともに、落柿舎へ足繁く通ったのも、芭蕉が凡兆宅に移ったのも、『猿蓑』の編集打ち合わせのためである。といってそれにばかり没頭していたわけではない。好天の五月十七日には、芭蕉、凡兆・羽紅夫妻、去来、曽良、丈草、史邦(しほう)(中村氏)らが、賑やかに芝居見物に出かけたりしている。『猿蓑』は七月三日に刊行された。入集の句数をみると、凡兆が四十一句でもっとも多い。芭蕉は一句少く四十句、これに続いて去来と其角が二十五句。羽紅は、丈草と曽良に並ぶ十二句入集している。そのなかの句に、

霜やけの手を吹てやる雪まろげ
迷ひ子の親のこゝろやすゝき原
桃柳くばりありくやをんなの子

などがある。羽紅にはそのころ、ていと呼ぶ幼い娘がいた。羽紅は、子を持つ母親らしい情愛こ

まやかな人であったようだ。

凡兆・羽紅夫妻は、『猿蓑』によって脚光を浴び、そしてその時期が生涯でもっとも輝いていた。しかしやがて大きな不幸がおとずれる。元禄六年、詳細は不明だが、凡兆はある罪に坐し投獄された。後に許され、俳諧にも復帰したものの、かつての輝きは見られなくなった。だが二人の名は、『猿蓑』とともに、今なお忘れられることはない。

六　広瀬淡窓と旭荘

広瀬淡窓（ひろせたんそう）と旭荘（きょくそう）は、豊後国日田（現大分県日田市）に生れ、兄弟詩人として、ともにその名が広く世に知られていた。五人兄弟のうち、淡窓が長兄で、旭荘は二十五歳も年下の末弟である。親子ほども年が離れていた旭荘は、文政六年（一八二三）十七歳のときから四十五歳までの間、子のない淡窓の養子となっていた。のちに旭荘は、自分の長子を淡窓の養子とし、また弟位にもどっている。

天保四年（一八三三）正月十三日、旭荘の家に、広瀬家の縁者が参集して、新春を祝う宴を催した。久々に顔をそろえる嬉しさに、旭荘は長詩を詠む。その詩は、当日の朝、寝床で夢うつつ、鳥の声を聞くところから始まる。

夢裡（夢の中）嚶々（鳥のさえずり）を聞き　夢裡聞嚶嚶
枕を欹てて悵然（ぼんやり）たること久し　欹枕悵然久
彼の春林の巓を看るに　看彼春林巓
啼鳥も亦た友を求む　啼鳥亦求友
硯を呼びて折柬（短い手紙）を作し　呼硯作折柬
招く所の者は某々（誰それ）　所招者某某
室人（妻）来りて我を責む　室人来責我
君は唯だ作詩に耽る（詩にばかり熱中）　君唯耽作詩
春昼未だ甚しくは永からず（日は短い）　春昼未甚永
已に客の至る（来る）時に近し　已近客至時
庖中（厨房）一物も無し　庖中無一物
割烹誰に委ねんと欲するや（任せるのか）　割烹欲委誰

と妻にせつかれ、どうやらこうやら支度を調える。やがて寄り集まったのは、父の三郎右衛門こと長春庵桃秋、淡窓ら兄たち、そして叔父の五人である。

各おの世営（世のしがらみ）に絆がれ　各被世営絆

終年（一年）に逢うこと幾回ぞ
一人(いちにん)坐に在らざれば（一人でも欠ければ）
歓心（嬉しさ）或いは灰と成る（消える）
独り悦ぶ今日の宴
伯仲叔季(はくちゅうしゅくき)（兄弟）の来るを
平生客無きに非ざるも
団欒箇(だんらんかく)の如きは稀(まれ)なり
且(いささ)か盛会を紀(しる)さんと欲し
君に請う（頼むから）帰ると曰(い)う莫(な)かれ
紙を剪(き)りて韻字(いんじ)を分かたん
東冬江支微(とうとうこうしび)

終年逢幾回
一人不在坐
歓心或成灰
独悦今日宴
伯仲叔季来
平生非無客
団欒似箇稀
且欲紀盛会
請君莫曰帰
剪紙分韻字
東冬江支微

東・冬・江・支・微は、作詩上守る韻である。ちなみに引用した詩でいえば、冒頭の久・友・某が有韻、詩・時・誰が支韻、回・灰・来が灰韻、稀・帰・微が微韻である。宴が佳境に入り、上機嫌の旭荘が提案した。「五人いますから、それぞれ別の韻を用いて詩を作ろうではありませんか。五つの韻を紙切れに書きますので、くじできめましょう」、と和気藹々(あいあい)、まことに風雅な座興である。ときに淡窓は五十二歳、旭荘は二十七歳であった。三年前に旭荘は結婚し、淡窓とは住居を別にした。そして二年前には、淡窓は隠居して、永年にわたり経営した私塾を、旭荘に譲っていた。前年の天保三年五月、旭荘に離婚騒ぎがあったが、その年の十一月には再婚した。その二か月後に作られたこの詩には、よき伴侶を得た嬉しさも感じられる。

広瀬家に秀れた詩人兄弟が現われたのは、やはりその家庭環境に負うところが大きい。広瀬家は古くから続く豪商であった。そしてただの商人ではなかった。父は学問好きで、戯作の類いまでものしたという風流人であった。淡窓・旭荘兄弟には、文芸志向の濃い血が流れていたのである。かの勤王家高山彦九郎は、日田に来遊して淡窓の父を訪問した折、ときに十二歳の淡窓にも会った。そしてその才能に驚き、その後の歴遊の先々で、喧伝（けんでん）したという。そして旭荘は、十七歳のとき、師の亀井昭陽（かめいしょうよう）の前で、二十四句（行）の格調ある長詩を即吟し、賞嘆させた。

そもそも淡窓が、商家の長男に生れながら、家業は次男が継ぎ、自分は学問の道を選んだのは、学才もさることながら、病弱のためでもあった。そして末弟の旭荘が兄と同じ道を歩むことになったのは、その才能を見込んだ淡窓の導きによる。俊才を発揮する同じ血の兄弟でありながら、二人は見事に対照的である。兄の淡窓は、生涯のほとんど日田に居住して、馬関（ばかん）（現山口県下関市）より東へ出遊することがなかった。出遊といえば、六十歳過ぎてから二度訪れた長崎ぐらいである。一方の旭荘は、あまり日田にいなかった。一生の大半を大坂や江戸で過ごし、また畿内とその周辺はもとより、北陸から九州にわたる各地を周遊しては、文人たちの交流を深めている。

淡窓の情熱は、旭荘のような遊歴にでなく、塾生への教育にそそがれた。淡窓の塾は、いくつか場所と名称を替えているが、桂林荘での吟四首がある。そのなかの二首。

幾人か笈(きゅう)を負いて西東自(よ)りす（来る）
両筑(りょうちく)（筑前筑後）双肥(そうひ)前後の豊
花影簾(れん)に満ちて春昼永く
書声断続して房櫳(ぼうろう)（格子窓）に響く

幾人負笈自西東
両筑双肥前後豊
花影満簾春昼永
書声断続響房櫳

日田周辺の各地から塾生が集まり、塾内での情景が描かれている。双肥は肥前肥後、そして前後の豊は、豊前豊後をいう。もう一首

道(い)うを休(や)めよ他郷(たきょう)苦辛多しと
同袍(どうほう)友有り（友人同士）自ら相親しむ
柴扉(さいひ)暁に出づれば霜雪の如し
君は川の流れを汲め我は薪を拾わん

休道他郷多苦辛
同袍有友自相親
柴扉暁出霜如雪
君汲川流我拾薪

塾生たちは、仲間意識を大切にしながら、自炊生活のなか勉学に勤しんでいた。その様子を淡

窓は、温く見守っている。

淡窓・旭荘兄弟は、その性格や詩風の違いも、よく対比される。淡窓は温厚にして篤実、旭荘は豪放にして闊達。そして詩風は、短詩に長じた清明閑雅の淡窓に対して、旭荘は才気煥発、長詩を得意とした。両人に共通しているのは、時流に阿ねない詩魂である。淡窓に詩を論じた詩がある。

歌詩は情性（各人の心情と個性）を写すも
実は民俗（時代の好み）に随いて移る
風雅（詩歌）は一体（同一）に非ずして
古今固より多岐（多様）なり
作家（詩歌人）時変に達し（弁えて）
沿革（継承と変革）互いに之有り
苟も敦厚（厚い真心）の旨を存すれば
風教（詩による感化徳化）維持す可し
（中略）
我も亦た丈夫（男子）なり
李杜彼を誰と為さん（誰だというのか）

歌詩写情性
実随民俗移
風雅非一体
古今固多岐
作家達時変
沿革互有之
苟存敦厚旨
風教可維持
我亦丈夫也
李杜彼為誰

誰か六義の要を明らかにして
以て一時（当今）の衰を起こさん

誰明六義要
以起一時衰

一時の衰を起こさん、すなわち衰退した詩風の現状を復興させたいという。ときに淡窓三十七歳、まさに意気軒昂、とても病弱とは思えない。李白や杜甫、それが何だ、ものの数でない。六義の要とは、古典中の古典『詩経』の全篇を貫く最も大切な真義をいう。つまり『詩経』の精神に帰れというのである。旭荘もまた激しく詩を論ずる。ときに三十九歳。

我年十四にして初めて詩を学び
爾来二十六年神思（詩心）を役す
寝ぬるも眠らず食すも味を忘れ
未だ強仕（四十歳）に至らざるに鬢は糸（白髪）と成る
楽天（白楽天）長短（詩）三千首
我が詩の数遠く之を軼えたり
（中略）
世は好みて絶句に趨り
誰か是くの如き聱牙（ごつごつした感じ）の巨什（長詩）を観んや

我年十四初学詩
爾来二十六年役神思
寝而不眠食忘味
未至強仕鬢成糸
楽天長短三千首
我詩之数遠軼之
世好趨絶句
誰観如是聱牙巨什為

千載（永遠）子雲必ずしも得難し　　千載子雲難必得
到底我が詩は唯だ我のみ知る　　到底我詩唯我知

子雲は前漢の人で、君子たるものは時流に迎合すべきでないと強く主張した。旭荘はその子雲になぞらえ、結局自分の詩の価値は、自分ひとり評価するしかないのだと慨嘆する。

嘉永四年（一八五一）淡窓は、七十歳の古稀を自ら祝う詩を詠んだ。

文章（文人）の九命（不運）古来伝え　　文章九命古来伝
常に身に福寿の縁無きを恐る　　常恐身無福寿縁
七十自嘲還た自賀し　　七十自嘲還自賀
不才翻って老天（天命）に憐しまる　　不才翻被老天憐

当時としては長命である。自分には才能がないから、天が憐れんでくれたという。生来の病弱が、かえって身を労ったのであろう。安政三年（一八五六）、七十五歳の生涯をとじた。

旭荘には、文久三年（一八六三）三月、死去する五か月前、異郷での病中に詠んだ詩がある。

眼前の春物魂を消さんと欲し　　眼前春物欲消魂

日々潜焉（せんえん）（秘かに）として故園を憶う　　日日潜焉憶故園

（中略）

沈痼（ちんこ）（持病）身に纏（まと）いて地を避け難し　　沈痼纏身難避地

来たりて吾が骨を淀南（でんなん）の村に収（おさ）めよ　　来収吾骨淀南村

旭荘は当時、大坂に居た。病いに臥し、新しい生命を謳歌する春の景色が、かえって心を滅入らせる。望郷の念にかられてならない。だがこの病身では、移り住むのはとても難しい。ここ淀川の南の村で私の骨を拾ってもらいたい。その年の八月、脳出血症により息をひきとった。享年五十七歳であった。

四、詩人勝海舟

万延元年（一八六〇）一月十三日、勝海舟は艦長として、咸臨丸の人となった。咸臨丸には、幕府遣米使節の随行艦として、軍艦奉行木村摂津守以下九十数名が乗り、ほかに日本近海で難破したアメリカ船の船長と船員が同乗していた。そのアメリカ人を、海舟らは快く思わず、お情けで乗せてやるぐらいの気持だったが、幕府要人は、日本人だけでは心許無いとみて、航海中の助力を依頼していたようだ。事実、彼らの尽力は大きかったという。

それにしても、わずか三百トンの船で、悪天候が続くなか、日本人初の太平洋横断に成功したのだから、まさしく快挙であった。この快挙を海舟は航海中に、長詩の七言古詩一首と五言絶句三首に詠じている。開明進歩派の武人として、雄志の本懐を吐露したその古詩。

君聞かずや火船（かせん）（蒸気船）の雄飛すること数万里なるを　　君不聞火船雄飛数万里
宇宙の広しと雖ども呎尺（しせき）（僅かな距離）の裏（うち）　　宇宙雖広呎尺裏
飈挙（ひょうきょ）（旋風）長駆（ちょうく）して蒼茫（そうぼう）（青々とした海原）に入り　　飈挙長駆入蒼茫

恍然《こうぜん》恰《あたか》も海市《かいし》（蜃気楼）に遊ぶが如し
車輪は濤《なみ》に輾《きし》みて鯤尾《こんび》（巨魚の尾）動き
高帆は風に颺《あが》って鵬翼《ほうよく》（巨鳥の翼）起こる
南極は沈々として（ひっそり静まり）初月（三日月）輝き
氷山は塁《るい》々として（打ち続いて）天に連なって峙《そばだ》つ
俯しては海図を按《あん》じ（調べ）仰いでは天を窺《うかが》う（探る）
形象歴々として（一つ一つ明らかに）掌上《しょうじょう》に視る
無数の島嶼《とうしょ》（島々）翠《すい》（青々と）一痕《いっこん》
翠裏《すいり》包含す幾洲里《いくしゅうり》
一たびは宇内《うだい》（世の中）の指呼《しこ》（指図）に帰して自《よ》り
竟《つい》に呑噬《どんぜい》（侵略）を恣《ほしいまま》にす碧眼《へきがん》の士（外国人）
嗚呼《ああ》人世局促《じんせいきょくそく》（身をかがめ屈する）何ぞ恃《たの》む（頼る）に足らん
小信大疑は非是《ひぜ》（是非の判断）を錯《あやま》る
既に功名を将《も》って雲波《うんぱ》に附し
誰に向ってか更に海軍の技を説かん
安《いずく》んぞ遠識《えんしき》（将来を見通す見識）伯氏《はくし》（伯楽）の如きを得て
天下に大令して基趾《きし》（基礎）を定めん

恍然恰如遊海市
車輪輾濤鯤尾動
高帆颺風鵬翼起
南極沈沈初月輝
氷山塁塁連天峙
俯按海図仰窺天
形象歴歴掌上視
無数島嶼翠一痕
翠裏包含幾洲里
一自宇内帰指呼
意恣呑噬碧眼士
嗚呼人世局促何足恃
小信大疑錯非是
既将功名附雲波
向誰更説海軍技
安得遠識如伯氏
大令天下定基趾

伯氏すなわち伯楽とは、古く中国で天馬を守る星の名であったのが、のちに名馬を見分ける名人をいい、さらに転じて秀でた人物を見抜く眼力をもつ人を呼ぶようになった。海舟は自分が名馬であり、自分を評価する人物を幕閣に求めているようだ。

帰国後、目まぐるしく変わる政局に、海舟が活躍する場がしばらくなかったが、文久二年（一八六二）の七月に軍艦操練所頭取、それからわずか二か月半の閏八月には軍艦奉行並に昇進。翌三年の四月、上洛していた将軍家茂の大坂沿岸視察に随伴した海舟は、神戸に海軍操練所建設を説き、許可を得た。そして翌元治元年（一八六四）の五月、念願かない開所する。

軍艦奉行に昇進した海舟は、操練所の総管として、万感こめた長歌を詠んでいる。

海原に　立てる御国の大みふね　さはにあらずばものゝふの　きかみたけびてくるへども
あしまの蟹の天の下　横にし行かむ足をなみ　千里に羽搏つ大鳥の　翅をいたみうち羽かき
羽うちもあへず外国の　かたきのためにおほあみに　かゝりやすらむかけまくも　あやに畏
き古へを　思ひも見ずや白鳥の　大み御神は鳥が啼く　東の国のみいくさに（中略）み国の
みいつこと国に　思ひ知らせむよしをなみ　これを思へば今もかも　胸とゞろきてかきはき
の　剣のたがみとりしばり　憤ろしも世の人の　あげつらふなるくさ〴〵の　ことわりさへ
も耳無の　山の翁にあらねども　わかちもあへず口無の　はなにかくろひ後の世に　偲ばん

友を待たむとぞ思ふ

開所はしたものの、二か月後の七月、禁門の変が起こり、操練所に長州藩士がいたことから、海舟はあらぬ嫌疑を受けることになった。禁門の変とは、京都での地位を失墜した長州藩が勢力挽回のため、会津・薩摩両藩の兵と蛤御門付近で戦い敗れた事件である。海舟は十月、江戸帰府を命じられ、翌十一月罷免された。そして翌慶応元年（一八六五）三月、この神戸海軍操練所は、わずか一年足らずで廃止となった。翌二年の秋、海舟は海軍操練所の跡地に立っていた。その時の想いを詩に詠む。

百年（永年）の胸裏総て参差（食い違い）
空しく丹心（真心）を以って死灰（無生気）に比せん
縦い細巧（工夫）をして今は達せざら使むるも（達成できなくても）
雄図（雄大な計画）応に必ず胚胎（芽生え）を作すべし

百年胸裏総参差
空以丹心比死灰
縦使細巧今不達
雄図応必作胚胎

海舟が志す「雄図」の実現は、明治の維新を待たねばならなかった。維新は、いわゆる戊辰戦争によって結着がついた。その過程の一つに、江戸無血開城がある。それは海舟と西郷隆盛との腹芸と勇断に負うところ、きわめて大であった。海舟と隆盛が初めて会ったのは、七月の禁門の変後、神戸の海軍操練所の運営に、暗雲が漂う九月のことである。大坂の宿舎に訪ねてきた隆盛に、海舟は幕府の無能ぶりをあけすけに語り、緊迫した内外の諸問題に対処して、日本の独立を守るには、雄藩が連合する以外に方法はないと力説した。隆盛はこのとき初めて、世界のなかであるべき日本の進路を認識したといわれている。一薩摩藩の隆盛から脱却して、日本を舵取る隆盛に変身してゆく契機となったのが、この海舟との初めての会見であった。ときに海舟は四十二歳、隆盛三十八歳。海舟にすっかり心酔した隆盛は、会見の模様を伝える書簡に、「実に驚き入り候《そうろう》人物にて、最初は打ち叩《たた》くつもりにし差越《さしこ》し候処、とんと頭を下げ申候、どれだけか智略のあるやら知れぬあんばいに見受け候、まず英雄肌あひの人にて、（中略）ひどく惚れ申候」と、まさに一目惚れして、褒めちぎるのだった。

この初会見から三年半後、慶応四年（明治改元九月・一八六八）の三月、新政府軍による江戸総攻撃の直前、両者の会談によって、江戸の炎上は喰い止められた。だが旧幕府軍の主戦派は、あくまで新政府軍に抵抗する。彰義隊を結集して、上野の寛永寺に屯集した。海舟とて、彼らの気持を理解できないわけではない。心を痛め、「旗本の諸士に寄す」と題した長詩に強い懐いをこめた。

憶昨危難時　　憶《おも》う昨（昨今）危難の時
激怒反指麾　　激怒して指麾《しき》（指揮）に反す

極り罔く旻天（天空）に号び
戈を揮う十万の師（軍隊）
塵を捲きて天日暗く
百端（多くの糸口ここでは思慮）怨誹（怨み誹り）を生む
我が主（慶喜）は本より至誠（極めて誠実）
敢えて群疑（多人数の疑念）を容れず
悉皆（万事）肺腑（心の奥底）より出で
大旨（大要）精微（精細）に入る
社稷（国家）重んぜざるに非ず
興廃（盛衰）微期（覚束無さ）を知る
自ら任ぜん蒼生（人民）の苦
決然として鼎彝（礼器ここでは親政）を重んず
臣愚かなるも亦何をか言わん
此の際良に悲しみに堪えん
是非（道理の有無）は本末（物事の根本と枝葉）に等しく
猛省して其の私（私心）を革めん
大事の終わり有るを貴しとして

罔極号旻天
揮戈十万師
捲塵天日暗
百端生怨誹
我主本至誠
敢不容群疑
悉皆出肺俯
大旨入精微
社稷非不重
興廃知微期
自任蒼生苦
決然重鼎彝
臣愚亦何言
此際良堪悲
是非等本末
猛省革其私
大事貴有終

言う勿れ速きと遅きとを　　勿言速与遅
志を述べて子輩に告ぐ　　述志告子輩
作す勿れ天意に違うことを　　勿作天意違

海舟らが厳しく説得したが、受け入れられなかった。そして、彰義隊は、新政府軍の攻撃によって、わずか一日で潰滅した。この上野戦争は、海舟の心に深く刻まれ、後々まで消えることがなかった。懐古の詩がある。

東叡山頭春色新たなり　　東叡山頭春色新
空に聳ゆる雄閣已に薪と化す（炎上した）　　聳空雄閣已化薪
当年を回想す矢石（弓の矢と弩の石すなわち銃砲弾）飛び　　回想当年飛矢石
落花撩乱として（入り乱れて）戦塵に雑りしを　　落花撩乱雑戦塵
風光（景色）依稀として（微かに残りて）今昔を傷ましむ　　風光依稀傷今昔
危難を経過し（過ぎ去り）此の身を存す　　経過危難存此身
世変翻波（逆波のような変貌）豈料る勿らんや（とても考えられない）　　世変翻波豈勿料
憐れむべし紛々たる（混雑した）路上の人　　可憐紛紛路上人

また「上野懐旧」とした歌の二首もある。

飛びちがふたまの響に散る花を袖にうけしも昔なりけり
沙羅双樹の花にたゝへむ山桜ゆうべの風にみだれてぞ散る

隆盛にぞっこん惚れられた海舟の方も、隆盛には畏るべき資質を見抜いたようだ。「西郷と面会したら、その意見や議論は、むしろおれの方が優るほどだツたけれども、いはゆる天下の大事を負担するものは、果たして西郷ではあるまいかと、またひそかに恐れたよ」と、回顧談『氷川清話』は記している。その隆盛は、明治十年（一八七七）の西南戦争で政府軍に敗れ、鹿児島の城山で自刃した。海舟にその死を悼む詩がある。

亡き友南洲氏
風雲大是（正義）を定む
衣を払って故山（郷里）に去る
胸襟（胸中）淡きこと（清淡）水の如し
悠然として躬ら耕すを事す
嗚呼一高士（高潔の士）

亡友南洲氏
風雲定大是
払衣故山去
胸襟淡如水
悠然事躬耕
嗚呼一高士

只だ道う自ら正（正道）に居ることを
豈国紀（国法）を紊さんことを意わんや
図らずも（思いがけなく）世変に遭い
甘受す賊名の訾り
笑いて此の残骸を擲ち
以って数弟子（門弟）に附す
毀誉（毀りと誉れ）は皆皮相（上べだけの判断）
誰か能く微旨（深慮）を察せん
唯精霊の在る有り
千載（千年）知己を存せん

只道自居正
豈意紊国紀
不図遭世変
甘受賊名訾
笑擲此残骸
以附数弟子
毀誉皆皮相
誰能察微旨
唯有精霊在
千載存知己

最終句の「千載知己を存せん」とは、中国の史書『史記』にある「士は己を知る者の為に死す（士為知己死）」をふまえている。すなわち男子たる者、自分をよく理解してくれる人のためには、身命を惜しまず投げうつ。隆盛は自分を慕う門弟たちに殉じたのである。海舟は和歌にも詠んだ。

ぬれ衣をほさむともせでこどもらの成すがまに〳〵果てし君かな

そして六年後、海舟の追慕は深く、「南洲歿後已に六年なり、流光梭（機織り具）よりも疾し、往時を回想すれば、幻か真か、茫乎（はっきりしない）として亦夢の如し、豈涕涙襟を湿すこと無からんや」と前書きして、詩三首を詠むのだった。

一

殺気城山に逼り
烈士（節義の固い士）重囲を衝く
君を知るも形骸（肉体）忘る
一笑九泉（黄泉）に帰す

殺気逼城山
烈士衝重囲
知君忘形骸
一笑九泉帰

二

匆々（あわただしく）已に六歳（六年）
旧りしを話し高義（高い徳義）を思う
惨澹たり神鬼も哭く
豈況んや憂苦を同じうせしをや

匆匆已六歳
話旧思高義
惨澹神鬼哭
豈況同憂苦

三

名華（名花ここでは偉人）は早に凋落し
美人（至誠の人）も却って沈淪（沈み埋もれる）
未だ仙骨（仙人の骨相つまりは脱俗）を換うる能わず
宛として（そのまま）風塵（俗世間）に老ゆ

名華早凋落
美人却沈淪
未能換仙骨
宛乎老風塵

隆盛の潔さを称えながら、自分はといえば、俗塵から脱け出せないでいる。なにやら自嘲しているかのようでもある。明治二十二年（一八八九）の二月、憲法発布の記念として、政府は大赦を行い、隆盛は「賊」の名を除かれ、再び正三位を追贈された。そして九年後の三十一年には、上野公園に銅像が建てられた。ちなみに制作は、高村光太郎の父光雲である。十二月十八日の除幕式、海舟は挨拶を頼まれたが固辞し、代わりとして歌三首を呈するのだった。

せめつゞみ御旗なびかしたけびしも昔の夢のあとふりにける
咲く花の雲の上野にもゝづたふいさをのかたみたちしけふかな
君まさばかたらんことのさはなるに南無阿弥陀仏われも老いたり

海舟の限りなく深い人間愛。そして永く政事にかかわってきた公人としての社会性。この二つの平衡感覚は、まことに卓逸している。たとえば、日清戦争への厳しい批判、その詩がある。

昨には（かつては）魯（ロシア）の太子（皇太子）を傷つけ
今（今度は）清の大使を撃つ
狂浪（狂暴）徘徊を恣にし
国耻（国辱）を招かんと歎息す
隣邦（隣国）悪感（悪感情）を牽くは
豈唯頑強の訾りのみならんや
順運（幸運）も漸く（やがて）逆に向わば
忽慢（忽ちに）殊に是（正道）を誤らん
春風に積雪融くれば
陽和（春の長閑さ）軍機（軍事機密）弛まん
疾病兵営に生じて
恐らくは大事に到らんのみ
廟謨（天皇の計り事）誰か劃する所（誰が破ることできるか）
切に希う終始を能くせんことを

昨傷魯太子
今撃清大使
狂浪恣徘徊
歎息招国耻
隣邦牽悪感
豈唯頑強訾
順運漸向逆
忽漫殊誤是
春風積雪融
陽和軍機弛
疾病生兵営
恐到大事已
廟謨誰所劃
切希能終始

ロシアの皇太子を傷つけとは、明治二十四年（一八九一）五月、来日中に大津で襲撃された事件。清の大使を撃つとは、明治二十八年三月、下関で開かれていた講和会議に、来日中の全権李鴻章が狙撃され負傷した事件をいう。詩には、中国との友好関係を強く望む心情が込められている。政府の強急強硬な殖産政策、それが生んだ大きな犠牲の一つに、足尾銅山鉱毒事件がある。これにも海舟は、激しい憤懣を歌に託している。

かきにごしかきにごしなば真清水の末くむ人のいかに憂からむ
ふる川のにごれる水を真清水に誰がかきまぜてしらず顔なる

社会の歪みは、多くの貧民層を生む。彼らへ思い遣る海舟の眼差しは温い。連作の句がある。

新米や玉を炊ぐの思ひあり
落栗やしうとと孫の糧二日
唐茄子に一日は饑をいやしけり
車ひき車ひきつゝ過ぎにけり
夜の雪草鞋もぬがで子を思ふ

維新後の海舟、在野に徹しないその生き方に批判する者がいた。その人たちに海舟は、「行蔵(こうぞう)はわれに存す、毀誉(きよ)は他人の主張、われにあずからず、われに関せず」とすなわち、あくまで自分の信念にそって行動したまでだと答えている。厳しい寒さにめげず、凛として花を咲かせる梅は、不屈の精神の象徴とされている。その梅を詠む連作の五句がある。

藪の梅ひとり気まゝに咲きにけり
骨にしむ力よ雪に薫る梅
咲くや梅枝は天下に十文字
あな寒し誰が促して梅一輪
諂(へつら)はぬ枝さきつよし梅の花

五、戯作者と漢詩文

極端な中国かぶれを揶揄した江戸小咄がある。例えばそのひとつ、小咄集『楽牽頭』に載る。題して『儒者』。

儒者、品川へ引移し、弟子ども、家見の祝儀に行き、「先生は、繁花な日本橋をお見捨てなされ、何のよき思し召し御座候哉」、儒者まじめな顔にて、「唐へ二里近い」。

日本橋の儒者といえば、当時のおおかたが荻生徂徠を思い浮べたであろう。徂徠は、将軍綱吉の側近柳沢吉保に抱えられたが、吉保の引退を機に、日本橋茅場町に塾を開き、多くの駿才を育てた。吉保に登用される前、芝増上寺門前に住んだ貧窮時代、飢えから救ってくれた豆腐屋の恩義に報いる話が、今なお講釈で「徂徠豆腐」の演題でよく語られる。豆腐屋の侠気と徂徠の恩返しが、人々の心をくすぐるのである。この美談を、徂徠や門人たちの言行を筆録した湯浅常山が『文会雑記』(巻二の上)に記している。

徂徠ハ芝ニ舌耕（講義などで生計をたてること）シテ居ラレタル時、至極貧ニテ、豆腐屋ニカリ宅シテヲラレタルユヘ、豆腐ノカスバカリクラハレタルト也。大ニ豆腐屋の主人世話ヤキタルユヘ、徂徠禄エラレタル後、二人扶持ヤラレタルト也。

ちなみにこの話は、かなり流布していたとみえ、儒者たちの事績を集めた原念斎の『先哲叢談』（文化十三・一八一六年刊）に採録されているが、謝礼を「月に米三斗を贈りて以て之れに報ず」とあり、その数字が異なる。

江戸儒学を革新した徂徠は、学問一辺倒の人ではなかった。ときには艶美な世界に想いを馳せる詩作を楽しむ。たとえば題して「美人酒に中る」、すなわち二日酔の美女の様を詠む。

曽て阿真（楊貴妃）の嬌にして仙ならんと欲するを詫るも
此の態を看て更に憐れむに堪え教む
何ぞ須いん徐ろに雲鬟（高く束ねた髪）を整えし後
纔かに海棠の眠り未だ円かならずと説くを

曽詫阿真嬌欲仙
教看此態更堪憐
何須徐整雲鬟後
纔説海棠眠未円

かの楊貴妃が死後、仙界に登ったとか、あるいは二日酔いで臥せていたところ、玄宗皇帝に召し出され、化粧もせずに参上したが、それでも「海棠のように美しい君よ、まだ眠りたりないのか」と玄宗が言ったとか、貴妃にまつわる故事をふまえた作である。

徂徠の門下あまたのなかで、双璧といわれるのが服部南郭と太宰春台である。四書五経などを研究する、いわゆる経学を専らとする春台に対して、南郭は豊かな個性を発揮する文芸を得意とした。その南郭には、遊女の酔態を詠じた詩がある。たとえば「青楼曲」を題した三首のなかの一首。

遺却金簪酔倚楼
衆中戯者鸘鷞裘
従陀共指阿郎婦
不学盧家鎖莫愁

金簪(金の簪)を遺却して(落して)酔うて楼に倚る
衆中(皆の前で)戯れに著く鸘鷞の裘(ここでは嫖客の羽織)
従陀れ共に阿郎が婦(夫婦気取り)と指すとも
学ばず盧家が莫愁を鎖すを

結句の「学ばず」とは、古代の中国で、莫愁という女性が富家の盧家に嫁したが、その代償として不自由の身となったことを思うと、なにも身請けされて女房にならなくてもいいのさと、酔った勢いで強がりをいっている図である。

ちなみに、中国の漢詩といえば、今なお続く『唐詩選』人気、そもそもの火付け役は徂徠であり、それをさらに広めたのが南郭であった。南郭が塾で講義した注釈書『唐詩選国字解』は、必修の書として親しまれていた。そして、江戸地誌の研究者が必ず繙く『江戸名所図会』の風景挿絵には、その場所に因む漢詩和歌俳句が付されている。引用された漢詩でもっとも多いのが、この南郭であることからも、その名声と人気の高さがうかがえる。

ついでながら挿絵の吉原遊郭図には、榎本其角（えのもときかく）の句に合わせて、南郭の詩が載る。そしてこの其角が、俳句でもっとも数多く引用される俳人である。もう一つついでに、与謝蕪村の漢詩趣味、とりわけ唐詩の強い影響がよく指摘されている。それは南郭に負うところ大であった。蕪村が関東を遍歴していた時代のこと、延享三年（一七四六）ころ麻布森元町（現港区東麻布）に住む南郭を訪ね、入門こそしなかったが、漢詩文の教えを受けたといわれている。時に蕪村三十二歳、南郭六十四歳であった。

さて冒頭の小咄集は、明和九年（十一月改元安永元年・一七七二年）の刊である。ちなみにこの年の一月、かの田沼意次が正式老中となり大いに敏腕をふるう。また、四月には、内藤新宿が甲州街道の宿駅となり、品川宿に次ぐ繁昌をみせてゆく。

異常とさえ思えるほど儒教に執着した将軍綱吉の学問奨励、そして将軍吉宗の熱心な教育普及、その成果のひとつとして、中国文学への関心もいっそう深まり広まっていった。一方、商業資本を重視する田沼意次による経済の活性化に支えられ、江戸に文学ではさまざまな戯作、絵画では鈴木春信らの錦絵、また歌舞伎では五代目団十郎の活躍など、多彩な都市文化が開花した。

戯作類の一つに、洒落本（しゃれぼん）と呼ばれる遊里文学がある。この呼び名が定着するのは、安永期（一七七二―八〇年）の半ばごろといわれている。それまでは、上方で粋書（すいしょ）、江戸では通書（つうしょ）といわれており、洒落本は通人・粋人文学でもあった。そしてこの洒落本の作者には『北里志』『教坊記』『板橋雑記』など中国の遊里文学に触発された漢学者が多く、読者もまた漢学に造詣が深い教養人たちであった。

洒落本を代表する傑作の一つに、『遊子方言』がある。作者は丹波屋利兵衛こと田舎老人多田爺、題名はいうまでもなく漢籍『楊子方言』のもじりで、刊年は明和七年（一七七〇年）ころといわれ、本文は会話体の小説だが、序文は漢文体である。その序文と読み下し。

花之美多則多。不若花街花之美且情。桃李雖然美不言不語。牡丹海棠雖然艶不笑不歌。此花也不唯能言語笑歌。其色一過目則奪精蕩魂。其香一触鼻則飛心断腸。（中略）春秋昼夜莫時不芳菲。奚為与草木花同栄枯哉。草木花猶且賞之況於此花乎。北州之遊嗚呼楽夫。因以序。

花の美の多きことは則ち多し。花街花の美にして且つ情あるに若かず。桃李然く美なりと雖も言わず語らず。牡丹海棠然く艶なりと雖も笑わず歌わず。此花（遊女）や唯だ能く言語笑歌するのみにあらず。其の色一たび目を過ぎれば則ち精を奪い魂を蕩ろかす。其の香一たび鼻に触るれば則ち心を飛ばし腸を断ず。（中略）春秋昼夜時として芳菲（よい香り）せずということなし。奚為ぞ草木の花と栄枯を同じうせんや。草木の花すら猶且つ之を賞し況んや此花に於いておや。北州（吉原）の遊び嗚呼楽しいかな。因て以て序す。

序文が漢文体ではなく、古詩を引用した例に、山東京伝の『繁千話』がある。その詩は、庄司道恕斎編著の『洞房語園』に載る、柳塘隠士なる者の詩である。ちなみに道恕斎は、浅草移転前、日本橋に初めて吉原遊郭を開いた庄司甚左衛門の子孫だといわれている。

江左都門北　華街幾追尋　美人粧白玉　佳子擲黄金　嬌態千夫惑　妹顔万客臨　洞房何処曲
籬廓孰家音　伝陌朱唇韻　遏雲皓歯吟　昼思翡翠席　夜娯鴛鴦衾　豈有風流薄　当看妖艶深
鄭声兮衛色　恐是古猶今

江左都門の北、華街幾か追尋（追想）す。美人は白玉を粧い、佳子（良客）は黄金を擲つ。嬌態に千夫惑い、妹顔に万客臨む。洞房何れの処の曲ぞ、籬廓は孰れが家の音ぞ。陌に伝う朱唇の韻、雲に遏む皓歯（白い歯）の吟。昼は翡翠の席（敷物）を思い、夜は鴛鴦の衾（寝具）を娯しむ。豈に風流の薄きあらん、当に妖艶の深きを看るべし。鄭声（淫らな音楽）や衛色（好色）、恐らくは是れ古えも猶お今のごとし。

なお、序文を漢文体とする洒落本は、他に沢田東江こと无々道人の『異素六帖』（この題名は『義楚六帖』のもじり）、島田金谷の『彙軌本紀』（この題名は『史記本紀』のもじりで、彙軌は意気すなわち通を意味する）、夢中散人寝言先生（本名不詳）の『辰巳之園』、太田南畝こと馬糞中咲菖蒲の『甲駅新話』、唐来参和の『和唐珍解』など数々あるなかでも、とくに一風変わっているのが『和唐珍解』で、朱楽管江が寄せた序文は、漢文の左右に中国語発音の読みと日本語の翻訳を付している。読者の興味を強くひく狙いもあったのだろう。

素聞綺乃繁華之地景勝之郷也、就中丸山寄合之間、名妓少而粧扮好了、客貨比他三估一估也、我們久思一遊焉、萬里行路無奈、今般唐來三和、作和唐珍解戯文、是秋的大造化、閲一閲歡一歡、朱樂館主人序。

序文にかぎらず、趣向や筋立てに応じて、自作あるいは引用の詩詞が作中の随所に鏤められた。例えば、同じく京伝の『古契三娼』。

新鄭（新都会）たる江都（江戸）の地
青楼（遊廓）に美人多し
珊瑚翡翠の枕
錦綉鴛鴦の茵

新鄭江都地
青楼多美人
珊瑚翡翠枕
錦綉鴛鴦茵

思いを武蔵鐙に懸け
情を常陸紳に繍とる
朝な朝なには雲雨の契り
夜な夜なには良親（親密な男）を換ゆ

懸思武蔵鐙
繍情常陸紳
朝朝雲雨契
夜夜換良親

武蔵鐙とは、武蔵国で製作された馬具の鐙、乗馬の人が足を踏みかけるもので、想いをかけるに通じさせている。そして対語にしている常陸帯とは、常陸国の鹿島神社で行われる恋占いの帯である。雲雨の契りとは、中国の故事で、男女の深い交情をいう。

次に、西村定雅こと大極堂有長の『箱まくら』。芸者が主人公で、箱とは三味線の箱、そして枕すなわち芸を売らずに色を売る筋立てに合わせて、兎鹿斎なる者の狂詩を載せている。

当世の芸妓は皮を主とせず
此箱を枕と作して絲を張ること稀なり
健啖（食欲旺盛）にして語少なく偶ま口を開けば
催促す日柄（再会）の何時か在るやを

当世芸妓不主皮
此箱作枕稀張絲
健啖少語偶開口
催促日柄在何時

皮といえば猫の皮、すなわち三味線。糸よりも色を専らとする芸者を、床芸者とか転芸者と呼

んだ。転とは転寝の略である。山東京伝の弟で、同じく戯作者京山の見聞随筆『蜘蛛の糸巻』に、

ころび芸者と唱へ、百疋(千文・二万五千円前後)づゝにてころびねの枕席としたるものあり。

とある。そして川柳選句集『柳多留』には、「転ぶからそれではやると芸子いひ」とか「転ぶは上手〳〵踊るはお下手」(一二篇)「専らにはやる芸者は車へん」(九一篇)などと詠まれている。

猿赤居士なる戯作者も、『金郷春夕栄』に繁華な遊里を狂体の詩で描く。

春郭に裙履（華美な装い）多く
紅塵（町の賑わい）凝って欲浮ばんと欲す
香華は大いなる蘭若（寺院）
歌舞は小なる楊州（市街）
花は遶る寺辺の寺
柳は連る楼外の楼
此の郷に宜しく酔死すべく
佳酒は碧にして油の如し

春郭裙履多
紅塵凝欲浮
香華大蘭若
歌舞小楊州
花遶寺辺寺
柳連楼外楼
此郷宜酔死
佳酒碧油如

同じく狂詩をもう一つ。賀茂真淵門下の国学者にして幕臣山岡浚明こと泥郎子の『跖婦人伝』に載る、茅原子なる人の作。

四十にして振袖好み　　　　四十振袖好
相見て客を惹くこと頻りなり　　相見惹客頻
交情は総て醴（甘酒）の若く　　交情総若醴
却って笑う独り醒むるの人　　却笑獨醒人

客を惹く振袖好きの女とは、すなわち最下層の街娼夜鷹である。風俗随筆『寛天見聞録』（筆者不詳）に、

吉田町に夜鷹屋といふ有りて、四十あまりの女の、墨にて眉を作り、白髪を染て島田の髷に結ひ、手拭を頬かぶりして、垢付たる木綿布子に、おなじく黄ばみたる二布して、敷ものをかゝへて辻に立ちて、朧月夜に、お出おいでと呼声、いとあはれなり。（中略）大川中洲の脇永久橋辺りへ、舟まんぢう（船饅頭）とて、小舟に棹さして岸によせて、往来の裾を引き、客来る時は、漕ぎ出して中洲を一トめぐりするを限りとして、価三十二文也と、是等も

夜鷹と同じく瘡毒にて、足腰の叶はぬもの多し。

この夜鷹の戯詩が、大田南畝こと四方山人の狂詩集『通詩選諺解』に載る。

柳原何事ぞ引き連れて帰る　　柳原何事引連帰
眉碧に月明かなり両国の圻　　眉碧月明両国圻
二十四銭（文）夜発（夜鷹）を沽う　　二十四銭沽夜発
清左（酒の擬人名）に堪えずして共に浮かれ飛ぶ　　不堪清左共浮飛

柳原は現在の神田須田町辺で、本所の吉田町とともに夜鷹の巣窟としてよく知られていた。夜鷹は町中で春をひさぐが、船饅頭は船の中で客をとる。それぞれの値は、夜鷹の二十四文に対して、船饅頭は三十二文、当時の一文は今のおよそ二、三十円である。南畝の同狂詩集には、船饅頭の作もある。

鼻落ち声鳴って篷身を掩う　　鼻落声鳴篷掩身
饅頭下戸銭緡を抜く　　饅頭下戸抜銭緡
味噌田楽の寒冷酒　　味噌田楽寒冷酒

夜半の小船客人を酔わしむ　　夜半小船酔客人

鼻落ちとは、梅毒で鼻が欠損すること。銭緡（緡）を抜くとは、百文単位に結んだ紐をほどくことをいう。

いわゆる漢詩には古来、形式として詩と詞とがある。志性を重んずる詩に対して、詞は情感に訴えるともいえよう。日本で漢詩といえば専ら七言絶句を主流とする詩で、詞のほうは何故か馴染みが薄い。詞はまず曲（メロディー）があり、その曲に合わせて作る、いってみれば歌詞である。歌いやすいように、平仄や韻が厳しいので、それが敬遠されてきた理由ではといわれている。その詞を、山東京伝が、柳浪館主人の戯名を使い、『娼妓絹籭』の巻頭に「西江月」と題して載せている。この題は詞譜名、すなわち数多くある詞形の一つである。

歌楼と妓館を恋うこと莫れ　　莫恋歌楼妓館
美色と嬌声とを貪るを休めよ　　休貪美色嬌声
分明に是れ箇の陥人坑　　分明是箇陥人坑
嘆ずべし愚人省らず　　可嘆愚人不省
楽処（楽しき処には）愁怨を生じ易く　　楽処易生愁怨
笑中（笑いの中には）真に刀兵（刃物）有り　　笑中真有刀兵

等間（うかうか）失脚して他の門に入れば　　等間失脚入他門
便ち是れ蝦蟆の井に落つるがごとくならん　　便是蝦蟆落井

陥人坑とは、遊里に入り浸っていると、結局は破滅に陥ることをいう。およそ洒落本にふさわしからぬ教訓めいている。これは幕府の厳しい出版統制の目をくらます狙いではといわれている。だが狙いどおりにならず、他の洒落本と合わせて絶版処分となり、京伝自身も手鎖五十日の刑を受けた。寛政三年（一七九一）三月のことである。

今なおもっとも親しまれている詞華集といえば、和歌の「百人一首」、漢詩では『唐詩選』、そして和歌と漢詩を同じ名題の下に対比して並べた『和漢朗詠集』の三大集であろう。書家として知られる沢田東江こと无々道人の『異素六帖』は、『唐詩選』からの一句と、百人一首からの下句を組み合わせて、吉原遊郭のさまざまな風俗を描いている。なかからのいくつか、まずははじめに、題して『揚屋入り』。

紫陌紅塵払レ面来　無三人不レ道二看レ花回一
乙女のすがたしばしとゞめん

太夫が、客の求めに応じて、揚屋すなわち茶屋へ赴く様である。陌とは街路をいい、都大路の美称、ここでは仲の町と呼ばれる吉原中央の大通り。紅塵は繁華な街に舞い立つ塵をいい、これも美称。引用の詩は、劉禹錫の七言絶句、その起・承句である。和歌は、僧正遍昭の「天つ風雲の通ひ路吹きとぢよ」の下句である。かような綺麗事ばかりで済ませないのが洒落本で、いささか下がかりの条もある。題して「年寄り客」。

春光不レ度玉門関

忍ぶることのよはりもぞする

著者の注釈に、「春光は春のごときあたゝかなるよき心持にならぬゆへ、不度といへるなるべし」とある。この「不度」は、性交を意味する隠語「祭を渡す」をふまえているようだ。引用の詩は、王之渙の七言絶句の合句（結句）である。和歌は、式子内親王の「玉の緒よ絶えなば絶えねながらへば忍ぶることの弱りもぞする」の下句。格調高い漢詩と優雅な和歌を結びつけつつ、いささか卑猥な滑稽味は見事である。

江戸時代は、中国の古典に関する知識が、それ以前とは比べようがないほど、深まり豊かになる。輸入される書籍が大いに増え、それらの注釈や翻訳などを通じて、中国への親近感や憧憬心が膨らんでいった。そして一方、都市生活が洗練されていくなか、粋や通、意気といった美意識が生れる。

戯作者たちは、凡俗に対する優越感や、権威に対する屈折した抵抗感をはらませつつ、洒落本の世界で、風刺や穿ち、機知や瑣末趣味といった技巧をこらしながら、和漢の古典文学を、あざやかに融合、あるいは戯画化してみせたのである。

六、多士済済評判記

一　高尾

吉原に遊ぶ文人のだれしも、名妓高尾には強い関心興味を抱き、考究心をくすぐったようだ。大田南畝もその一人である。同じ幕臣で、故実家としても知られていた瀬名貞雄に、高尾の素性について、南畝が問う。

新吉原三浦屋遊女高尾、六代ほどもつゞき候哉。初代よりの伝いかゞ。

この問いに、瀬名は、

高尾が伝は、能ク原武太夫盛和委敷候へき、伝へ請け候筈にて、終に不果、残念に候。浅草山谷寺町 春慶院に転誉妙身と有之碑、万治二己亥年十二月五日と切りて、辞世に、

さむ風にもろくもくつる紅葉哉

と有り。

と答えている。そして南畝は、「予、後に諸書を参考して高尾考を著す」と、両人の問答書『瀬田問答』にいう。ちなみに、書名の瀬田は、両人の苗字の一字をとる、また、原武太夫も幕臣で、しかも三味線が巧みな粋人であった。万治二年は、西暦一六五九年。

南畝と親交の深かった戯作者そして浮世絵師の山東京伝（さんとうきょうでん）は、考証随筆『近世奇跡考』に、

今、杏園（きょうえん）先生の高尾考にもとづき、古書を参考して、年序（ねんじょ）（年順）をさだめ、好事家の考訂をまつのみ。

と以下、歴代の高尾について諸書を引いて考説する。杏園先生とは南畝である。

初代高尾　元吉原の時代、引拠なきによりて、つまびらかならず。

ちなみに元吉原の時代とは、明暦三年（一六五七）に浅草へ移転する前、日本橋にあったときをいう。

二代高尾　数代のうち、すぐれて名妓のきこえ高し、これを万治高尾といふ。貞享の板『江戸鹿子』の説を用ひて、二代とさゞむ。万治三年十二月二十五日死、或は云う万治二年十二月五日死。

三代高尾　『袖かゞみ』に、高尾を評して、いまだ年わかとはいひながら、さきの二代高尾におとれりとある、以て三代とさだむ。

四代高尾　元禄七年板本『草すり引』に、いつぞやわづらひより、ふるさとへおかへりのよし、としるしあれば、此の高尾、元禄五六両年の間に、出廓せしなるべし。

ちなみに、出廓とあるが、年季明けなのか、もしくは誰かに身請されたのか、廓を出たいきさつは不明である。元禄五六両年は、一六九二、九三年。

五代高尾　元禄十二年春出廓のよし、『元正間記』に見えたり。

六代高尾　宝永六年（一七〇九）板本『大黒舞』に、六代の高尾とあり、証とすべし。

七代高尾　引拠なきによりて、つまびらかならず。

八代高尾　此の高尾、正徳四年（一七一四）出廓なるべし。

九代高尾　享保五年（一七二〇）板本『丸鏡』に、奥州が禿しのぶといへるが、正徳五年太夫となる、これ元祖より九代目の高尾なるよし、たしかにしるしあり、証とすべし。

十代高尾　此の高尾、享保十三十四両年の間に出廓なるべし。享保十五年より同十八年までの『細見記（さいけんき）』をならべてみるに、高尾なし、此の間四年中絶なり。

細見記とは、妓楼名・遊女名・等級などを細かく記した吉原の案内書で、ほぼ毎年出版されているので、吉原研究の必須文献である。

十一代高尾　此の高尾、享保十九年十月九日太夫となり、わずかに六年を過ぎて、寛保元年（一七四二）六月四日出廓す。其の身うけ証文を、今に蔵せる人あり。此の後の細見記を、ならばせ見るに、高尾なし。十一代にてたえたる事あきらけし。宝暦五年（一七五五）細見『入相（いりあい）の花（はな）』に、三浦屋ありて、同七年細見『花たちばな』に三浦屋なし。宝暦六年家たえたり。

高尾は、寛保元年に身請された十一代が最後、そしてその三浦屋は、宝暦六年（一七五六）に見世を閉じたという。この京伝の説も、あくまで諸説の一つで、今もって伝説巷説珍説が絶えない。

二　吉　野

東を代表する太夫、それが高尾とすれば、西は吉野であろう。吉野の素性評判について、もっとも古い文献といえば、藤本箕山の大著『色道大鏡』。なかの「扶桑列女伝」の冒頭に、吉野を据えている。

吉野諱（実名）は徳子、性は藤原、松田氏、曩祖（先祖）は俵藤太秀郷に出ず。後陽成院の御宇、慶長十一年丙午（一六〇六）三月三日、洛陽（京都）大仏に生まる。七歳の秋より、林氏与次兵衛の家（娼家）に養われ、（中略）元和五年己未（一六一九）五月五日、出世して太夫職に補たり、名を吉野と曰い、是より先は、此の名有って、高名なるにより、之を号す。（中略）寛永第八辛未年（一六三一）、鹿客（仾俗な客）に就き、訴論（揉め事）有って、茲に因り、年季に充たずと雖ども、同年八月十日、年二十六にて旧里（実家）に還る。（原漢文）。

吉野太夫の高名は、日本ばかりではなく、隣の中国にまで鳴り響いていた。当時は明の時代、李湘山なる者が、なんと夢に吉野が現われ、感激のあまりに詩を作った。その詩をも箕山は記している。その詩。

日本に曽て聞く芳野が名
夢中に髣髴（ありあり）と覚れ猶お驚く
清容（清らかな姿）未だ見ざれば恨み極り無し
空しく海東に向って鴈行（雁の群）を数う

日本曽聞芳野名
夢中髣髴覚猶驚
清容未見恨無極
空向海東数鴈行

湘山は、海上の東に飛び去る雁を眺めやりながら、異国で名高い吉野に想いを馳せるのだった。その想いを雁に託している。

吉野が、追われるように退廓した、その理由は麁客にあった。太夫ともなれば、相手の客は、いわゆる貴顕紳士に限られ、身分賤しい者と会ってはならない、それが廓の掟である。掟を破ってまで、客として遇した相手とは、どのような人物だったのか。箕山はそれに触れていない。そこで以後、吉野にまつわるさまざまな俗説が生れ、伝説化してゆく。

その吉野に魅了された一人に、井原西鶴がいる。西鶴は、箕山に十四、五歳年下で、同じ俳諧の世界にあって、親交のほどは分からないが、『色道大鏡』からは多くを学びとっていたようだ。かの『好色一代男』の主人公世之介が、吉野を身請して妻とするいきさつを、一篇の佳話（巻五）に仕立てている。その書き出しに、一つの和歌を引く。

都をば花なき里になしにけり吉野は死出の山にうつして、と或人の読り。なき跡まで名を残せし太夫、前代未聞の遊女也。いづれをひとつ（何ひとつ）あしき（欠点）と申すべき所なし。情第一深し。

この深い情を、小刀鍛治の若者、すなわち麁客にかけたために、周囲から強く非難された吉野を、粋人の世之介が救う。この粋人とは、実在の佐野紹益である。紹益は、妻が亡くなり、後妻として迎えた吉野にも先立たれる。その時に詠んだのが冒頭の歌である。京の花ともいうべき愛妻、その花はその名の吉野の山の彼方に逝ってしまったと嘆くのだった。ちなみに、『一代男』の刊行は天和二年（一六八二）、吉野の没二十九年後である。そして紹益は、元禄四年（一六九一）八十一歳まで生きた。

考証癖の強い曲亭馬琴もまた、吉野にいたく魅せられていた。享和二年（一八〇二）、上方遊歴の折、京都での吉野探索を忘れなかった。紹益の孫薬庵を訪ね、祖父紹益や父紹円のことを聞き質したり、吉野の遺品などを見せてもらっている。紹円は、吉野と紹益との間に生れた子ではない。吉野の死後、紹益七十三歳の年に、妾が生んだ子である。だから薬庵は、紹益の孫とはいえ、吉野の血は流れていない。薬庵訪問の様子を、紀行見聞記の『羇旅漫録』や『著作堂一夕話』に載せている。

吉野の事蹟は、文化九年（一八一二）、京都の経邦なる人が著わした『吉野伝』が、多くの文献を渉猟していて詳しい。

三　夕霧

名高き太夫として、江戸の高尾、そして京の吉野をあげれば、大坂では夕霧であろう。夕霧は、もとから大坂にいたわけではない。寛文十二年（一六七二）、抱え主の扇屋四郎兵衛が、故あって京島原から大坂の新町へ移るとき、伴われてきたのである。すでに嬌名が鳴り響いていた夕霧の噂が、またたく間に広まり、大坂中が色めき立ったという。

その夕霧を、井原西鶴は『好色一代男』（巻六―二）に登場させている。当時の粋人たち六人が寄る宴席で、遊女の品定めがはじまり、なかの一人が、

晦日までの勤め、屋内繁昌の神代このかた、又類なき御傾城の鏡、姿をみるまでもなし。髪を結ふまでもなし、地顔素足の尋常、はづれ（手足の指）ゆたかにほそく、なり恰好（姿かたち）しとやかに、ししのつて（肉づきがよく）、眼ざしぬからず（目つきが利口そうで）、物ごしよく（言葉遣いがよく）、はだへ雪をあらそひ（肌は雪のように白く）、床上手にして、名誉の好にて（まことに色好みで）、命をとる所あつて（客を恍惚とさせて）、あかず酒飲みて（いくらでも酒の相手をして）、歌に声よく、琴の弾手（上手）、三味線は得もの（得意）、一座

のこなし（巧みな捌き）、文づらけ高く（文章は品よく）、長文の書きて（手練）、物をもらはず（物ねだりせず）、物を惜しまず（人に物をやり）、情ふかくて、手くだ（恋の駆け引き）の名人。

と理想の遊女論を披露し、かような遊女が、もしこの世にいるとすれば、それは誰だろうかといえば、

五人一度に（異口同音に）、夕霧より外に日本広しと申せども、この君〳〵と、口を揃へて誉めける。

と絶讃するのだった。

大田南畝が大坂で、夕霧の墓詣でをしている。享和元年（一八〇一）三月二十六日のことである。銅座勤務を拝命し、十五日前に、はるばる江戸から着任したばかりだった。江戸以外の土地を知らない南畝にとって、大坂は持ち前の好奇心を大いにあおった。市中や近郊の探訪探索は、すでに着任十日後から始っていた。在坂日誌『芦の若葉』は記す。

浄国寺といふ寺に、遊女夕霧が墓ありといふこと、かねてききつれば、とある家のかどに

たてる女にとふ、浄国寺はいづこにやといへば、むかひなる二軒めの寺こそそれといふに、例の事このむ癖やみがたく、たちいりてみれば、堂の左の方の墓の中にあり。（墓面の写し図省略）これは寛文十二年、都柳町より此地に下りて、時めきける遊女なり。此地の太夫なるもの、二人禿はつれたれども、引船女郎をつるる事なし。此夕霧より引船女郎を一人づつつれしとぞ。延宝五年の秋の比より、病にふして、翌年の春死せしといふ。

夕霧の病没は、延宝六年（一六七八）の一月六日、享年二十二歳（一説に二十七歳）。その死は、世間の同情をあつめ、翌二月三日には、「夕霧名残の正月」の外題で、追善劇が上演された。今なお続く、いわゆる夕霧伊左衛門物の始まりである。南畝は、伊左衛門のモデルとされる人物に触れている。

藤屋伊左衛門扇屋夕霧阿波鳴戸といふ浄瑠璃あり。此伊左衛門といふ事、あとかたもなき（根拠なき）つくり事也。此浄瑠璃に阿波大臣といふものあり。その比の大尽に大坂阿波屋何某といふもの、夕霧にふかくなじみ、病の中にも、よそながら世話せしとぞ。（中略）阿波屋の富めるを、貧なる伊左衛門といふものにつくりしは、作者の翻案なるべし。くはしくは、みをつくしといへる俗書にみへたり。

ちなみに南畝は、翌四月二十一日には、西鶴の墓にも詣でている。そして、

げにも好色一代男・さよあらし・世間胸算用など、後の作者の及ぶべくもあらず。小説九百の祖なるべし。

と賞賛するのだった。

四　井原西鶴

いま西鶴を低くみる人は、まずおるまい。しかし江戸時代は、批判と賞賛の両論が、ずっと続いていた。西鶴批判として、きまって引き合いに出されるのが、松尾芭蕉の言である。門人向井去来の俳論書『去来抄』に、「先師曰く」として、

世上、俳諧の文章を見るに、或は漢文を仮名に和らげ、或は和歌の文章に漢章（漢語）を入れ、詞あしく賤しくいひなし、或は人情をいふとても、今日（当世風俗）のさかしきくまぐ〳〵まで（こざかしく細部まで）探り求め、西鶴が浅ましく下れる姿あり。

と西鶴の文章を、下品だときめつけている。この芭蕉の厳しい評言は、西鶴を作家としてではなく、あくまで俳人とみるところからきている。芭蕉が目指す俳文と比較されたら、西鶴にしてみれば大いに迷惑であろう。

そもそも同時代の西鶴と芭蕉はともに、軽口風の談林俳諧に同調する時期があった。芭蕉はやがて、格調の高みを求めて新風を起こす。そして西鶴は、浮世草子（うきよぞうし）と呼ばれる『好色一代男』の斬新さが大当りし、俳人としてよりも、作家としての名を揚げてゆく。だから作家の視点では、西鶴の評価は高くなる。たとえば後進の浮世草子作者の江島其磧（えじまきせき）は、自作『野傾旅葛籠（やけいたびかずら）』の序文に、

世の人の心を慰むる浮世草子の、作者の名人といふは、二万翁西鶴古法師に増（まさ）るはなし。僕（やつがれ）およばずながら、此法師の詞（ことば）をかりて、傾城色三味線といふ戯（ざ）れ草子をつくり。

と西鶴に心酔していた其磧は、自ら「詞をかりて」というとおり、いまなら剽窃（ひょうせつ）といわれるほどの模倣をしたようだ。江戸中期の狂歌人そして戯作者として知られる平秩東作（へずつとうさく）が、考証随筆『莘野茗談（しんやめいだん）』のなかで、

西鶴法師は、よく物語をよみて腹に納め、当世の事に用ひて書きし故、文法（文飾）高き

所有り、其磧が一生の著述、よき句はみな西鶴をうつしたり。

と西鶴を持ち上げながら、其磧を扱き下ろしている。

かの『雨月物語』で名高い上田秋成の作家活動は、浮世草子に始まる。その一つ「世間妾形気」の序文に、

八文字（八文字屋其笑）が草紙、其蹟・自笑の戯作多かる中に、近代俗間の模様、有とあるまゝの序に、鶴翁（西鶴）が糸に引きそめし、伝授車の綱手にすがりて、商賈のそろ盤形機書出れば。

とある。そして『書初機嫌海』の序文にも、その書き出しに、

むかしの西鶴が筆のまめ〳〵しき、世の中のよしなし言が（平俗な話が）、つもり〳〵の胸算用。

とあり、秋成の西鶴を敬うこととしきりで、この作は、『世間胸算用』を模している。

多くの作家に敬慕される西鶴だが、曲亭馬琴の評言はまことに厳しい。考証随筆『燕石雑志』に、

> この人、肚裏に一字の文学なしといへども、よく世情に渉りて戯作の册子あまた著はし、一時虚名を高うせり。その書は、男色大鑑、西鶴織留、世間胸算用、一目玉鉾、日本永代鑑、西鶴置土産、西鶴彼岸桜、西鶴名残の友、この余いくばくもあるべし。人々今日目前に見るところを述べて滑稽を尽す事は、西鶴よりはじまれり。さばれもつぱら遊廓のよしなしごとのみ綴りて、その書猥雑なりしかば、世の譏を得脱れず。（中略）遊里洞房の痴情などは、親しくたちふるまふにあらずとも、しりやすきものなれど、筆にまかして、その趣を尽すときは、作者の心ざまも推量られ、徳を傷るものなるべし（中略）西鶴は俳諧師なれども、世俗の口吟とする発句、絶えてなし。雅俗雲壌（天地）の差はあれども、張文成が詩文章の後世に行はれざるに等し。

と、これは持ち前の倫理感に由来するようだ。張文成は、中国唐代の伝奇小説『遊仙窟』の作者である。すぐれた文人でありながら、官能作家ともみなされ、正当な評価をうけていないのを、西鶴に比している。

五　松尾芭蕉

元禄期の文芸を代表する松尾芭蕉と井原西鶴。芭蕉の西鶴にそそぐ冷い視線、対する西鶴は、芭蕉をどのように評しているか。遺稿集『西鶴名残の友』（巻三―四）に、

> 武州の桃青（芭蕉）は、我が宿を出て諸国修行し、笠に、世にふるは更に宗祇の宿りかな、と書き付け、何心なく見えける（まこと自然に振舞っている）。これ又世の人沙汰は（人の評判などは）構うにもあらず。只俳諧に思ひ入りて、志し深し。

とかなり敬意を表わしている。ちなみに、この遺稿集は、編者の北条団水らが加筆しているといわれ、この部分が間違いなく西鶴の評言かどうか疑問視する人もいる。

とまれ芭蕉の没後、芭蕉の名を借りての俳諧活動が功を奏して、大いに大衆化が進む、すなわち俗化。これを嫌い、批判する識者が現われてくる。その一人に、勝部青魚がいる。青魚は、医家そして儒者、また俳諧にも通じ、かの上田秋成と親交があった。学芸随筆『剪灯随筆』に、

> 俳諧も、芭蕉々々とて、嚔も芭蕉の嚔は面白きといふ様に、名に浮かれるも浮気也（浮薄なり）。（中略）只口気を芭蕉らしく作る事を好み、田舎めきたる詞をつかひて、去来、許

六、乙由などを慕ふやう也。是等芭蕉がる類也。芭翁若し再生あらば、かうではないと歎かるべし。

ひたすら芭蕉の真似するだけ、すなわち似て非なる蕉風を、もし芭蕉が生き返りこれを知ったら、いたく嘆くに違いないと断ずる。青魚の友人秋成の芭蕉嫌いは、いくつかの著書でよく知られている。たとえば辛口評論として名高い『胆大小心録』（異本）にも、芭蕉を槍玉にあげる。

俳諧をかへりみれば、貞徳（松永）も宗因（西山）も桃青（芭蕉）も、皆口がしこい衆で、つづまる所は、世わたりじや。桧の木笠、竹の枝も、田舎商い上手者じや。

秋成や青魚の西に対する東ではといえば、建部綾足だろう。綾足は、古詩形の片歌の復興を唱道したことでも知られ、その理論書『片歌二夜問答』に、

世に俳諧てふものの、広く行はるるは、芭蕉の後也。故に、芭蕉によらざる人なし。爰においても、おのおのの作るところの言の製も、芭蕉にも此詞ありと許して（だからよしとして）、芭蕉の毒をながせることを知らず。

一偏（ひとむき）に（ひとえに）芭蕉を尊み、芭蕉は天下の人の取る処、何のあやまちかあらむなどいふ。（中略）後人（後世の人）酔（よえ）るは、芭蕉の毒にあたれる也。

心酔といえば聞こえはいいが、度が過ぎれば悪酔いだということ。それにしても、芭蕉の毒とは手厳しい。

芭蕉熱は、崇敬から信仰色を帯びてくる。安永六年（一七七七）の八月、本所の回向院で、近江義仲寺（ぎちゅうじ）の開帳が催され、本尊の朝日阿陀如来や義仲像とともに、芭蕉像も参拝に供された。これを伝える『武江年表（ぶこうねんぴょう）』の記事に、考証学者の喜多村筠庭（いんてい）が付記して、これまた芭蕉をこき下ろしている。

桃青が事を、芭蕉翁と謂ひしは、もと其の門人等が称呼なるを、さらぬ俗人等、事を弁（わきま）へず、専ら翁といへるはいとをかし。桃青は何ほどの人にて、かく今世にも重んぜらるるか、解しがたき事なり。彼が発句、よき句も多けれど、今聞こえたる（よく知られたる）句どもの内にも、放屁の如きもあれど、みな尽（ことごと）く金玉（きんぎょく）と思へるは、いとつたなし（愚かである）。彼が正風体を唱へざりし前、古風の頃の句を見るべし。上のやうなる発句さらになし。宗因等が才に比ぶれば、大いに劣りたり。況（いわ）んや貞室（安原）以上をや。

やれ翁、やれ俳聖と崇められる芭蕉の句、これを放屁の如きとは、これまた厳しい。それでも、寛政五年（一七九三）の百回忌には「桃青霊神」として祀られ、天保十四年（一八四三）の百五十回忌には「花の本大明神」の号を贈られ、ついには神にまでなる。

六　幡随院長兵衛

侠客、いわゆる男達（おとこだて）といえば、その一番人気はやはり幡随院長兵衛（ばんずいいんちょうべえ）だろう。男達はかつて、奴（やっこ）と呼ばれていた。戯作者柳亭種彦（りゅうていたねひこ）が考証随筆『用捨箱（ようしゃばこ）』に、

昔、奴ととなへしは、男達のことなり。故に、寛濶（かんかつ）の字をやっこと訓ず。或は六法者（ろっぽうもの）という事は、昔々物語にも出て人の知るところなり。

といっている。そして文中の「昔々物語」は、財津種爽（たからつしゅそう）の懐旧録『むかし〳〵物語』をいい、そのなかに、

昔は、奴子（やっこ）と云事在之（いうことこれあり）。（中略）侍道（さむらいどう）の勇気専らとし、人に頼まれ又人の為に、命を露程（つゆほど）もいとわず。

とある。この奴、すなわち男達を競う連中が、武家にも町人にもいた、幕臣を中心とする旗本(はたもと)奴(やっこ)であり、町奴(まちやっこ)である。その頭領株が、三千石の旗本水野十郎左衛門であり、町奴の長兵衛である。風俗巷談随筆『久夢日記(きゅうむにっき)』（著者不詳）は、当時の男達として、旗本奴三十八人、町奴百六十人の名を挙げている。そして長兵衛や十郎左衛門については、他の連中より詳しく記述する。

まずは長兵衛。

> 下谷幡随院境内に住す。六法組、よき男なり。花房大膳殿もの、浪人してみじかきあい口に大刀さし、名高き男達なり。寛文五乙巳年（一六六五）より十八年の間、男達をし、一度もひけをとらざるところ、水野十郎左衛門いこんあるゆへよびよせ、いろ〱ちそう（馳走）いたし、大酒いださせ、こゝろをゆるさせ、大勢にて切ころしぬ。時に天和二壬戌年（一六八二）のことなり。長兵衛三十六歳にて、水野がために横死す。

次に十郎左衛門。

> 大小神祇組(だいしょうじんぎぐみ)、幡随院長兵衛に意恨ありて、たばかりころしぬ。長兵衛子分ども、十郎左衛門殿を吉原の土手にてさいなまれ（責め苦しめ）、屋敷帰り御しおきになりぬ。

旗本奴と町奴との抗争、ついには十郎左衛門の長兵衛斬殺。この事件は、当時大いに評判となったに違いないが、後に語られるとき、次第に事実が判らなくなるのが、世の常である。長兵衛横死の年号、そして長兵衛の子分たちによる十郎左衛門への仕返しについては、いまほとんど認められていない。事件に関して、よく引き合いに出されるのが、幕府の正史『御実記』(一般に『徳川実記』)である。事件は、明暦三年(一六五七)七月十八日としている。『久夢日記』にいう天和二年より二十五年も前である。この日、

寄合水野十郎左衛門成之のもとに、侠客幡随院長兵衛といへるもの来り、強て花街に誘引せんとす。十郎左衛門、けふはさりがたき故障ありとて、辞しければ、長兵衛大に怒り、そはをのれが勇に恐怖せられしならんとて、種々罵り、不礼をふるまひしかば、十郎左衛門も怒りにたえず、討すてて、其よし町奉行のもとに告しかば、奉行より老臣(老中)へうたへしに、長兵衛処士(浪人)の事なれば、そのままたるべきむね、老臣より令せられしとぞ。

寄合とは無役をいう。長兵衛が無礼な振舞いをしたとする記述は、明らかに幕府寄りである。十郎左衛門は、殺害後直ちに町奉行に届け、長兵衛は町人扱いの切捨御免として、なんのお咎めもなかった。だがその七年後、切腹を仰せつかる。その理由を、幕府編纂の大名・旗本の系譜書『寛政重修諸家譜』に、

寛文四年（一六六四）三月二十六日、病と称して出仕を怠りながら、市中に出て不法の所行ありしよしきこえ（知られ）ければ、松平（蜂須賀）阿波守光隆に召預けられ、二十七日、評定（裁決）の席にめされしに、被髪白衣（ばらばら髪の白装束）にて、其容体不敬なりしかば、御気色かうぶりて（ご機嫌損ねて）死を賜ふ。

と記す。そして一人いた二歳児の処分について、翌二十八日、「嬰児たりといへども、父が罪によりて誅せらる」、と同じく死罪とした。

七　鼠小僧次郎吉

鼠小僧次郎吉の義賊伝説は、処刑直後から語られ、広まったようである。曲亭馬琴でさえ、見聞録『兎園小説余禄』に、書き留めている。それを抄記する。

此もの、元来木挽町の船宿某甲が子なりとぞ。いとはやくより、放蕩無頼なりけるにや。家を逐れて（勘当されて）（中略）、処々の武家に渡り奉公したり。依之武家の案内（内情）に熟したるかといふ一説あり。（中略）ぬすみとりし金子都合三千百八十三両二分余、是白状の趣なりとぞ聞えける。

この金額は、ざっと今の五億円前後にあたる。そして天保三年（一八三二）五月五日（一説に八日）、捕まるときの有様について、

浜町なる松平宮内少輔屋敷へしのび入り、納戸金（手許金）をぬすみとらんとて、主侯の臥戸（寝室）の襖戸をあけし折、宮内殿目を覚して、頻に宿直の近習を呼覚して、（中略）是より家中迄さわぎ立て、残す隈なくあさりしかば、鼠小僧庭に走出で、屏(へい)を乗て屋敷外へ撞(どう)と飛をりし折、町方定廻り役(まちかたじょうまわりやく)榊原組同心大谷木七兵衛、夜廻りの為、はからずもその処へ通りかかりけり。深夜に武家の屏を乗て、飛おりたるものなれば、子細を問うに及ばず、立処(たちどころ)に搦捕(からめとらえ)たり。

捕縛されて、牢獄での取り調べ後、八月十九日に、江戸市中引き廻しの上、千住小塚原（一説に品川鈴ヶ森）で磔、獄門に処された。この日の様子について、

このもの悪党ながら、人の難儀を救ひし事、しばしば也ければ、恩をうけたる悪党（仲間たち）おのおの牢見舞を遣したる、いく度といふことを知らず。刑せらるる日は、紺の越後縮の帷子(かたびら)を着て、下には白練(しろねり)のひとへをかさね、襟に長房(ながふさ)の珠数をかけたり。年は三十六、丸顔にて小ぶとり也。馬にのせらるるときも、役人中へ丁寧に時宜(じぎ)（お辞儀）をして、悪び

れざりしと、見つるものの話也。この日、見物の群集、堵(かき)(垣)の如し。伝馬町より日本橋辺は、爪(つめ)もたたざりし程也しとぞ。

馬琴は、教養人としての自負があってか、記事を「虚実はしらねど、風聞のままを記すのみ」と結んでいる。世にさまざまな風聞風説が流れ、それが諸書に記されている。たとえば、捕われてしまう失策は、『自々録(じじろく)』によると、大きな鼾(いびき)のせいだという。

松平宮内少輔の深殿の天井に、日頃の大胆をもて、深更をまつうち、眠りにつき、大なる鼾よりしてあやしめられ、堅士捕者の達者や有りけん、搦め捕られたり。

と、まことに無様(ぶざま)である。また盗み取った金額について、『天言筆記(てんげんひっき)』には、

盗賊に押入りしは、大抵諸侯にして、七拾軒、盗みし金高は、凡(およそ)二万二千両なり。

とある。いまのざっと三十五億円前後である。この金高について、『巷街贅説(こうがいぜいせつ)』には、

大名方九十五ヶ所、右の内には三四度も忍入り候所も有之(これあり)、度数の儀は、八百三十九ヶ所

> 程と相覚、諸所にての盗金相覚候分、凡三千三百六十両余迄は覚候由申し立候（中略）聢と
> は申立て難き候得共、盗み相働き初めより当時迄、凡一万二千両余と覚え申候由、右盗金
> 悉く悪所盛り場等にて、遣ひ捨て候事之由。

とある。さらに、この九十五ヶ所の氏名と被害の金高を逐一列記している。その屋敷には、尾張・紀伊・水戸の御三家や、田安・一橋・清水の御三卿まであり、盗人ながら見上げたものである。金額が最も大きいのは、戸田采女正の四百二十両（六千五百万円前後）である。

学芸大名として名高い松浦静山までもが、鼠小僧の評判に興味をもち、その名の由来について、随筆『甲子夜話』（巻四十三）に書き記している。

> 或人言ふ。頃ろ都下に盗ありて、貴族の第（屋敷）より始め、国主の邸にも処々入りたりと云ふ。然ども人の疵つくること無く、一切器物の類を取らず。唯金銀をのみ取去ると。されども、何れより入ると云こと、曽て知る者なし。因て人、鼠小僧と呼ぶと。

八　近松門左衛門

曲亭馬琴は、享和二年（一八〇二）の夏、上方へ遊歴した折の大坂で、近松門左衛門の閲歴を

識り、書跡に接する機会をえた。これを『著作堂一夕話』に記している。

予、難波に遊びし時、歌舞妓狂言作者並木正三を訪ひて、その筆記する所の戯材録（『戯財録』）を一覧して、近松が事跡をしれり。又、金屋橋熊野屋何某の家に、近松が墨跡二輻あり。一は美人の画讃、一は辞世の詠草なり。

この『戯財録』は、狂言作者並木正三（二世）が著した歌舞伎随筆である。書名は、戯作のための財産の記録を意味しながら、「毛才六」という上方者を自嘲する語を隠しているといわれている。なかに記述する近松評をみる。

大坂竹本義太夫座に頼まれ、出世景清と云新物を書しより、竹本の書始にて、生涯数百番の新物を諸作して、日本に名を発る。是より看板または板本に、作者の名を印す元祖となりぬ。（中略）近松の浄るり本を百冊よむ時は、習はずして三教（神・儒・仏）の道に悟りを開き、上一人（天皇）より下万民に至るまで、人情を貫き、乾坤（天地）の間にあらゆる事、森羅万象弁へざる事なし。真に人中の竜ともいふべきか。

近松が活躍する以前、作者の地位が低くて、太夫の下働きに近く、作品も作者だけの制作でなかった時代、作者の名を記すようになるのは、近松に始まるという。

近松を礼賛する一人に、大坂の儒学者穂積以貫（ほづみいかん）がいる。以貫は、浄瑠璃にも精通し、著者に『浄瑠璃文句評註難波土産（なにわみやげ）』がある。なかの近松評。

元禄年間に、近松氏出て始めて新作の浄るりを作り出し、竹本氏（義太夫）が妙音（美声）にうつさせたりければ、聞く人感情を催し、ひそかにその本（丸本（まるほん）・正本と呼ばれる浄瑠璃版本）をもとめて、其作文をみるに、文体拙からず、儒仏神によく渡り、譬（たとえ）を取り故事を引くにも、人の耳にするどからず、貴賤のさかひ、都鄙（とひ）のわかち、それぞれの品位につきて、さこそあるらめとおもはせ、道行等のつづけがらも、伊勢源氏の俤（おもかげ）をうつして、しかも俗間の流言を、おかしく（興趣豊かに）つらねければ、自然と貴人高位も、御手にふれさせ（版本を手にとって）、賞し翫（もてあそび）し給ひしより、打ち続いて数多の浄るりを作り出すに、佳言妙句挙げてかぞへかたし。

ちなみに、近松の作劇論としてよく知られる「虚実皮膜論（うそまことひにくろん）」も、この『難波土産』に、近松からの聞書きとして紹介されている。近松の作品は、舞台鑑賞ばかりでなく、版本を読む愉しみもあったのである。故実考証家の栗原柳庵（くりはらりゅうあん）も、『柳庵随筆』にいう。

竹本の新作を百余番作りけり、義太夫が妙音に移し聞く人感通す。文体拙からず、儒仏神に能くわたり、譬（たとえ）ごとに故事を引き、貴人高位の御身にふれさせ賜ひしより、お初徳兵衛が道行の文に、知識（教養人）も耳をそば立て給ふ事、挙げて算（かぞ）へがたし。

お初徳兵衛が道行の文とは、「曽根崎心中」のなかの「この世のなごり、夜もなごり、死に行く身をたとふれば、あだしが原の道の霜、一足づつに消えて行く。夢の夢こそ、あはれなれ。あれ数ふれば、暁の、七つの時が六つ鳴りて、残る一つが今生の、鐘の響の聞き納め（以下略）」と、このくだりを読んだ当時の大儒学者荻生徂徠（おぎゅうそらい）は、絶賛したという。ちなみに徂徠は、近松より九歳下である。

数多い近松礼賛者からもう一人。狂言作者西沢一風（にしざわいっぷう）が『今昔操年代記（いまむかしあやつるねんだいき）』にいう。

近松門左衛門は、作者の氏神也。年来、作り出だせる浄るり百余番、其内あたりあたらぬありといへども、素読するに、何れかあしきはなし。今、作者と云はるる人々、みな近松のいきかたを手本とし書きつづる物也。此道を学ぶ輩、近松の像を絵書き、昼夜これを拝すべし。

作者を志す者は、近松の画像を毎日拝みなさいとは、まさに称賛極まれりである。

九　坂田藤十郎

坂田藤十郎といえば、多くが菊池寛の「藤十郎の恋」を思うであろう。濡れ事の演技を工夫するために、茶屋の女主人に情事を仕掛ける話である。この件が周囲に知られ、当時から評判になっていたことが、役者の逸話集『賢外集』に記されている。

坂田藤十郎、祇園町のある料理茶屋の花車（茶屋の女主人）に、恋をしかけ、やがて首尾せんと思ふに、件の妻女、おくの小座敷へ伴ひ、入口の灯をふき消したり。時に藤十郎すぐさま逃げ帰りけり。其翌朝、右の茶やへ行き、妻に打向ひ、御影（蔭）にて、替わり狂言の稽古をしたり、此度の狂言は、密夫の仕内（演技）なり、つひに（これまで）左様の不義を致したる事なければ、甚だ此仕打にこまり、此の間（先ごろ）太夫元（興行主）から、はやく初日を出し申し度しと、再三せがまれ、日夜此事にあぐみ、密夫の稽古を男に出合（相手）もらひては、其情うつらねば、ひとつも稽古にならず。我願ひ成就致し、稽古仕たり。今朝、太夫元へ、初日明後日御出しと、申し遣はしたりと一礼申されし。一座の人人、扨々名人と呼ばるる人の心がけは、凡慮（凡人の考え）の外なる事（さすがに違う）と手を打ちぬ。

この秘め事を、女主人から言い触らすはずはあるまい。漏らした藤十郎の人格を、いささか疑いたくもなるが、名人ならば許される風潮があったのだろうか。まさか両人が狎(な)れ合いで、でっち上げの噂話を流し、芝居の当たりを狙ったのだろうか。ともあれ、藤十郎は常日ごろ、役づくりに熱心で、自分の体験はいうまでもなく、他人の仕草も何であれ、芸のこやしにしていたようだ。それらを伝える話の一つが、当時の名優の芸談を集めた『耳塵集(にじんしゅう)』が、藤十郎の言として伝える。

役者の芸は乞食袋にて、当分いらうが入るまいが、何にても見付け次第ひろい取り、袋に入りて帰りたるがよし。入るものばかり用に立て、いらざるものはとって置き、入る時出すべし。ねから知らぬ事はならぬもの、巾着切(きんちゃくきり)（すり）の所作なりとも、能く見ならへとなり。

手当り次第、何事からも学ぶ熱意というより、その貪欲執念に感心する。その努力は、傍(はた)からあまり気づかれず、周囲では天性の芸と思われていた。同時代の名立役(めいたちやく)山下京右衛門も、その一人で、その言が、同じく『耳塵集』に載る。

今、上手といはるる立役の中に、藤十郎に及ぶ芸者（役者）一人も有べきとはおもはれず。我も又及ばず。（中略）たとへば木作り（植木師）の名人が、松にてもあれ、さまざまに枝をねぢたはめ、見事に作りなしたる松と、又天性ふりよく見事に生ちたる松のごとし。余の上手は、下手をねぢたはめ、能き芸にいたしたる上手なり。

藤十郎演ずる迫真の芸に、観客こぞって熱狂した。なかには、藤十郎に似せた人形を作らせ、いつも傍の置くという並み外れの女人も現われたようだ。江島其磧の浮世草子『寛濶役者気質』に登場する。

> 芝居へばかりござつて、あけくれ藤十郎に心をつくし、いろいろ文してくどき給ひ、やうやう木屋町の裏座敷にて、夢ばかりの体面。其後は、役目のさはりとあはざりしを、なほなほこがれさせ給ひ、此人形をつくらせ、愛したまふ事、今年で八年になれり。久しく寵愛せらるる、その執念や通じけん。ちかき頃より、身動きせり。されば此頃、坂田氏死去ありてより、なをなを手足をはたらかせ生きたる人のごとく、ただ物いはず笑はずと、是のみ嘆げかるる。（中略）

また同じく生き人形を作らせたある若後家の話として、

坂田藤十郎がけいせい買の身振をうつせし人形なり。いかなる上手の作りけるぞ、さながら生の移し。うわがれたる声にて、かはいやかはいやと、其のまま詞を出すかとおもはるる程うつれり（感情を寄せ）、是にむかふてさまざまのたはぶれ。

何とも悍ましい話である。

十　長谷川平蔵

天明三年（一七八三）の七月、浅間山が噴火した。これが鬼平こと長谷川平蔵が、世に知られる切っ掛けとなった。

噴火後数年にもわたり、続く天候の不順が凶作をもたらし、これが米などの物価高騰をまねき、そして窮民の暴動を引き起こした。その暴動の鎮圧に、先手組頭の平蔵らが動員された。先手組とは、戦時には先鋒をつとめる部隊である。幕府の正史『御実記』、その天明七年五月二十三日の記事に、

このほど、市中騒擾により、今日より市中相巡り、無頼の徒あらば、めしとらへ町奉行の庁へ相渡すべし。てにあまりなば、切捨て苦しからざるよし達せらる。こは近年、諸国凶作

うちつづき、米穀価貴くして、去年は関東洪水にて、江都別して米穀乏しく、諸人困窮に及び、末々餓死に至らんとす。然るに市井の米商ども、人の苦しみもかへりみず、をのをの米を買込みしにより、無頼の輩集りて、去ぬる二十日の夜より、市街の米商をうち毀り、家財等を打砕きしにより、かくは仰出でされしなるべし。

翌六月、松平定信が老中筆頭となり、寛政の改革を断行する。定信は改革の状況や市中の反響をつかむため、腹心の水野為長に情報の収集を命じた。その記録集『よしの冊子』に、平蔵へのさまざまな称賛や批判を録している。なかからいくつか拾う。

長谷川平蔵がやうなものを、どうしても加役に仰せ付け候やと疑い候さた。姦物のよし。（同書第一）

姦物は奸物とも書き、悪知恵者と評したのは、鎮圧に目覚しい活躍したことへの妬みだろう。そして、この悪口への反対の声も記す。

加役長谷川平蔵ハ姦物也と申候さた。しかし御時節柄をよく呑込み候や、諸事物の入らぬ（経費がかからぬ）様に取り計らい候由に付き、町方にてもことの外悦び候由。去年も雪の降る夜に、品川辺にて、一人召捕り候処、自身番所に預け候へば、一町内の物入りも多く掛かり候事故、直ちに其晩に自分の屋敷へ連れ参り候様申付け候由。（同第六）

町人たちには、極力迷惑をかけまいと、こうした平蔵の温情は、まことに評判がいい。たとえば誤認逮捕の対処がある。

盗賊召捕り違え御ざ候へば、たとへ三日四日牢内に居り候へば、夫だけ家職出来申さず、妻子も養ひ兼ね候事に付き、三四日牢内に居り候分手当、出牢之時に鳥目（金銭）抔遣し候由。（同第十六）

きちんと補償するのは褒められていい。平蔵はいわゆる弱きを助け強きを挫き、罪を憎んで人を憎まぬ人物だったようで、犯罪人でも病いの老人ならば労り、貧民賤民への恵しもよくしていたらしい。

老人の上、病気にも有之候へば、看病かたがた其方さし添え遣し候間、溜（囚人の療養施設）にて看病仕り候様申し渡され候に付き、扨々長谷川は奇特な人じゃと申し候由。長谷川、浅草観音或は外々寺社などへ参り候ても、小銭を持たせ参り、非人乞食に銭を遣り候由。右故、長谷川は仕置筋（犯罪の処罰）には手強いが、又慈悲も能くする人じやと、一統（総体に）評判宜く御ざ候よし。　（同第八）

平蔵の評判を妬む一人に、同じく盗賊改役を務めた旗本の森山孝盛がいた。著書の随筆『蜑の焼藻の記』に、その思いを書き留めている。

若最寄々々に、出火ある時は、其高提灯をともして、速に火事場に押立て置かせたり。されば愚なるものの目には、はや長谷川の出馬せられたると、驚き思はするためなり。又所々の寺院に墓塔を建立して、死刑の菩提を弔らひ、道橋に菰かぶり居る乞食なんどに、折々鳥目（銭）を与へて、恵みなんどしけるとぞ。

また老中の定信まで、平蔵への評価は、その手腕を認めながらも、歯切れがあまりよくない。自伝『宇下人言』に記す。

この人、功利をむさぼるが故に、山師などいう姦なる事もあるよしにて、人々あしくぞいふ。これまた知れど、左計の人にあらざればこの創業はなしがたしと、同列（同輩）とも議して、まづこころみしなり。

この創業とは、無宿人の更正事業として設けられた石川島の人足寄場（にんそくよせば）をいう。その設立を献上した平蔵が初代の奉行となった。

十一　遠山金四郎

遠山金四郎景元（かげもと）には、若い時の放蕩と彫り物（ほりもの）伝説が今もって続いている。その伝説は、当時からかなり広まっていたようだ。大坂の医師（氏名不詳）による見聞録『浮世の有様』に、

> 若き時、放蕩不頼にして、心行（こころおこない）悪敷（あしく）、家出をなして、吉原の辺にて、博突打（ばくちうち）の群に入り、常に悪行をなして至りしが、親兄弟死失して其家をつげる者なきゆへに、此度親類の斗（はから）ひにて召しかへし、家督せしめしと云（いう）事也。かかる人物故（ゆえ）、惣身のこらず入墨をなして、見（み）苦敷（ぐるしき）事也と云事也。

時代劇で見せる彫り物は、右肩から右肘にかけての桜花が定着しているが、ここでは総身のこらずという。だが、図柄は記していない。金四郎と同じ町奉行所に、与力として勤めていた佐久間長敬（おさひろ）は、維新後の回顧談『江戸町奉行事蹟問答』にいう。

旗本の末男にて、書生中は、いづれの場所へも立入り、能く下情を探索して、後年立身の心掛け厚く、学力世才に長じ、有為の仁物（人物）なりしが、外見にては、放蕩ものにて、身持ち悪しく、身体に彫物と唱う墨を入れ、武家の鳶人足大部屋中間にまで交際し、遊歩行きたる者など云評判（噂）を受けし者なれども、或る年、志を得て官途に登るや、忽ち立身して、天保・弘化・嘉永の頃には、北と南の町奉行を勤め、余初めて勤めに入りしは、同人晩年、南町奉行の頃にて、裁判の躰（様子）一見せしに、毛太く丸顔赤き顔の老人にて、音声高く、威儀整ひ、老練の役人と見受けたり。当時の評判には、大岡越前守忠相以来の裁判上手の御役人と申し唱へたり。

巷間の噂に触れながらも、大先輩に寄せる敬意が伝わり、そして風貌までの言は、実際に見ている人だけに貴重である。だが、ここでも図柄は不明である。

ちなみに、南北両方の町奉行に就任した者は、他にもいるが、金四郎が初めてである。これも評判を呼んだとみえ、『藤岡屋日記』として知らる江戸後期の見聞記に、

遠山左衛門尉、先年北町奉行を相勤め、又候此度、南町奉行に相成り、当人一代之内に、南北両町奉行を相勤むる事、是又珍敷事共也。

とある。

彫物の図柄に、初めて言及したのは、旧幕臣の木村芥舟が、明治十六年（一八八三）に著わした「黄粱一夢」だとされている。これには花紋とある。

> 景元才幹有り、庶子為るの時、遊侠を好み行剣（品行方正）無し。交わる所、皆市井無頼の悪少（悪い少年若者）。たまたま兄没し、家を嗣ぐ。幡然節を改む（改心）。擢んじて監察となる。其の左腕に花紋を鯨（彫物）するを以て、人駭異せざる莫し（誰も驚き怪しむ）。（原漢文）

左腕に花紋様だったとある。花といえば桜となり、はっきり桜花としたのは、同じく旧幕臣の中根香亭である。明治十九年刊行の『大日本人名辞書』（経済雑誌社）は、「遠山左衛門尉」の記述に、香亭の手稿を典拠としている。なかに「桜花の文身」とある。

> 人となり慧敏（知慮ありそして敏捷）、然れども少き時、放蕩にして検束（自制心）なく、常に酒を好み娼家に宿す。既にして（やがて）自ら怨艾し旛然（改心して）、其の行を改む。（中略）伝へいふ、景元狭斜に遊蕩せし頃、無頼子弟に伍して、腕に桜花の文身（彫物）せり。故に顕官（高官）に登るに及び、常に緊く襯衣（下着）を着け、盛夏と雖も脱すること

なしと、然れども此故を以て、頗る下情に通じ、明鑑鏡を懸くるが如く、人之を欺く能はず。近代屈指の良市尹（良き町奉行）たり。

明治に入り、人名辞典にまで「桜花」と記された段階で、いわゆる「遠山桜」が決まりとなってしまったようだ。

金四郎は、嘉永五年（一八五二）、五十九歳で隠居し、帰雲と号した。際しての漢詩一首と和歌の三首がある。まず五言絶句の詩。

風得青雲志
南衙久御治
知足躍元龍
今適白雲志

風得たり青雲の志
南衙（南町奉行所）久しく御治む
足るを知る元龍を躍きぬ
今適う白雲の志

金四郎が初めて就いた役は小納戸職で、ときに三十三歳。まことに遅い就職ではあったが、十五年後には、青雲の志を果して、勘定奉行から町奉行に就任した。ちなみに、初めての就職から町奉行に至るまでの十五年は、偶然にもかの大岡忠相と同じ年数である。そして白雲の志とは、隠居して悠々自適の心境であろう。元龍とは、『三国志』に登場する陳登の字と思われる。元龍は父の陳珪と共に劉備に仕えて功があった。金四郎の父遠山景晋は、長崎奉行や作事奉行などを勤め、幕政に貢献している。金四郎は、元龍父子に思いを馳せ、人生の充足感は元龍より上だと言いたいようだ。次に和歌を一首。これも俗界俗塵から離れての澄みきた感慨である。

天つ空照らす日影に曇りなく元来し山にかゑるしら雲

十二　紀伊国屋文左衛門

紀伊国屋文左衛門は、政商として巨富を築き、富商として遊里での豪遊ぶりが、当時から喧伝された。そして後に伝説化し、さまざまな俗説異説が生れる。いわゆる紀文大尽として、在世中の声名を、『吉原徒然草』が伝える。この書はかの『徒然草』のパロディで、「つれづれなるままに、日ぐらし硯に向ひ、心にうつり行好色のよしあしごとを、そこはかとなく書きつくれば、おかしうこそ物ほしけれ」に始まり、その二十段に、

大臣（大尽）の大さわぎは、さん茶を惣仕舞にして、かさ取る（得意がる）、常のこと也。八丁堀の大じん殿は、二丁目（江戸町）中松屋にて惣仕舞したまひけるに、松風、立て物（人気筆頭の遊女）なりければ、ざしきへ出ざるまま、興なし、他所にて遊ばんとて、立ち給

ひける。四ツ過ぎ（実際は九ツすなわち今の午前零時ころ）にて、見世なければ、江戸町ゆふきや（結城屋又四郎方）へおわして、井筒をもらひて、遊びたまひける。

散茶を惣仕舞とは、散茶と呼ばれる等級の遊女を全員買いきること。八丁堀の大尽殿、すなわち紀文。目当ての松風がなかなか現われないので、中松屋を出て赴いた結城屋の楼主又四郎とは、同じ榎本其角門の俳諧仲間であり、そもそもこの『吉原徒然草』の作者である。貰うとは、他の客の座に出ている遊女を、途中から自分の座に呼び寄せること。

吉原では、大尽舞と呼ぶ小唄が流行していた。その歌詞にも、評判の紀文が登場する。

そもそもお客（遊客）の始りは、高麗もろこし（朝鮮中国）はぞんぜねど、今日本にかくれなき、紀の国文左でとどめたり、緞子大尽はりあひに、三浦の几帳を身受けする、緞子三本紅絹五疋綿の代（代金）まで相そへて、揚屋半四に贈らるる、二枚五両の小脇差、今に半四が宝物、ハアホホ大尽舞を見さいナ。

この歌詞の意味が、年代が下るととも、人々になかなか理解され難くなったとみえ、語意を詳細に考証した人が現われた。戯作者で考証家の山東京伝である。題して『大尽舞考証』、紀文没後七十年、文化元年（一八〇四）の著述である。緞子大尽とは、常に緞子の羽織を着ていた遊客。三浦の几帳とは、妓楼三浦屋の遊女。揚屋半四とは、揚屋町和泉屋の主人半四郎をいう。京伝は、もちろん紀文にも考及しており、その考説を同年末に刊行の『近世奇跡考』におさめた。

紀伊国屋文左衛門は、材木問屋を家業として、世にきこえし豪家なり。性活気にして、常に花街雑劇に遊びて、任侠をこととし、千金をなげうち快しとす。故に時の人、紀文大尽と称して、嫖名（艶名）一時に高し。宝永の頃までは、本八町堀三丁目すべて一町、紀文が居宅なり。毎日定りて、畳さし七人ずつ来りて畳をさす。こは客をむかうる度に、あたらしき畳をしきかへたるゆえとぞ。此一事をもって、その豪富なるを知るべし。（中略）一日、揚屋町泉屋半四郎がもとにて、枡に小粒金（一分金貨およそ今の四、五万円）を入れて、蒔きあたえしと云い伝ふ。正徳の頃、家おとろへ、剃髪して、深川八幡一の鳥居の辺に住みしが、享保十九年（一七三四）四月二十四日、其の隠宅にて身まがりぬ。（中略）紀文、俳諧を晋氏其角に学び、千山と称す。（中略）紀文は一代の富家なりとおもふ人おほし。已に父あり。父、紀州熊野より江戸にいでて、一代に富みけるとぞ。（中略）紀文が事につきては、くさぐさの奇談あれども、人口に伝ふるのみ。たしかなる証もなければ、ここにもらしつ（記述しない）。

紀文は、その放蕩人ぶりがやたら宣伝されるが、俳諧の世界にも遊ぶ風雅の人でもあった。師其角の遺稿集『類柑子』には、「風流をたてぬきの飛花を惜しむ」と前書きをして。

今もいま錦繍の人よぶこ鳥

の追悼句を寄せている。また、紀文の長男千江が「ちる花ももとの雫や小盃」、そして次男千泉が「花鳥にこいよと呼ぶもうつつかな」と、同じく追悼している。ちなみに、紀文の父も俳諧を嗜み、敬雨の俳号をもつ。

七、人情世情万華鏡

一　意気

すい（粋）・たて（達）・つう（通）・いき（意気）。二百六十余年続いた江戸時代、その年代そして、時の社会風土に応じて開花した美意識、行動美学である。それぞれ同じようでありながら、時代の推移により、いうにいわれぬ違いがある。そもそもは色里に生れ、競いつつ発揮された。

延宝六年（一六七八）、藤本（畠山）箕山が著書『色道大鏡』のなかで、「名目鈔」と題した遊里用語の一つとして、意気の定義をする。

いき路ともいふ。路は、いきの道すぢの心也。又助語なり。いきのよしあしは、尋常（日常生活）にもいふべけれど、先づ当道（色道）を本（本来）とす。心いきのよしあし也。心のいさぎよきを、いきよしといひ、心のむさきを、いきのわるき抔いふ。又心のたけたる

（威勢のよさ）と初心なる（純真さ）にもかよふ（通ずる）也。

そしてまた、通の語源といわれる「気の通る」について、

しやれたるといふ詞にひとし。物をいひ聞さねども、心通じはやくさとる貌也。

と説く。意気はあくまで、当道すなわち色道の世界で光彩を放つ。またそれは、初心すなわち素直さにも通ずるという。江戸中期に流行した洒落本すなわち遊里文学、その傑作『遊子方言』に、自称通人が、吉原へ案内する若者に言いきかせる科白がある。

どうぞ形や何かを、ゐき（いき）にさつしやい。そして、会（遊芸や俳諧などの寄り合い）へちッと出るやうにしたい。

と諭す。吉原では、やたら通ぶる男が馬鹿にされ、かえって純情な若者がもてるという筋書である。「いき」といえば、九鬼周造の『「いき」の構造』がよく知られているが、かの折口信夫は、この科白のなかのいき（意気）を解説して、「すい」（粋）と対立させ、意気は「いきがいい」の「いき」であり、その中心は溌剌としていることだ、という。ちなみに、折口門下の池田彌三郎

は、この意気について別の解釈をする。「いき」の語源は、果して「意気」、すなわち心意気とか意気地かどうか、そうではなくて、「行き」からきているのではないか、つまり「これはいける」の名詞形「行き」が、次第に「意気」に重なっていたという。これも一理ありそうだが、江戸期では、おおかた心意気や意気地と同じ意味に受けとられているようだ、たとえば歌舞伎の「助六」にある科白に、

惣じて男達といふものは、第一、正当(正道)を守り、不義をせず、無礼なさず、不理屈をいはず、意気地によって心を磨くを、まことの男達といふ。

と、これをことさら髭の意休に言わせている。男達の「達」とは、男を立てるとか、顔を立てるの「立」である。そして、意気地を張り合い、立て通すことをいう達引の「達」でもある。達引者といえば、気前や気風のよさを見せる者をいう。また、華美に振舞い、外見を飾って見栄を張ることをいう伊達にも通ずる。

天保十一年(一八四〇)、大坂から江戸に移住した喜田川季荘の著『守貞漫稿』に記す粋と意気論は、まことに要を得ている。

俗間の流れに走る者を、京坂、粋と云ひ、(中略)其人を粋者と云ふ。江戸にて是を意気

と云ひ、其人を通人と云ふ。（中略）京坂は男女ともに、艶麗優美を専らとして、兼て粋を欲す。江戸は意気を専らとして、美を次として、風姿自ら異あり。是を花に比するに、艶麗は牡丹也。優美は桜花也。粋と意気は、梅花也。而も京坂の粋は紅梅にして、江戸の意気は白梅に比して可ならむ。後人之を以って三都風姿の大概を察せよ。

さすがに三都すなわち江戸・京・大坂の社会風俗に通じた人の説である。

二　路考

寛永六年（一六二九）、いわゆる女歌舞伎が禁じられ、そしてつぎの若衆歌舞伎も、同じく風紀上の理由で、承応元年（一六五二）に禁止となった。その翌年、興行の再開を望む強い声に圧された幕府は、成人の男ばかりによる野郎歌舞伎を許し、ここに女役を演ずる女形が生れる。

女形といえば、上方出身がもっぱらだったが、初めて江戸生れの女形として、絶大の人気を博したのは、二世瀬川菊之丞である。生れた地名から、王子路考と呼ばれた。路考は、俳名である。その人気ぶりは、髪型は路考髷、櫛は路考櫛、帯は路考結び、衣装の染色は路考茶など、路考の名をつけたファッションが大流行したことでわかる。

大田南畝は、この二世菊之丞を描いた役者絵に、賛を寄せている。明和四年（一七六七）ときに十九歳、初の狂詩文集『寝惚先生文集』に載る。

是を男なりと曰うは其の名と彼の物となり　曰是男其名与彼物。
是を女なりと曰うは其の顔と形貌となり　曰是女其顔与形貌。
結綿を紋として紫帽子を戴く　紋結綿戴紫帽子。
男と為り女と為るは誰そ、瀬川菊字は路考　為男為女者誰、瀬川菊字路考。

彼の物とは陰茎。結綿は、真綿の中央を束ねた図柄の紋所。紫帽子は、女形が頭の前部に置く紫縮緬の布切れである。ちなみに、二世は南畝より八歳年長で、本文集刊行の六年後に三十三歳で世を去った。

この二世が三十三歳で病没した後、遺言により三世を継いだのが、大坂の市川富三郎である。生前に二世が見込んだどおり、三世菊之丞はたちまち人気の女形となった。仙女路考の名で親しまれ、仙女香と呼ばれる化粧品の白粉が、これまたよく売れたという。

天明五年（一七八五）、二世菊之丞十三回忌追善の舞台で、仙女路考が披露した得意の変化物が大評判。同じ年、山東京伝は『江戸生艶気樺焼』の大好評によって、黄表紙作家の第一人者となった。そしてこの作品の中に、路考の名を引き合いに出している。

此秋狂言には、艶二郎が、無利足にて金元（出資）をする約束にて、座元（興行主）をたのみ、桜田（治助・狂言作者）にいゝつけて、此こと（偽装心中行）を浄瑠璃につくらせ、立方（所作方）は門之助と路考にて、舞台でさせるつもり。

主人公の艶二郎が、金にあかせ何とかして、浮名を弘めようといろいろ企て、その一つ、自分をモデルに人気役者を使い、歌舞伎の舞台に仕立てようと算段している条（くだり）である。門之助とは、二世市川門之助である。

仙女路考は、文化七年（一八一〇）十二月、六十歳で没する。同じ年、式亭三馬は六月の日誌に、当時の風俗にふれて、

女の衣装に、伊予染流行、並びに鹿子（かのこ）流行、路考茶染流行、女の髪の風、京大坂のかたちになれり。

と記している。そして二年後の文化九年、三馬は、滑稽本の『浮世風呂』三編巻之上（女湯）を刊行した。そのなかで、歳のころ十か十一のこましゃくれた小娘二人、お角（かく）とお丸（まる）のお洒落談義に、廃（すた）れず親しまれている路考茶を引き合いに出している。

丸「ヲヤ、おまへの袂から何だか落ちました」、角「ホイ、ヲヤ〳〵髷結ひの裁だ、丸「一粒鹿子（極小の鹿子絞り）かヱ」、角「アヽ」、丸「麻の葉（麻葉を図案化した鹿子）もよいねへ」、角「あれは半四郎鹿子と申すよ」、丸「わたしはね、おつかさんにねだつてね、あのウ、路考茶をね、不断着にそめてもらひました」、角「よいねへ、わたしはネ、今着て居る伊予染を不断着にいたすよ」

半四郎は、五世岩井半四郎である。伊予染は、伊予すだれを二枚重ねて透かした模様に染めたものをいう。

数多くの名女形を輩出した江戸時代、その名に必ず挙がるのが、芳沢あやめである。そのあやめが語った女形の心得が、狂言作者福岡弥五四郎の筆記録『あやめ草』に伝わる。

女形は色（色気）がもとなり。（中略）それゆへ平生を、をなごにてくらさねば、上手の女形とはいはれがたし。ぶたいへ出て、爰はをなごのかなめ（女らしさの出し所）と、思ふ心がつくほど、男になる物なり。常が大事と存ずるよし。

そのためには例えば、楽屋で弁当を食べるような時でも、人の見ぬかたへ向きて、用意（食事）すべし。色事師（濡れ事師）の立役（相手役）とならびて、むさ〳〵と物をくひ、扨（さて）やがて舞台へ出て、色事をする時、その立役、真実から思ひつく心おこらぬゆへ、たがひに不出来なるべし。

三　俳諧

俳諧、それとも誹諧か。人偏（にんべん）かいや言偏（ごんべん）か、甲論すれば乙駁（おつばく）する。俳誹論争とでも呼びたくなる争論があった。まずは誹が正しいとする説。考証随筆『東牖子（とうゆうし）』に、田宮橘庵（きつあん）はいう。

誹諧の誹の字、人篇の俳の字を書く事、甚だ可然（しかるべ）からずとぞ。夫（それ）誹諧の字は、隋書の侯白（こうはく）伝（でん）に見へたり。今おしなべて明板（みんばん）の史漢を伝へ読んで、なまござかしき者、俳の字に改めたり。（中略）私に（勝手に）人篇の俳諧と云ふ字、用ふる事有るまじきこと也。後世嗚呼（おこ）（烏滸）の者（愚か者）有りて、古今集の誹の字をも、人篇に書改めまじきにもあらず。

同じく誹論者の畑銀鶏（はたぎんけい）が、諷刺随筆『南柯乃夢（なんかのゆめ）』にいう。

近ごろ、誹の字を人篇にかきかへて、専ら俳諧とかけ共、これも心えぬ事也。夫れ誹諧の文字は、隋書の侯自伝に見えたり。今おしなべて明板の史漢を伝へ読んで、なまこざしき者、俳の字に改めたり。（中略）古今集の誹諧歌といへるにも、言篇をかきしを見るべし。唐朝には正俗通の三つを混じ用ひし事、干禄字書を見ても知るべし。言篇の誹の字は出所正しき事なるに、夫をすてゝ、私に人篇に書き代ゆる事は、あるまじき事也。

橘庵も銀鶏も、新古今和歌集の誹諧歌と隋書の侯白伝を論拠とすること、まったく同じである。そして他の誹論者も同様である。

次に俳が正しいとする説。太宰春台が著書『独語』にいう。

俳諧とは、たはむれをいひて、人を悦ばせ、人の心に叶ふをいへり。古今集には、俳の字を誹につくれり。誹の字は、謗の字とつらねて、誹謗はそしる儀なるを、俳の字にかへて用ふ事は、いかなる故といふ事をしらず。誹の字と俳の字と音も義も大いに異なるを、通はし用ゆる事、字書にみえず、恐らくは古今集のあやまりならん。

要するに、俳と誹とでは、読みも意味も違うと断ずる。同じことを、伊勢貞丈が『安斎随筆』にいう。

古今和歌集、雑体の部に誹諧歌とあり。是れ俳の字を誤りて、誹の字に作りたるなり。俳の音はハイなり。誹の音ヒなり。俳はタハブレとよむ。誹はソシルとよむ。斯くの如く音も訓も同じからず。相通ぜざる字なり。（中略）古今集に誹の字を用ひたるは、貫之が誤りか、定家の写本の誤りか。（中略）俳諧歌は戯歌なり。今世に狂歌と云ふも差別なし。誹の字を用ひては、人を誹謗る歌と聞ゆ。俳はタハレ歌なり。

何故に俳を誹と誤り伝えられてしまったのか。その理由を、石川雅望は『ねざめのすさび』にいう。

古今集打聴といへる書に、賀茂翁（真淵）の説とて、今の本に誹諧とあるは写しあやませとありて、そのかたはしに細注して、秋成（上田）とかいへる人のいはく、草の手（草書）にて俳と誹とのまぎれたるを思はで、後にさま〴〵にいふは、いたづらごと（無意味）なりとかきたり。

何のことはない。草書の俳を誹と読み間違えたにすぎないと、かの上田秋成が指摘している。この指摘の当否はともあれ、永く続く俳諧議論に、止めを刺そうと幸田露伴が一役買って出ている。「俳諧字義」と題した論考がある。古代中国の文献にまで渉猟して、言葉の声韻と語意の歴史をたどりながら、俳が正しいと結論し、だからといって誹を厳して排撃することもないという。

厳に二字を別つて、俳は必ず俳たるべし、誹と為すべからず、誹は必ず誹たるべし、俳と為すべからずと云ふが如きは、其声の本をしらずして、其韵（韻）の末のみを論ずる拘泥凝碍の陋見（狭い考え）なり、円融会通の達解にあらず。俳を誹と為す、豈苛議して之を責むべけんや。たゞ古今既に距り、音議漸く分る。今に於て古を喜び、強ひて誹を取り俳を舎てんと為さば、是も亦異を立て奇を好むに近し、小人私を成すを喜ぶといふべし。俳諧の一語、俳に従ふを宜しとすべき也。

四　人魚

人魚出現のもっとも古い記録は、『日本書紀』とされている。推古天皇二十七年（六一八）の四月四日の事として、「近江国言さく、蒲生河に物有り、其の形、人の如し」。また同年七月の記事に、「摂津国に漁父有りて、罟を堀江に沈けり。物有りて罟に入る。其の形、児の如し。魚にも非ず、人にも非ず。名づけむ所を知らず」とある。以来各地で、人魚にまつわる風説が、伝わり語られている。

井原西鶴は、『武道伝来記』中の一話「命とらるゝ人魚の海」に、

奥の海には、目なれぬ怪魚のあがること、其の例多し。後深草院宝治元年三月二十日に、津軽の大浦といふ処に、人魚はじめて流れ寄り、其の形ちは、首くれなゐの鶏冠ありて、面は美女のごとし。四足瑠璃をのべて、鱗に金色のひかり、身にかをり深く、声は雲雀笛のしづかなる音せしと、世のためしに語り伝へぬ。

と、人魚の風姿を記している。ちなみに、宝治元年は西暦で一二四七年である。数多くある人魚伝説の一つに、雑学者菊岡沾涼の『諸国里人談』(寛保三・一七四三年刊)が伝える奇譚がある。

若狭国大飯郡、御浅岳は魔所にて、山八分より上に登らず、御浅明神の仕者(使者)は人魚なりといひつたへたり。宝永年中、乙見村の漁師、漁に出でけるに、岩のうへに、臥したる体にして居るものを見れば、頭は人間にして、襟に鶏冠のごとくひらくと赤きものをまとひ、それより下は魚なり。何心なく、持ちたる櫂を以て打ちければ、則ち死せり。海へ投げ入れて帰りけるに、それより大風起つて、海鳴る事十七日止まず。三十日ばかり過ぎて大地震し、御浅岳の麓より海辺まで地裂けて、乙見村一郷、堕ち入りたり。是れ明神の祟りといへり。

打ち殺した人魚の祟りで、一つの村全体が陥没とは恐しい。その一方で、人魚を食べて長寿を得る話がある。その長寿たるや並ではない。これも『諸国里人談』に載る。

若狭国小浜の空印寺は、八百比丘尼の住ひし所なり。（中略）相伝ふ、むかし女僧ありて、此の所に住む。齢八百歳にして、其の容貌十五六歳の壮美なり。よつて八百比丘尼と称す。里語に云ふ。此女僧は人魚を食したるゆへに長寿なりと云へり。

とある。人魚を食べた経緯を、百井塘雨（ももいとうう）が、地誌奇談録『笈埃随筆（きゅうあいずいひつ）』に記している。何処からともなく現われた、漁師らしき男が、村人たちを前にして、

人の頭したる魚を裂く。怪しみて、一座の友に囁（ささや）き合うさまして帰る。一人、その魚の物したるを袖にして帰り、棚の端に置いて忘れけり。其のこと常のつと（土産）ならんと、取て食しけり。二三日経て、夫問うに、しかじかの事いうに、驚き怪みけり。妻言う、初め食する時、味ひ甘露（かんろ）のごとくなりしが、食終わりて、身体とろけ死して夢のごとし。久しくして覚めて、気骨健やかに、目は遠きに委（くわ）しく、耳に密（ちか）に聞き、胸中明鏡のごとしという。顔色殊に麗し。其後、世散じて、夫を始め類族皆悉く生死を免かれずして、七世の孫も又老たり。かの妻ひとり海仙となり、心の欲する処に随ひ、山水に遊行し、若狭の小浜に至りしとぞ。

曲亭馬琴も、八百比丘尼にいたく興味をいだいていたようだ。『南総里見八犬伝』に、幻術をあやつる妙椿なる八百比丘尼を登場させている。例によって衒学癖を発揮し、わざわざ文中に、「作者曰く、俗にいふ若狭の八百比丘尼は、その虚実詳らかならず。按ずるに」として、『奥羽観迹聞老志』や『諸国里人談』『塩尻』から抄記し解説している。そして、「顧ふに、件の八百比丘尼は、唐山の小説に所以、李八百の亜流ならん」と、馬琴なりの所論をひけらかしている。李八百とは、古代中国、葛洪なる人が著わした『神仙伝』に載る仙人で、周囲の人が推量した年齢が、通り名になったという。

五　北州

明治維新の五十年前、文化十四年（一八一七）は、大田南畝にとって六十代最後の年である。人生の締めくくりを、強く意識してか以後、著作を次々と刊行する。まずこの年の一月には狂歌狂文集『千紫万紅』、十月には随筆『南畝莠言』を上梓した。翌文化十五年は四月に改元、文政元年になる。この年、古稀七十歳の南畝は、新春をむかえ例によって、狂歌を詠む。

一たびはおえ一たびは痿ぬれば人生七十古来魔羅なり

位ある人はかくべき小車のわれはいつまでめぐる世の中

ここでの小車は上層人の乗り物をいい、七十になっても下層役人のまま、働きづめの姿を自嘲している。この一月には、『千紫万紅』の続篇『万紫千紅』や狂歌集『蜀山百首』を刊行。そして春には、音曲にも好んで親しむ南畝は、通い馴れた吉原で、求めに応えて、清元節の作詞をした。題して「北州千歳寿（ほくしゅうせんねんのことぶき）」、略して「北州」という。明暦三年（一六五七）の大火で焼失し、日本橋からいわゆる浅草田圃に移転後の吉原遊廓を、北州のほか北里、北国、北廓などと呼ぶのは、江戸城の北方に位置することによる。ちなみに、北里は漢語でも遊里を意味する。それは唐の都長安にあった遊廓平康里（ピンカンリ）が、吉原と同じように、都の中央より北にあったからである。さて南畝は清元「北州」に、吉原を彩るさまざまな景物を描く。

凡（およそ）千年の鶴は、万歳楽とうたふたり、また万代の池の亀の甲は、三曲にまがりて、廓を露（あら）はさず、新玉（あらたま）の霞の衣衣紋坂（ころもえもんざか）、衣紋つくらふ初買（はつかい）の、袂（たもと）ゆたかに大門（おおもん）の、花の江戸町京町や、背中合せの松飾り。（中略）四季折々の風景は、実に仙境も、斯（か）くやらん、隅田の流れ清元の、寿延（ことぶきの）ぶる太夫殿、君は千代ませ〳〵と悦びを、祝ふ天櫃和合神（てんぴつわごうじん）、日々に太平の、足をすゝむる芦原の、国安国（くにやすくに）と、舞ひ納む。

この「北州」が作詞される二年前、すなわち文化十三年の五月、吉原は全焼という災禍に見舞われていた。南畝のこの曲は、取り戻した吉原の賑わいを、心から祝福しているようだ。そしてまた、詞中の「隅田の流れ清元の、寿延ぶる太夫殿」とは、初世清元延寿太夫へ讃辞である。南畝は、延寿太夫の芸にかなり惚れ込んでいたとみえ、その名を詠み込んだ漢詩まで作っている。

清怨（情感）絃を搊けば曲は珠を貫き（感動を与え）
元めて聞く此の調べ東都（江戸）に満つるを
延招（客を招き）共に賞す陽春の雪
寿席（祝いの席）歓場（愉しみの場）に太夫を待つ（歓待する）

清・怨搊絃曲貫珠
元・聞此調満東都
延・招共賞陽春雪
寿・席歓場待太・夫・

南畝が作詞した浄瑠璃は、この清元節が初めてではない。天明期の三十歳代にものした富本節の二曲、「里の春柳の五もと」と「春色花鳥媒」がある。「里の春」中の詞章に、

花のお江戸の惣花は、こがね花さく五もとの、柳のちまた花の里、みちのく山も今ここに、のりこむ駕籠のかよふ神、しりくめなはの松かざり、直なる竹のおいらんに、しんぞ禿が初草の、うらめづらしきはれ小袖。

惣花とは、遊客が登楼したその妓楼の者一同に出す祝儀をいい、その客の名が帳場の上に貼り

出されたという。そしてまた「春色花鳥媒」には、

> ふたりかぶろの門松の、しげきみかげの中の町、嘉例の酒の二日酔、三日のけふも居つゞけの、風呂の湯上り手ぬぐひの、糸ゆふ（糸遊・陽炎）なびくれんじ窓。

とこの二曲いずれも、吉原を讃美する。ちなみに、富本の家元との不和から、独立して清元を創始したのが、初世延寿太夫である。

六　べらぼう

いわゆる江戸っ子がよく使う罵り言葉、その一つに「べらぼうめ」がある。さらにこれが訛って「べらんめえ」ともいう。「べらぼう」の語源について、きまって引用されるのが、菊岡沾涼の考証随筆『本朝世事談綺』に記す、題して「鄙萎」である。

> 寛文十二年の春、大坂道頓堀に、異形の人を見す。其貌、醜き事たとふべきものなし。頭するどく尖り、眼まん丸にあかく、頤猿のごとし。荘子にいふところの支離疏（支離とは不具のこと、疏とはその人をいう）が類にぞありける。京師東武（京都江戸）におよび、芝居

をたてゝ諸人に見せける。これより賢からぬ者を、罵りはづかしむるのことばとなれり。

寛文十二年（一六七二）といえば、この年の春、松尾芭蕉が伊賀上野から初めて江戸に下る。そして翌年の延宝元年は、その八月に越後屋の祖三井高利が、伊勢松坂から江戸に進出して、日本橋本町に呉服店を開く。九月には初代市川団十郎が、いわゆる荒事を初めて演じた。この年の大坂では、井原西鶴による初の編著とされる俳諧集『生玉万句』が、六月に刊行された。物見高い西鶴のことだから、見世物のべらぼうを見物したかもしれない。その西鶴は、のちに小説『日本永代蔵』（巻四）に、このべらぼうを見世物にした男を登場させている。

すぐれて利発なる男ありて、烏を鷺の見世物を拵へ、一年は閻魔鳥とて作り物珍しく、一日に五十貫づつも取り込み、又ある年は、形のをかしげなるを便乱坊と名付け、毎日銭の山をなして（以下略）。

べらぼうの語源には、別の説もある。喜多村筠庭の考証随筆『嬉遊笑覧』は、便乱坊説に言及しつつ、半井卜養の狂歌「この竹をけづりてこくを押つぶす是ぞまことのそくいべらぼう」を典拠にして、穀物などを練り潰したりする篦に由来するという。

世に益なきものを殻つぶしとは、今もいふ事なり。篦は飯を押潰す物故に、件の如き者を篦といふなり。ぼうは例の賤しむる意なり。

殻潰し、すなわち飯は一人前に食いながら、何の働きも稼ぎもない者への罵倒語。ぼうは例の賤しむる意とは、吝ん坊とか朝寝坊の坊をいう。この坊が同音の棒に通じ、篦棒とも書く。ちなみに、卜養の狂歌中の「そくい」とは、続飯と書き表し、飯粒を練り潰して作った糊をいい、その用具が続飯篦である。なお卜養は、寛文六年に幕府の御番医になり、延宝六年（一六七八）まで生きているけれども、江戸に下がってきたその便乱坊を見物しているかどうか、あるいはその評判を耳にしたかどうか、それは判らない。

江戸で人気を博した作家の一人に、平賀源内がいる。談義本の傑作『風流志道軒伝』の序文に、

夫馬鹿の名目一ならず。阿房あり、雲津久あり、部羅坊あり、たはけあり、また安本丹の親玉あり。但同じ詞にて兄ィといへば、少しやさしく、利口にないといへば、人めつたに腹を立てねど、つまる処は引くるめて、たはけは同じたはけなり。

源内は宝暦六年（一七五六）ときに二十九歳、初めて江戸に下り、永住を決意する。有り余る

才能を、さまざまな分野で発揮したが本人が期待するほどには世に受け入れられず安永八年（一七七九）殺傷事件で、小伝馬町の牢屋敷につながれ、獄中死する。親友の杉田玄白が撰した墓碑には、評して磊落不羈、才気煥発といい、「嗟非常ノ人、非常ノ事ヲ好ミ、行ヒ是レ非常、何ゾ非常ノ死ナル」と結ばれている。

もともと江戸で生れ育ったわけでもないのに、自らは江戸の通人だと任じていたようだ。世間を侮辱し、世人を蔑視していて、著作の随所に罵倒語を並べ立てる。『風流志道軒』と同年に刊行の『根南志具佐』には、

> 唐人の陳紛看、天竺のおんべらぼう、紅毛のすつぺらぽん、朝鮮のむちやりくちやり、京の男の髭喰そらして（髭をはやした男なのに）、あのおしやんすことわいな、江戸の女の口紅から（艶めかしい口元から）、いまいましい、はつつけ野郎（この磔野郎）なんど（などと）、其詞は違へども、喰ふて糞して寝て起きて、死んで仕舞ふ命とは知りながら、めつたに（やたらと）金を欲しがる人情は、唐も大倭も、昔も今も易ることなし。

また狂文『放屁論後編』には、

> 知恵ある者、知恵なき者を譏るには馬鹿といひ、たわけと呼び、あほうといひ、べら坊と

いへども、知恵なき者、知恵あるものを譏るには、其詞を用ゐることあたはず。只山師〳〵と譏るより外なし。

そしてまた浄瑠璃『神霊矢口渡』には、

江戸の喧嘩は、悦巾をかふ打懸けて、かふ肩を力ませて、何のこんだはつつけめ、人を茶にしあがつた、うぬが様な癡心漢は、鼻の穴へ花緒をすげて、何でも安売り十九文、日和下駄にしてくれべい、いま〳〵しい、置上がれ。

何でも安売り十九文とは、近年よく街でみかける、いわゆる百円ショップのはしりである。この新商売は、当時も大人気だったとみえて、いくつかの見聞随筆に記されている。たとえば加藤曳尾庵なる人の『我衣』。

享保八九年（一七二三、四年）の頃、櫛笄三ッ櫛放し櫛、其外女子小道具品々を、現金掛値なし安売代十九文にて、目つきによりとらせ売る商人あり。殊の外はやりて、後には町々辻々にて、上物をも並べをき（中略）少々も利に成るものは、何にでも置きて売るゆへ、見物の人多く珍しきゆえ、調うる人多く、いよ〳〵繁昌したり。

愚鈍な人の呼び名にはじまるべら坊は、年代がたつにつれて、その意味がさらに広がっていった。その一つに野暮がある。通の対極に野暮があり、その野暮とは如何なるものなのかを、仏教語をちりばめて論じた洒落本『大通禅師法語』はいう。

我が門に入りて、此の衆に帰依せんと思はん者は、初一念に、不通己惚の二ッを、すみやかに放下すべし。不通うぬぼれは、わが道にかぎらず、諸道のさまたげ也。やぼと一ト口にいへども、やぼに品々あり。いにしへは古気と云、又のろまと呼ぶ。たわけ、ばか、とうへんぼく、うんつく、うつけ、べらぼうのるい、皆不通（野暮）の異名（別名）也。

べらぼうはさらに、こん畜生めとか、馬鹿馬鹿しいといった意味の強調語にもなっていった。同じく洒落本『両国栞』のなかで、馴れない船に乗り込もうとする場面。

ふねか〱、ヲイさんばしがあぶない▲でるのか〱、ヱヽべらぼうめ、むしやうにおしやァがるな（やたらと押すな）▲こッちらのやね舟はどうするのだ、とほうもなひさるじやアねエか。

もう一つ、小咄集『鯛の味噌津』から。

そそうもの（あわて者）、壺をかいにいつたところが、うつぶけて（うつむけて）あるをみて、「このやうなべらぼうな、口のないつぼがあるものか」といゝながら、ひつくりかへして、「これ〳〵、底もぬけて居る」。

ちなみにこの小咄集は、大田南畝の作である。

七　土左衛門

水死人を土左衛門という由来について、山東京伝が風俗考証随筆『近世奇跡考』に記す。

　享保九年午（一七二四）六月、深川八幡社地の相撲の番附を見しに、成瀬川土左衛門（奥州産）、前頭のはじめにあり。案ずるに、江戸の方言に、溺死の者を土左衛門と云は、成瀬川肥大の者ゆゑに、水死して渾身ふとりたるを、土左衛門の如しと戯れいひしが、つひに方言となりしと云。八百屋お七の狂言に、土左衛門伝吉と云あるも、成瀬川が名をかり用たるものとぞ。以上友人照義の説なり。

八百屋の娘お七が、放火の罪で火刑に処せられたのは、天和三年（一六八三）三月二十九日である。以後、この悲恋譚は虚説実説ないまぜにして、物語化あるいは舞台化されていく。「月も朧に白魚の、篝もかすむ春の空」の名科白でよく知られるかの『三人吉三』も、いわゆるお七吉三物につながり、土左衛門伝吉なる人物が登場する。入水しようとする手代の十三郎を救った伝吉が、名前を問われて答える。

　お前の方から聞かねへでも、言はねへけりやならねへ名を、つい年寄りの後や先。私やァ葛西が谷の割下水で、家業は邪見な夜鷹宿（よたかやど）。以前は鬼ともいはれたが、一年増しに角も折れ、今ぢやァ仏の後生願ひ、土左衛門を見る度に、引き上げちァ葬るので、綽名（あだな）のやうに私が事を、土左衛門爺ィ伝吉と言ひます。見掛けによらねへ信心者さ。

土左衛門は川柳に数々詠まれている。選句集『柳多留』からのいくつか。

船遊山（ふなゆさん）土左衛門が来てしんとする　（六一篇）
三味線をにぎつてのぞく土左衛門　（六篇）
土佐〱と鼻に扇の涼み舟　（九四篇）
土左衛門とお土左（どざ）の多い壇の浦　（五七篇）

隅田川で涼をとる船遊び。浮び流れる土左衛門に、大方の人はどきりとするが、見慣れた芸者たちはびくともしない。だがひどい死臭には閉口するのだった。平家が滅びた壇の浦では、多くの公達や女官が溺死した。女の水死人には、おを付けて、お土左と呼んだ。そのお土左が、かの『東海道四谷怪談』に登場する。殺害されたうえ、戸板に打ちつけられて、川に流されたお岩と小仏小平、その死骸が万年橋に流れついた。古着屋の庄七と米屋の長蔵が、その噂話をする場面である。

庄七「コレ、こなたはあの万年橋に流れついた、戸板の死骸の噂をまだ聞かないか」、長蔵「その咄は聞いたが、エヽそんなら今日の仏は戸板を背負つた土左衛門に、お土左の弔ひかネ」、庄七「男と女を戸板の両面へ釘づけにして、どんぶりやらかすといふは、なるほど世の中にはむごいやつもあるものさ」

土左衛門を、肥満の相撲取り成瀬川土左衛門に由来とする説が専らだが、別に土仏（どぶつ）説がある。土仏とは土製の仏像のことだが、布袋像が多いので、肥満体の人の異名ともなったという。その川柳を、これも『柳多留』から拾い出すと、

土仏下女ぶたの歩みの寺参り　（六一篇）

土仏下女目を無くなしておかしがり　（五篇）

がある。肥っていて足速に歩けない。可笑しがって笑うと、目がいっそう細くなって、目が無くなってしまったかのようである。

この土仏由来説をとると、肥満体をいうだけで、なにも溺死人を意味しない。当時は、ただ肥っている人をいい、ときには水死人をもいっていたようだ。洒落本『契国策（けいこくさく）』に、駕籠舁き同士の会話がある。

向（むこう）より同じくかごのものきたる。行合て先のかごのもの、ヲヽ六介、はやくかついだな、もふ二はいめか、ヲヽまあきゝやれ、いまのせた土左衛門めは、しつかりものゝくせに、つぶろく（泥酔）で、こんなにやろうのいきいしをみるよふに、あせだらけになつて、よふ〳〵と一トもつこふあけてきた、おのしはどふだ。

肥っていて重いし、さらに酔っぱらっていて、始末におえない客だったとぼやいている。

八　茶番

いわゆる古典落語の一つに「花見の仇討」がある。裏長屋住いの四人が、花見の趣向に仮装して、敵役の浪人者と討手の巡礼二人が斬り合い、そこへ六部（ろくぶ）（六十六部）の仲裁役が入って酒盛りをはじめ、集った見物人をあっといわせ面白がらせようとしたが、肝心なところで六部が現われず失敗する。

そもそもこの噺は、江戸後期の戯作者滝亭鯉丈（りゅうていりじょう）の滑稽本『花暦八笑人（はなごよみはっしょうじん）』の初篇「春の部」（文政三・一八二〇年）が原話である。八笑人とは、のらくら者仲間の八人をいい、寄り集って茶番を演じては失敗。これを性懲りもなく繰りかえすという、まさに茶番小説と呼ぶべき作品である。当時、即興の寸劇すなわち茶番が、趣向を競う遊芸として、宴席などで大いに流行していた。時流に敏感な鯉丈が、読者の受けを狙って、小説に仕立てたのである。ちなみに、茶番には趣向に応じて、衣装や道具が必要だが、損料屋（そんりょうや）と呼ばれる、すなわちレンタル業者が、江戸市中にあることまでも、鯉丈は作中で紹介している。

大田南畝が、茶番の由来について、見聞考証随筆『俗耳鼓吹（ぞくじこすい）』に説いている。

> 俄（にわか）と茶番とは、似て非なるもの也（なり）。俄は大坂より始まる。今、曽我祭に役者のする、是（これ）俄なり。ナンダ〳〵と問はれて、思ひ付の事をいふ是也。茶番は、江戸の戯場（しばい）より起る。もと

楽屋の三階にて、茶番（茶の給仕番）にたありし役者、いろ〳〵の工夫思ひ付にて、器物をいだせしを、茶番〳〵といひしより、いつとなく今の戯となれり。独狂言の身ぶりありて、その思ひ付によりて、景物（景品）を出すを茶番といふ也。今、専ら都下に盛也。

ほかの文献などもみると、江戸中期ごろ、芝居の楽屋の三階、すなわち下級役者がいる大部屋で、芝居が大入りのときとか、千秋楽の日に、三階の連中と二階の座頭や幹部たちも集まり、茶菓子や酒肴で祝った。やがて、飲食物を供するだけでは興がないと、笑いを呼ぶ隠し芸など、さまざまな趣向を披露して楽しむようになり、これを茶番と呼んだ。芝居者に始まる茶番が、一般の市民にまで広まり、浅草連や蔵前連、深川連など、各所で茶番グループまで結成されるほど流行したという。

南畝と親交のあった戯作者の山東京山は、見聞随筆『蜘蛛の糸巻』に、少年時代に観た茶番の思い出を記している。年忘れの宴会での茶番で、京山少年が鮮明に覚えているのが、題して「猫の尻へ木槌」。これはそのころ大評判になった生花師匠の少女強姦事件にちなむ趣向だった。演じるのは、吉原で知られた五町という幇間、そして同じく吉原から呼び寄せた十四五人の禿たちである。

五町、坊主のかづらをかぶり、猫の禿に花を教ふるさまをなし、強淫におよばんとする時、十二三人の禿出で丶、五町を打ちた丶きなどし、遂に裸になしたる時、張子のさいづちを五本持ち出たし、すこし歳たけたる禿、五町が尻をうちて、餅をつくさまをなす。この時、大小の鼓を打ち、三味線にて、餅つきの歌をうたふ。皆、廓中の歌妓なり。五町は、猫の身振りをなして、笑を取り、禿どもに米の粉をふりかけられ、箕の中に入れられ、禿どもに引きづられて、楽屋に入る。一坐、絶倒せざるはなし。（中略）茶番の連中多かりし故、夜明けたれども、戸を開かず、燭を照らして、茶番のはてしは、朝五つ比（午前八時ころ）なりし。此一事にて、天明（天明期・一七八一―八九年）の時勢を知るべし。

低劣な茶番の乱痴気騒ぎに、夜を徹する。茶番にうつつを抜かすのは、小説の世界だけではなかったようだ。

巷間の茶番はそれとして、茶番小説の愚劣化がいっそう進む。梅亭金鵞の『妙竹林話七偏人』が、幕末の動乱をよそに、安政四年（一八五七）に刊行される。竹林の七賢人ならぬ七変人というわけである。その変人たちの笑いは、剽軽さよりも極端な悪巫山戯が強調され、末期症状を呈してきた。ちなみに金鵞は、武家に生れながら戯作者になり、明治期には諷刺雑誌「団団珍聞」などで活躍した。

九　離縁

現今の離婚は、離婚届に夫婦両名が署名捺印で成立する。当時は、公の届出など必要なく、亭主が一方的に離縁状を書いて、女房に渡すだけでいい。例えばこんな文言である。

其方事、我等勝手に付き
此度離縁致し候、然上は
向後何方へ縁付候共、差構
無之候仍て如件

この離縁状を、離別状とか縁切状、あるいは去状とか暇状、隙状などともいい、俗にいう三下(行)り半である。その中身は、自分とは縁を切ったから、他の男と再婚しても、差構えこれ無く、つまり言い掛かりを付けないといい、いわば女の再婚認可状もである。だから離縁状を書けるのは夫の方だけで、妻の方にはその権利はなかった。川柳に「舌戦がこうじ三下りを書いている」(「柳多留」十一篇)とは、夫婦喧嘩から発展した情景。また「去状をよく〳〵見れば女の手」(宝暦十三年「万句合」)とは、煮えきらぬ息子に代わって、姑が自ら筆をとった図である。

> 今ごろは半七さん。どこにどうしてござろうぞ。いまさら返らぬ事ながら、わたしという者ないならば、舅御さまもお通にめんじ、子までなしたる三勝どのを、疾くにも呼び入れさしゃんしたら、半七さんの身持ちも直り、御勘当もあるまいに、思えば〱この園が、去年の秋の煩いに、いっそ死んで仕舞うなら、こうした難儀は出来ないもの（以下略）。

これは浄瑠璃『艶容女舞衣』（俗に「三勝半七」）の中で、下級遊女の三勝にうつつを抜かし、お通という娘までもうけた半七、その女房お園の嘆きの独白である。半七の浮気に、お園の父親は怒る。

> 三勝とやらに心奪われ、夜泊り日泊りして、女房を嫌ふ半七。所詮、末のつまらぬことと（先に見込みがないと）、無理に引立て逝んだのは（行ったのは）、娘にひけ（引け目）をとらすまい為、おれが気迷い（自分の心の迷い）。それから思案をするにつけ、唐も倭も、一旦嫁にやつた娘、嫌はれふがどうせふが、男の方から追出すまで（以下略）。

亭主の方の浮気でも、離縁状を書けるのはあくまで亭主にあり、その文言も自分流でいい。唐といえば、中国崇拝の儒学者が書くとすれば、どんな工合になるか。いわゆる気質物の一つ、『世間化物気質』に、「七化する儒者は唐土の去り状」と題した小篇がある。

マア日本では、去状の事とか、或は離縁一札之事とか書きます。夫は甚だ文盲の到り。コレ此様に断縁の書とかくが正字でござる。扨本文の心は、連理の枝（夫婦の深い契り）空しく、鴛鴦の衾（夫婦の寝具）、冷やかにして子を生ずる事なし。子なき時は、聖人の教へにたがふ。是断縁するの理なり。将来、汝他家に嫁す共、われなんぞうらみん。因て汝に断縁の書一ッ行を送るとしかいふ。とよみ下し、是即ち唐の去状にて、唐本の内にもあれこれ出てござる（以下略）。

いつでも気儘に、離縁状を書けるとはいえ、一時の感情で筆を走らせると後悔する。小咄がある。

夫婦の仲、ちょつとしたことが、心安だて（気安さのあまり）、一ついい二つ言い、喧嘩となり、三下り半を書いて投げつけ、「我やふなやつにはあきはてた。出て行け」とあいそうづかしに、女房も腹立ちまぎれ、納戸へ入りて、髪化粧作り立て、路考茶縮緬に杏葉牡丹の金糸紋、下には茶小紋の無垢、黒繻子の帯を胸高にしめ、「アイ、おさらば」と涙ぐみて言ふを見れば、また美しく、惜しくなれどもそふも言はれず、「早く出て行け」といへば、女房しほ〳〵と立つて、みせ（店の表口）をさして出るを、「イヤ〳〵、そこから出すことはならぬ」といはれ、またうら口から出そふにするを、また、「イヤ、そこからもならぬ」といへば、女房「そふして（それなら）、どこから出ます」といへば、亭主「出るとこがなくば、出ねえがよい」。（『再成餅（ふたたびもち）』）

十　抜参り

伊勢参宮、いわゆるお伊勢参りに、およそ六十年周期の大流行があり、これをお蔭参り（かげまいり）と呼んだ。その最大のものとして、宝永期・明和期・文政期の三つがよく知られている。そして年少者が、親とか奉公先の主人に許しを得ないで、ひそかに家を抜け出しての参宮を、抜参り（ぬけまいり）といった。その様子が、当時も話題になったとみえ、諸書に記されている。例えばまずは、宝永二年（一七〇五）閏四月、上方でのこととして、大田南畝が見聞随筆『一話一言』に記す。

洛中洛外より、六七歳より十四歳迄之子供、抜け参仕（つかまつ）り、京都より大津船場迄続き候程、大勢参り、（中略）凡（およそ）日に三四万も、参宮人可有之沙汰之由（これあるべくさたのよし）に御座候。其の内七分は子供、三分は大人にて御座候。京都町人共、金子、銭、並びにすげ笠、わらじ等迄、道へ出し取らせ、又は牛車帰馬賃なしに乗せ候。

次も同じく大田南畝が、明和八年（一七七一）四月のこととして、見聞録『半日閑話』に記す。

江戸よりも参宮せし者多し。道中馬駕籠舟笠草鞋銭紙扇にわりごやうの物（弁当箱のような物）迄、三都（江戸京大坂）の富家より施行する事夥（おびただ）し。所々におはらひ（御祓札）降りしといふ。牛馬犬迄、参宮せしとの虚説区々なり。名付けて御影（蔭）参りといふ。

次に文政十二年（一八二九）の春のこととして、大坂の狂言作者西沢一鳳（いっぽう）が、風俗随筆『皇都（こうと）午睡（ごすい）』に記している。

丑年の春、誰云ふとなく、抜けまゐり〳〵と云ひ出し始め、阿波の国の参宮、大坂へ来るより、段々と抜出し、近国近在は云ふに及ばず、浪速市中一町内の人別（人口）半（なかば）は参れり。道中群集して、宿もなく、難渋なる事甚だしと聞けり。尤も、御公議より道中筋へは、それ〴〵の人歩（人夫）を出だされ、至つて幼少の者、又は老人の輩ほ、送り届け給はるなど有り。

御公議とあるから、幕府としてもいろいろ援助を惜しまなかったとみえる。伊勢詣での流行は、幕末に至っても続いていた。服部保徳が『安政見聞録』に伝える。

諸国の人民、老少をいはず、伊勢の宗廟に詣づること、幾千万といふを知らず。因って道路豊饒の輩（裕福な人たち）は、その疲労を扶けんとて、或ひは馬箯（馬や駕籠）を出してこれを乗せ、餻菓（餅菓子）を出して、恣に食はす。草鞋を施し、酒飯を施す。この故に、一銭の盤頭（旅費）を貯へずして出る者も、行路聊の難あらず。数百里の往返に緈（事）を闕（欠）かず。因って少人（子供）女子といへども、欺き犯さゝること更になし。

文無しで旅する抜参りの少年が、十返舎一九の滑稽小説『東海道中膝栗毛』に登場する。江戸を発ち、神奈川宿を出たあたりで、弥二（弥次郎兵衛）と北八（喜多八）が、銭をねだられる。

この宿はづれより、十二三才斗のいせ参、跡になり先になりて、イセ参「だんなさま、壱文くれさい」、弥二「やろふとも。手めへどこだ」、イセ参「わしらア、奥州」、北八「おうしうはどこだ」、イセ参「かさに書てあり申す」、弥二「奥州信夫郡幡山村長松、ムゝはた山か。おいらも、手めへたちの方に居たもんだ。はた山の与次郎兵へどのは、達者でいるか」、イセ参「与次郎兵へといふ人さア、しり申さない。与太郎どんなら、わしらがとなりさアにあり申す」、弥二「ヲゝその与太郎よ」（以下略）

と、まったく知りもしない幡山村のあれこれを、喋りまくる弥次郎兵衛に、うまく話を合わせてご機嫌をとり、まんまと餅までせしめる抜参りの少年。自分もあやかろうとした別の少年が近づき、話を合わせるから、まず先に餅をくれろというので、さてはかつがれたかと、弥次・喜多は笑い合うのだった。抜参りは、いってみれば無銭旅行である。少年たちは、旅を続けるうちに、したたかな生活術を身につけてゆくのだろう。

十一　隠居

井原西鶴は、町人物と呼ばれる諸作品のなかで、商人としての人生哲学を随所で語り、年齢に応じた当時の身過ぎ世過ぎ論を陳べている。例えば『西鶴織留』（巻五―一）。

> 人は、四十より内にて世をかせぎ、五十から楽しみ、世を隙になす程、寿命ぐすり（長命の薬）は外になし。

あるいは『日本永代蔵』（巻四―一）には、

> 人は、十三歳迄はわきまへなく（分別がない子供だからいいとして）、それより二十四五までは、親のさしづをうけ、その後は、我と世をかせぎ（自分の力で稼ぎ）、四十五までに、一

生の家をかため（余生を悠々と過せるだけの基礎を固めて）、遊楽する事に極まれり（最高である）。

そしてまた『世間胸算用』（巻二―一）。

世に金銀の余慶（あり余る）有ほど、万に付けて目出たき事、外になけれ共、それは二十五の若盛りより油断なく、三十五の男盛りにかせぎ、五十の分別ざかりに家を納め（家業の基礎を固め）、惣領（相続すべき長男または長女）に万事をわたし、六十の前年（以前）より楽隠居して、寺道場へまいり下向して（お寺参りをしてこそ）、世間むきのよき時分（世間体がよいというもの）。

五十歳までに、築いた財産を相続させ、六十歳になる前に、楽隠居すること。これが町人の理想だという。ちなみに楽隠居とは、相続人に家督を譲り渡した後は、家業家事に一切関与干渉しないことをいう。隠居後も、当主を後見監督していれば、これは楽隠居とはいわない。このまことに気随気儘な楽隠居が、当時よく見られたようである。同じく西鶴は『本朝二十不孝』（巻四―二）にも、楽隠居にふれている。

都には、今、四十の内外（以下以上）をかまはず法体して、楽隠居をする事、専らにはやりぬ。頭丸めしとて、金さへあれば、色里の太夫も、それにはかまはず（剃髪頭にかかわりなく）、自由になる。川原（四条河原）の野郎（男色相手の役者）も、なほ（なおさら自由）、遊山にかはる事なし。世の六かしきめに（難儀に）逢はぬが、この徳（楽隠居の得策）、何にかはかゆべし（何にも替えがたい）。

こうしてみると、楽隠居の楽とは、気楽安楽の楽というより、なにやら快楽享楽のようである。永井堂亀友なる作者の『禍福廻持当世銀持気質』に描かれる永楽屋定次郎は、江戸日本橋石町に住む大金持ちで、まさに楽隠居の典型である。

定次郎は、吉原遊廓の高雄太夫を入れ揚げ、ついに千両（一億五千万円前後）で身請けした。これを気に病んだ妻は、三歳の娘を残し二十三歳で死去する。あれこれ周囲から取り沙汰された定次郎は、やがて家督を譲り隠居。ときに三十三歳、名を早休と改めた。十九歳の高雄も、妙間と改名し髪を剃った。そして居心地の悪い江戸を離れて、上方に移り住んだものの、何もすることのない定次郎こと早休。江戸からの送金が十分すぎるほどある。その豪勢な隠居生活ぶりはというと、

明暮、いとまある遊人（閑人）を尋ねもとめ、歌連歌茶湯香道などを楽しみ、或は野辺川

辺を逍遥して、今にかわらぬは、酒事肉食妻帯の草庵なれば、近所をはゞからず、毎日魚屋八百屋の出入、銀持（金持ち）の早休一人で岡崎村の賑はしさ、誠に門前に市をなしぬ。

隠居しても、なかなか世間との縁が切れないのを、俳文集『鶉衣』で知られる横井也有は、題して「隠居弁」に嘆く。

隠居したる悦とて、したしき限はいふに及ばず、うとき人々にまでとはれて（訪ねられて）、門前しばらく市めけば、きのふのうき世よりやかましく、それ又謝（お礼）せずば有べからずとて、家を尋ね門たゝかせて、物まうに（挨拶の訪問に）人を（相手を）驚かし、隠居の礼にいそがしきは、おかしかりける世のさまかな。やいとげ（お灸で治癒した後の食事）に食傷して煩ふ人のたぐひなるべし。

十二　助六

歌舞伎十八番の一つ、いわゆる「助六」を初めて演じたのは、ときに二十六歳の二代目市川団十郎である。正徳三年（一七一三）の四月、山村座で上演した。大当りした助六劇は、その後も世の時好に合わせて、度々演じられた。そして年代が経るにつれて、この助六劇の由来を、多くの好事家が虚実さまざまな考証を繰りひろげるようにもなった。その一人に、考証家としても知られる戯作者の山東京伝がいる。その著『近世奇跡考』（文化元年・一八〇四刊）に、「助六狂言の考」と題して、京伝はいう。

諸説、皆虚妄なり。延享中板本「栢莚一代記」を見るに、正徳三年四月、木挽町山村座において、栢莚二代目団十郎、はじめて此狂言をす。時に年二十六。花屋形愛護桜と云。狂言の二番目に、江戸半太夫浄瑠璃にて、白酒売新兵衛、実は荒木左衛門に扮する者、いくしま某。田畑之助、後に花川戸助六に扮する者、市川団十郎。傾城総角に扮する者、玉沢林弥なり。これ津打半右衛門がつくれる狂言なり。

栢莚とは、俳名である。初演時の外題「花屋形愛護桜」の「花屋形」は「花館」とも書く。「助六」の出の浄瑠璃といえば、もっぱら河東節だが、当時は半太夫節であった。異なるのは浄瑠璃だけではない。「実は」の本名も、白酒売りが、新兵衛ではなくて荒木左衛門。助六も曽我五郎ではなくて、大道寺田畑之助である。

ちなみに、「いくしま某」とは、かの生島新五郎、後に絵島生島事件で流罪に処せられる、その人である。そしてその山村座は後に取り潰しとなった。新五郎は、そもそも上方から江戸下りの役者である。父を失った二代目に目をかけて後ろ楯にもなり、そして「助六」劇を和事風(わごとふう)化するのに力があったといわれている。その成果が三年後、正徳六年（六月改元して享保元年）の二月、中村座での再演で見事に開花した。京伝はいう。

　其後、正徳六年正月、堺町中村座において、式例和曽我の二番目に、栢莚ふたゝびの狂言をす。これを和助六(やわらぎすけろく)と云(いう)。

正徳六年の正月と京伝はいうが、これは二月の誤りとされている。この再演の時から、助六の本名が曽我五郎となる。外題が「式例和曽我(しきれいやわらぎそが)」となり、題中の「和」が、和事芸を強調している。そもそも助六劇は、江戸で始まる以前に、上方が先行していた。京伝はいう。

　此前、上み方に、万屋助六傾城総角二代紙子(よろずやすけろくけいせいあげまきにだいかみこ)と云ふ浄瑠璃あり。正徳中、三浦屋の総角、名妓のきこえ高かりしゆゑに、かの浄瑠璃にもとづきて作れるなり。

かの浄瑠璃とは、宝永六年（一七〇九）ころに、都太夫一中(みやこだいういっちゅう)が語る、いわゆる一中節である。この曲は、「助六心中」あるいは「助六道行」などと呼ばれている。延宝（一六七三―八一）のころ、万屋助六なる男が、島原遊廓の総角に入れ揚げた挙句、勘当されてついに心中という事件を題材にしており、当時流行した心中物の一つである。

上方の助六劇では、富商の放蕩息子がそのモデルだったが、江戸の助六はどうなのか。京伝はいう。

> 扨（さて）花川戸の助六といふは、浅草三谷の侠者（おとこだて）にて、さしたる所行もなき者なれども、これもかの万屋助六と同名なるをもって、三浦の総角に対して、其名をかりもちひたるものゝよし。

すなわち、浅草山谷にいた侠客の助六が、たまたま上方の万屋助六と符合したので、これに模したとするが、「ものの由（よし）」と結んでおり、さすがの京伝も断定するには迷ったようだ。

二代目団十郎は、再演から三十三年度後の寛延二年（一七四九）三月、ときに六十二歳、三度目の助六を演じた。そのときの外題は「助六廓家桜（くるわのいえざくら）」である。ちなみに、助六劇の名題はいろいろあるが、「助六所縁江戸桜（ゆかりのえどざくら）」が初めてできたのは、宝暦十一年（一七六一）三月の上演時とされている。

十三　心中箱

心中箱、すなわち心中の証なるものを入れて置く箱である。そもそも心中とは何なのか。色道の達人として、自他ともに認める藤本箕山はいう。三十八年もかけて、延宝六年（一六七八）に成った著書『色道大鏡』に記す。

心中とは、男女の中、懇切入魂の昵び、二つなき処をあらはすしるしをいふ也。これによつて心中する、心中さするという名目なり。此しるしを用ひ来る事、傾城の所業。

つまり心中とは、傾城の所業とあるから、遊女が馴染客に対して、二つなき処をあらわすしるし、つまり二心を持たない、裏切らない証をいう。そして箕山はさらに、心中とは男を迷わす手段、つまり手練手管だという。

其謂いかにといふに、傾城は万人に肌をふれて、其心ざしの厚薄（情の濃淡）を、男にしらせざる法（判らせない手段）なり。尋常の男、是を糺さむとて（はっきりさせようとして）、歩みを運び（せっせと通い）、賄（金品）を贈り、思案をめぐらすといへ共、心底の浅深真偽の実否、弁えしる事かたし（難しい）。此のしりがたき道なるが故に、おしなべて傾城の心を疑ひ来る事勿論也。此疑を男にはらさせ、真実の道理に帰伏（得心）させずしては、行じがたき傾城の業也。是によつてしるしを見せて、男を迷はす。

迷わされた男が、遊女から心中の証明として渡された物を、大切に保管する箱、それが心中箱である。箕山はいう。

抑、達人の家に、心中箱といふ物あり。指爪誓紙等をあつめ入る箱なり。是有功（お手柄）の家貨（財産）にして、色道の霊宝たり。

指とは、切った小指。爪は剥がした指の爪。誓紙は、起請文ともいい、二心ないことの証文をいう。心中箱は、さしずめ男の宝石箱とでもいえようか。

井原西鶴の『好色一代男』（天和二年・一六八二年刊）、その主人公世之介は、もちろん心中箱を持つ。そして時季には、心中の品々を虫干しするのである。そのときの様子。

小書院（小さな書斎兼客間）に、一つの箱あり。上書に、「御心中箱　承応二年より己方」としるして、この中に女郎・若衆かための証文（真心を誓った起請文）、大方は血文（血書）なり。床柱より琴の糸を引きはへ、女に切らせたる黒髪、八十三までは名札を読みぬ（数えた）。その跡は計ふるに暇なし。右のかたの違棚の下に、肉つきの爪、数をしらず（数えきれない）。その外服紗に包みし物、山のごとし。これも何ぞであるべし（何か曰くがありそうだ）。

ちなみに承応二年（一六五三）は、世之介が三十一歳にあたる。そしてこの件は、ときに四十四歳である。

心中なる語に、情死の意味が加わり、広まるのは江戸中期である。それは情死事件の舞台化による影響が大であった。芝居のいわゆる心中物は、天和三年（一六八三）大坂の嵐座など三座に始まるとされているが、やはり近松門左衛門の初作『曽根崎心中』（元禄十六年・一七〇三年）はじめ数々の浄瑠璃が、心中の流行に火をつけた。その流行は、上方から江戸にも広がった。その模様が諸書に記されている。たとえば江戸中期の儒学者井上金峨の随筆『病間長語』に、

> 相対死（心中死の幕府公用語）と云ふことは、東都（江戸）よりも大坂に多きは、一夜の中にと劇本にしたてゝ、鼓舞するものある故なるべし。

鼓舞、すなわち気持を高ぶらせ、死へと駆り立てたのである。大坂に多かった様子を、『明和雑録』も伝える。

相対死の心中、是れ有る事は、甚だ沢山あげて数へがたし、中にも北野辺及び梅田辺、毎夜〳〵の心中にて、所の騒動大方ならず（中略）梅田辺は、夜、人を改め、政道（取り締り）いたしけるに、はたして二組三組づゝ、あやしき体の者、女夫づれ来たりし故、所々にて追払ひける。依りて是れを、心中追払番と名付けたりしもをかしけれ。

心中の名所と化した北野や梅田あたりに、心中追払い番の役人まで動員されたとは、なんとも狂態癖態というしかない。

十四　入歯

当時の入歯事情は、どのようであったか。部分入歯はもちろん、総入歯もあった。物産学者として知られる佐藤中陵の著『中陵漫録』（文政九年・一八二六年成稿）に、総入歯の記述がある。

歯も更になきを、総入歯とて、黄楊にて作るべし。其法、歯様に臙脂（紅色の顔料）を筆にて染て、其上に真粉を推付る。臙脂の附き通りに削て、幾遍も如此にして剜り、上下共に作りて、蠟石にて歯を作りて植るなり。又其人の落ちたる歯を漆にて植るも、生歯に異なる事なふして尤よし。扨惣歯にても、章魚を食して、平常の歯のごとくなれども、其味て香美を知らずと云。近頃は、入歯師の名人あつて、食事のさわりなき様にする妙手あり。

かなり技術が進んでいたかに思える。名人の手になる入歯だと、元の歯のように馴染んでくる。義歯を家を継ぐ養子に譬えた人がいる。その人は国学者の伴高蹊、著書『閑田耕筆』（享和元年・一八〇一年刊）にいう。

義歯は、俗いふ入歯なり。四条に名工あり。予が友人、是れに此の物を托せる時、工人いふ。馴れ給はぬ間は、心あしきものなり。それを堪へて、久しく経れば、まことの歯にかはらぬやうになれり。たとへば義子のごとし。血肉の者にあらねば、愛も薄く、心にかなはぬことも有るべけれど、忍びて（忍耐強く）養育すれば、実子のごとくなるものなりといひしが、其の後、此の友人、男子を養ひて、女に婚せる時、此の工人の言をいくたびかおもひ出て、ことなく相続せしめたり。義歯によりて、善言を得たりと喜びしを、此の義字によりて思ひ出でたり。友人も工人も、倶に賢なるかな。

歯の治療に、入歯がかなり普及していたが、当時もやはり廉価ではなかったようだ。かの曲亭馬琴が、入歯に要した金額を日記に記している。たとえば、文政十年（一八二七）ときに六十一歳の六月五日。

牛込神楽坂入歯師吉田源二郎方へ罷越(まかりこし)、予(よ)入歯上下共申付、形とらせ、金壱両(いちりょう)わたしおく。但、去ル申年(さるとし)(文政七年)五月中、上下共金壱両壱分(いちりょういちぶ)ニ相定、内金壱分渡し置候処、古入歯片繋ぎニて、間に合候間、延引(えんいん)。依之(これにより)先年下地拵置(こしらえおき)候入歯、上の方不用ニ相成候ニ付(つき)、金弐分(にぶ)ましくれ候様申(ようもうす)に付、任其意(そのいにまかす)。以上壱両三分ニ相定之、残金弐分は惣(すべて)出来之節可遣(つかわす)旨、談じおく。

これを読むと、すでに三年前から入歯の治療が続いている。入歯は上下で、いろいろ遣り取りがあって結局、費用は一両三分(ぶ)で合意した。四分が一両に換算される。一両がいまの十五六万円として、一両三分はざっと三十万円である。さてその入歯は、八日後の十三日に出来上る約束が一日延期。ところが翌十四日にも届けられなかった。その日の日記に、

今日中無相違(そういなく)もたせ可差越旨(むね)、議定いたし置候処、来たらず。職人の不埒(ふらち)、前金ニ皆済(かいさい)致し置候処、不実之至り、歎息に堪(たえ)たり。

と憤懣やる方ない気持を露わにしている。入歯の治療が以後も続いた。天保五年(一八三四)十月十五日の日記に、

入歯師源八、下歯鋲打せ候事、十本　ニては不足のよしニて、十九本、打之。壱本弐分弐厘づゝの処、金一朱ニいたし候。右鋲打せ持参、則、右代金壱朱渡し。

気難しいことでもしられる馬琴は、入歯師との間で何やら揉め事があったのだろうか、以前の吉田源二郎から源八に代わっている。入歯に用いる鋲とは、どのような物なのか判らないが、入歯師が申し出た金額は、一本につき銀貨での二分二厘、十九本で四十一分八厘すなわち四匁一分八厘である。馬琴はこれを、金貨で一朱に決めている。金貨と銀貨の交換比率は日々変わり、この時の相場は不明だが、幕府の定める基準では、金一朱は銀三匁七分五厘である。締まり屋だったともいわれる馬琴のこと、値切ったと思われる。ちなみに十六朱が一両に換算されるので、一朱はいまの一万円前後にあたる。ときに馬琴は六十八歳、眼病ばかりか歯の治療にも難渋していたようだ。

十五　魚釣り

曲亭馬琴は、特段好んだわけではないが、ときに魚釣りや網を愉しむことがあった。文政九年（一八二六）八月十五日の日誌に記している。

夕七半時過(ななつはんどきすぎ)、宗伯(そうはく)同道にて、新橋河岸船宿村田方にて、網船やとひ、暮六時(くれむつどき)より乗出し、鉄砲洲辺にて、汐まちいたし、九時比(ここのつどきころ)より漁猟、明六時(あけむつどき)、帰宅。えもの相応に有之(これあり)、大鯔(おおぼら)二十六・このしろ六・小けいづ十許(ばかり)・牡蠣(かき)廿斗(ばかり)也。牡蠣は船頭取之(これをとる)。

息子の宗伯を伴い、夕七半時過ぎとあるから午後五時過ぎころ、新橋河岸で網船を仕立て、真夜中の午前零時ころから、鉄砲洲あたりで漁を始めて夜を徹し、家に戻ったのが、明六時(あけむつどき)すなわち午前六時ころだった。この日の収穫に満足しているようだ。同じ年の十一月十三日、今度は釣り船を雇っての漁である。

今朝正(しょう)六時、宗伯同道にて、出宅。両国尾張丁越後屋善兵衛方へ罷越(まかりこし)、沖釣舟へ乗船、大森沖ごんせう寺前并(ならびに)品川前沖にて、終日釣之。但、不猟也。ハゼやキス、八十余釣之(あまりこれをつる)。夜に入、五時(いつつどき)帰宅。

またも宗伯を連れ、朝の六時ころに家を出た。両国で船に乗り、大森や品川の沖で釣糸を垂らしている。この日の収穫は、期待していたほどではなかったのか、不満気である。

釣好きというより釣狂い、そういう手合いが当時もいた。たとえば湯島に住む職人与三右衛門である。見聞随筆『百家琦行伝(ひゃっかきこうでん)』が伝える。その男は、常に釣をする事を好み、一日職を勤めて、いさゝかの銭を得れば、夫れにて飯をたき食具につめ、腰に結びて出で、そのあらんかぎりは、日毎釣して遊びけり。一日職を做せば三日釣し、三日職を勤むれば十日釣して遊びけり。

そしてある日のこと、深川から釣り船を出し、沖釣りを愉しんでいた夕刻、にわかに天候が急変する。

雨は篠をつくが如く、波は大山の崩るゝ若く、与三ゑもんが釣舟も、今や海底に沈みなんと、一向に生ける心地もなく、唯念仏して、舟端にとりつき居り。

やがて風雨はおさまり、夜があけるころ、ある湊に流れ着く。急いで陸にあがると、そこは木更津だった。土地の人々が驚きいるなか、当の与三右衛は、

舟の裡より、釣竿をとり出し、一辺の岩頭に尻うちかけて、亦た釣をして楽みけり、当日は這にてくらし、次の日も猶釣たれて遊びくらし、左右にして（勝手気ままに）三日をすごし、今は嚢中（財布の中）むなしくなり初めておどろき（以下略）。

さすがに自覚し、便船をみつけて、ほうほうの体で江戸に戻ったという。与三右衛門は、幸にも命拾いをしたが、魚釣りで命を失う者が少なくなかったようである。江戸の医師小川顕道（けんどう）は、風俗見聞随筆『塵塚談（ちりづかがたり）』に、その多さで世に知られる江戸自慢として、列挙した十二の事柄、その筆頭に火事をあげ、その次が馬鹿者だといい、そのいい例が魚釣りだと手きびしく批判する。

> 漁釣を以て楽みとし、海路三四里小舟に乗て、網を打（うち）釣に出る者多し。吾（わが）楽しみに、君親妻子を忘るゝにより、神明の罰を蒙るまゝ、暴風吹起り、命をうしなふもあり、或は困苦して、十里二十里の遠所へ漂流し、あやうきめに逢ふもあり、中には水泳の心少しもなく、所謂鉄砲玉にて、狗死（いぬじに）するも有也。

釣り船の漂流などの災難が、よく話題になっていたようだ。危険きわまりない沖釣りを切り、さらに返す刀で、岡釣りも切り捨てる。

> 陸釣（おかづり）といへど、四五里も田舎の遠き所へ行事（ゆくこと）也。江戸は芝深川大川通り、八九月頃は、釣人万を以て数ふべし。両国より小日向迄千人、同五ツ目迄千人有べしといふ。生涯にたゞ一日の日を、よしなき楽しみにおくは、なげかわしきことなり。祭礼に妻子を売るとひとしき大馬鹿ものといふべし。

十六　下女

曲亭馬琴は、日誌の随所に、雇った下女への不平不満を記している。そして我慢できなくなると、解雇する。

天保二年（一八三一）は、一年の間に七人もの下女が入れ替わりした。まずはこの年の一月十六日に、年の瀬の二十九日に雇われた下女まさが、わずか十八日で解雇された。その理由は、母親の病気見舞をしたい申し出に、夜には戻るようにと許したのに、戻らなかったのである。馬琴は、その日の日記に怒りをあらわにしている。

> 親の病気と申立候故、心得がたくは思ひながら、任其意、止宿（宿泊）は不相成候間、早々罷帰候様申候へば、今夕四時（午後十時ころ）迄には、吃度罷帰候旨、申し候付、遣之処、今夕不帰。此やとひ下女、身なり甚よろしからず、且、人わろく、使ひがたき候へども、無拠、差置候処、右之始末也。

はじめから親の病気を疑っているし、あまつさえ衣服や性格にまで、けちをつけるのだった。

次なる下女は、四日後の二十日、口入宿すなわち斡旋業の者が引き合わせにやって来た。そして翌二十一日から雇うこととし、その日の記事。

夕七時（午後四時ころ）、やとひ下女、名はたい、四十歳、本郷口入差添（付き添い人）来る。
来月廿一日迄、やとひ賃金壱分百文の内、弐朱と弐百文、渡之。并に、けいあんちん（桂庵賃すなわち紹介料）、弐百文、遣之。則、今日より勤ム。

用心してか、雇用期間は一か月。賃金は一分と百文。一分は、一両の四分の一だから、一両をいまの十六万円前後とすると、およそ四万円。その日の銭相場はわからぬが、一両は六千五百文が当時の基準相場なので、百文はざっと二千五百円。合計して月給四万二千五百円である。そのうち二朱と二百文を前渡ししている。一朱は一分の四分の一だから、二朱はいまの二万円、二百文はいまの五千円、合計すると前払い金は半分より少し多いざっと二万五千円ということになる。

この下女たいは、なんとたったの五日間で解雇となった。雇った翌日の二十二日から解雇までの日誌をみる。

二十二日　昼後より悪寒いたし候よし申、（中略）夜食後、早々打臥ス。一向役に立がたきもの也。
二十三日　今朝も不起。
二十五日　用立かね候に付、昼後、お百（馬琴の妻）、本郷元町口入源蔵方へ罷越、其段中聞、早々代りやとひ下女、差越候様申付。

二十六日　うち身起り候よしにて、今朝不起。とても用立かね候間、今日下宿致させ候様、おミち（長男宗伯の妻）へ申付おく。右に付、昼前暇申渡し置遣。

次の下女は翌二月の九日にきまり　翌十日の日誌に、「昼前、やとひ女せき来る。則、今日よりつとむ」とある。このせきも長続きせず、同月の二十三日になんと出奔してしまったのである。前日の二十二日と二十三日の日誌をみる。

二十二日　宿（自宅）より無拠用事申来候よしにて、半日の暇を乞。依之、九半時（午後一時ころ）より駒込へ遣し、暮六時帰宅。　二十三日　昼時、やとひせき宿（自宅）より人参り、宿の子供病気ニ付　暇願候。（中略）不相成旨申聞、差留候へども（中略）昼飯後、出奔ス。言語道断之癖者（曲者）也。

せきに逃げられた後、かね・もと・まき・まさの四人が、雇われては罷めていった。かねは、せき出奔四日後の二十七日にきた。その日の記事に、「今日、破日に候へども、此節之事、日をえらむにいとまあらず。依之、吉時を用ふ」とある。破日は凶日のこと。何事にも卜占を重んじる馬琴だが、日が駄目なら、時が吉ならばと、よほど気がせいていたのだろう。

ちなみに、四人の下女それぞれが雇われていた日数は、かねが三十日、もとが八日、まきはよく勤めて百四十日、まさは四十日だった。下女たちが永く居つかないのは、馬琴の尊大で偏狭な性癖が嫌われたことにもある。

曲亭馬琴が、気に入る下女に恵まれなかったのは、当時の下女事情にも起因する。それは江戸でおきた大火災のせいであった。馬琴の手になる見聞録集『兎園小説余録』に、それを伝える記述がある。

毎年相模より、江戸の武家及市店（町家）へ、下女奉公に出るもの八九百人あり。麹町には、さがみやと唱へて、それらが手引をなし、且請人（身元引き請け人）にもなりて、世渡りにするもの二軒あり。しかるに、こたびの火災に、右の下女等、多く焼死したるをもて、怕れて相模より出る下女、稀になりたり。但、相模のみならず、江戸近郊よりも、農戸の娘を、江戸へ召仕に出すことを欲せず。この故に、己丑（文政十二年・一八二九年）の春より今に至るまで、下女奉公人まれなり。たまたまありても、過分の給金をのぞみ、よろず己がままにして、主を主とも思はず、吾ごとき（馬琴自身）わづかに下女一人を使ふものすら、年中、事をかくまでになりたり。

ちなみに、文政十二年大火の被害については、斎藤月岑の『武江年表』は、神田佐久間町から火が出て、「南北凡そ一里余、東西二十余町、焼死溺死の輩千九百余人と聞けり。御救《おすくい》の小屋（幕府の救護施設）九箇所を建て、類焼の貧民を救はせらる」と記している。

雇う方と雇われる方、双方の不平不満は世の常である。両者の悪口雑言を、式亭三馬が滑稽本『浮世風呂』に活写している。まずは下女に手を焼く女房二人が女湯での会話。

○今度のはがんさい者（がさつ者）でこまり切《きり》きす。叱《しか》れば、あたけちらして（乱暴して）物をこわしますシ、だませば（機嫌をとれば）つき上《あが》り致す。あのモウ顔付《かおつき》（ふくれっ面《つら》）をするのと、ふて寐《ね》を致すのが、第一にわるうございます。

▲イヽヱサ、私どものりんめが、やつぱり左様さ（同様さ）。大の差出《さしで》もので（出しゃばり者で）口をきけば、手もとがお留守になります。朝飯を仕舞つて、そこらを撫《なで》まはすと（ざつに掃除をすると）、二階へ上ツて、髪に半日かゝります。お昼の支度を仕やよといはぬ内は、物干《ものほし》へ出て、ばかり〳〵（いいかげんな）むだ口をたゝいて居《おり》ます。毎日しれた事（馴れた事）に世話をやかせて、啼《ない》ても笑ツてもせねばならぬ事を、骨惜《ほねおしみ》をした物さネ。サアおまへさん、水を汲候《くみそうろう》と申《もう》して、井戸端へ出ると、ちよつと一手桶《ひとておけ》、提《さげ》て来るのも、漸一時《ややひととき》（およそ二時間）かゝります。其筈《そのはず》でございますはな、お長屋中の男衆を対手にどち狂ふ（ふざけ合う）隙《ひま》には（間をぬっては）、同じ女中達と寄湊《よりこぞつ》て内《うち》の事を謗《そしり》はしりさ（ひどくけなすのさ）。

言葉遣いは丁寧だが、腹の中は煮えくり返っているようだ。この陰口を聞いてしまった下女のおべかとお猿の二人が、怒りをぶちまけるのだった。

下女おべか「お猿どん、今のをきいたか」今一人おさる「ウヽ、聞たは」、おべか「よくしやべくる婆さんだの」、さる「さうさ、婆はあためへだが、金溜屋のおかみさんよ。人品の能風をして居て、とんだ目口乾（口やかましい人）だの。遊ばせの、入らツしやいのと、たべつけねへ（言い馴れない）言語をしても、お里がしれらア。あれだから奉公人が居着ねへはな。マアためしてみな（勘定してみな）。去年まで居たお三どんは、六十四文ばかり置て来た人（大の間抜け者、百文のうち六十四文も足りないの意）だから、久しく辛抱もしたらうが、あの跡で、幾人出たとおもふ。たつた十月ばかりの間に、丁度五人かはつたぜ」、べか「どうせ又、あのてやいの気にいらうとすれば、直さま労咳だ（すぐに気苦労過労で肺結核だ）」、さる「しれた事さ。何又あの家でも貫はうぢやアあんめいし、高が一年限で、ふい〳〵と風まかせの（いたって成り行きまかせの）奉公だものを。同じ直（給金）ならば、気散に（気楽に）暮す方が徳（得）さ」。

いってみれば、どっちもどっちである。

十七　大男

安永二年（一七七三）刊の江戸小咄集『坐笑産』は、相撲取釈迦が嶽の二話を載せている。その大男ぶりが、当時かなり評判だったのだろう。その一つ。

角力取、寄合ひ、あみだの光（くじ引き）をしたところが、釈迦が嶽、使の役にあたり、ぜひなく暗闇を、四ッ過ぎ（午後十時過ぎ）に豆腐を買ひに行き、力にまかせて戸を叩く。亭主、目をさまし、「二階を叩くやつは、だれだ」。

そしてもう一つの話。

釈迦が嶽に朝湯で逢ひ、「どふだ、関取。ハヽア、ゆふべ遊び（女郎買い）に行ったの」「これは奇妙。どふしてご存じじや」「ハテ、腹に紅粉がついている」。

この釈迦が嶽について、好事家大名の松浦静山が、見聞考証随筆『甲子夜話』に記している。

釈迦嶽と云ふ大男ありき、久しきことゆゑ、長も何も覚えざるが。其の頃、回向院にて相撲興行ありしとき、予、其の門前市店の楼にて、両国橋を釈迦嶽の渡るを見るに、その長け、衆人の頭上に抽出でたること、馬上の人と云ふて可なり。予、十一、二歳の頃、久昌夫人に随ひて、箱根の温泉に往き、小田原に宿せし時、釈迦嶽も上京するとて、その駅（宿場）を通行せしが、予、道に出て、その側に立寄り見しに、頂上（頭上）かの帯（釈迦嶽の帯）の下にありき。年少にはありしが、是れを以て、其の大男なることを知るべし。或人より聞く。この男、長大には似ぬ小量者にて、常に人中に出ることを厭ひ居れど、かく巨貌ゆゑ、出れば人とり囲みて堵（垣）をなす、かくすれば、都下は住しがたし、一日も早く帰国したしと言ひて、涕泣するとぞ。

十一、二歳の事とは、静山は宝暦十年（一七六〇）生れなので、明和七、八年（一七七〇、一）である。大都会の江戸に馴染めず、早く故郷に帰りたいと、泣きの涙で訴えるとは、大兵だけになにやら滑稽である。釈迦が嶽の身丈は、どのくらいだったのだろうか。江戸の儒学者伊東蘭洲が、地誌随筆『墨水消夏録』に記している。

釈迦嶽雲右衛門、身のたけ七尺一寸六分、雲州（出雲）の産なり。明和の頃、三ヶ津（江戸・京都・大坂）、大関になれり。（中略）古来より角力関取多しといへども、其の高さこれに及ぶものなし。

七尺一寸六分を、メートル法に換算すると、約二メートル一七センチである。この釈迦が嶽に次ぐ話題の大男といえば、大空武左衛門であろう。曲亭馬琴が、見聞録『兎園小説余録』に記載している。

文政十年丁亥夏五月、江戸に来ぬる大男、大空武左衛門は、熊本侯の領分肥後州益城郡矢部庄田所村なる農民の子也。今茲二十有五歳になりぬ。身の長左の如し。一、身長七尺三分（下略）

文政十年は、西暦一八二七年である。当時市中で売られた刷り物の一つには、七尺六寸とあり、何かとこだわり屋の馬琴も、「身のたけなど、或は推量をもてしるし、或は伝聞によれるのみなれば、謬りならざるはなかりき」と、いささかお手上げのようだ。

馬琴が、これが史上最高であろうという男がいる。『著作堂雑記抄』にいう。

肥前平戸の大男生月鯨太左衛門、去る甲辰十八歳、身丈七尺三寸、安永中の釈迦嶽、文政の大空武左衛門より巨大なりと云ふ。旧冬より右の錦絵多く出たり。去る天保十四年の冬、角力等と倶に江戸に来る。関取某の宿所に同居す丁字屋平兵衛の話に、其の頃、友人と倶に大男を身に行きしに、実に風聞に違はず。

なお、江戸の俳人四壁庵茂鳥は、見聞随筆『わすれのこり』に、この鯨太左衛門の身丈を八尺余、すなわち二メートル四十二センチ余と記しているが、いささか信じがたい。ちなみに天保十四年は、一八四三年すなわち明治改元のちょうど二十五年前である。

十八　地　震

元禄十六年（一七〇三）十一月二十三日丑の刻（午前二時ころ）のことである。就寝中の新井白石は、大きな地震に目を覚ました。そしてその後の行動や被害の状況を、自叙伝『折たく柴の記』が克明に伝える。

> 地おびたゞしく震ひ始て、目さめぬれば、腰の物どもとりて、起き出るに、こゝかしこの戸障子、皆たふれぬ。妻子共のふしたる所にゆきて見るに、皆〳〵起出たり。屋のうしろのかたは、高き岸（崖）の下に近ければ、みな〳〵引ぐして（引き連れて）、東の大庭に出づ。地裂る事もこそあれとて、たふれし戸ども出しならべて、其上に居らしめ、やがて新しき衣にあらため、裏うちしたる上下の上に道服（僧衣に似た羽織様のもの）きて、我は殿（主君甲府綱豊公の藩邸）に参る也、召供のもの二三人ばかり来れ、其余は家にとゞまれ、といひてはせ出づ。

当時、白石の居宅は、湯島にあった。藩邸の桜田にたどりつくまでの様子。

かくては（馳）する程に、神田の明神の東門の下に及びし比（ころ）に、地またおびたゞしくふるふ。こゝらのあき人（商人）の家は、皆々打あけて、おほくの人の、小路にあつまり居しが、家のうちに燈（ともしび）の見えしかば、家たふれなば、火こそ出べけれ、燈うちけすべきものをと、よばゝてゆく。

走りながらも、火事になるから灯を消すようにと、大声で呼びかけるとは、いかにも白石らしい。市中のここかしこで火が出たものの、大事には至らなかった。だが七日後の二十九日、小石川の水戸藩邸から出た火は、激しい風にあおられて、大火災となった。幕府の正史『御実記』の記事によると、その火は隅田川をも越えるほどだった。

湯島天満宮、神田明神、昌平坂大成殿（湯島聖堂）に及び、下谷池端、広小路、筋違橋のうち、神田、浅草鳥越にかゝり、両国橋、大橋（新大橋）も焼落、本所、深川霊巌寺のほとりまでやけぬ。

ちなみに、元禄のこの大地震の震源地は、房総半島南方約三十キロの海底で、マグニチュードは八・二と推定されている。大地震そして大火災のあと、幕府は朝廷に改元を申し入れ、元禄十七年の三月十三日、年号が宝永と改められた。

その後の大きな江戸地震といえば、安政の大地震であろう。明治維新をむかえるわずか十三年前、安政二年（一八五五）十月二日の夜四つ過ぎ（午後十時過ぎ）のことである。直下型でマグニチュード七前後と推定されている。

この地震については、『安政見聞録』（服部保徳）や『安政見聞誌』『安政風聞集』（両書とも仮名垣魯文）、また鯰絵など夥しい数の瓦版が出たが、当時公刊されなかった貴重な手記もある。たとえば戯作者笠亭仙果の『なゐの日並』とか、同じく戯作者平亭銀鶏の『時雨迺袖』である。なゐとは、地震のことで、十月二日から十一月十六日まで、四十余日間の記録である。銀鶏が記すなかには、吉原遊廓の惨状がある。

> 地震にて大半壊れ候所へ、江戸町京町二ケ所より失火して、手の舞足の踏む所を知らず。皆々、大門の外へ逃出さんと、廓中の人々、我も〳〵と走り来りける処、地震にて大門曲みければ、扉開かず。弥あせりて、是を押し倒さんと騒ぎける最中に、四郎兵衛宅（廓内出入監視会所）より失火して、又々燃上りける故、此処へ集りし人々、前後に火を受け、扉は開かず身体爰に極り、大声上げて、大勢の力にて扉を押ければ、遂に半扉を押倒し、此口より出る者、いやがうえに、おひ重りたる事なれば、爰にて死する者、怪我するもの数多なるべ

し。（中略）廓内死亡の者、最初聞しは、六百三十一人、内男子百四人女五百二十七人、二度目に聞しは、千百二十五人、三度目には、千五百四十七人との事、いずれが正説なるか、今に其真偽分らず。廓中の者に問ども、まち〳〵にて人毎に違へり。

十九　女相撲

井原西鶴の『色里三所世帯（いろさとみところせたい）』に、浮世の外右衛門（ほかうえもん）と呼ばれる放蕩者が、自分の屋敷の庭で、数いる妾たちに相撲をとらせる様子を、克明に描いた小篇（巻上―二）がある。

無分別（な振舞い）に異見（意見）のいひ手なく、日毎に慰み（遊興）かへて、折ふし秋のはじめなるに、女すまひ（相撲）をもよほしけるに、広庭に四本柱、くれない（紅）の絹に巻立て、土俵に小ふとんの数をならべ、加茂川のしやれ砂（曝れ砂）をふるはせてまかせ、美女に、男のすなる純子（どんす）（緞子）ふたへまわりの下帯（廻し）をさせ、いやながら丸裸にして、西ひがしの方屋（かたや）（控え溜り）にならべ置ぬ。そうじて人のはだへ（肌）さはり（欠点）有て、昼中（ひるなか）には見ぐるしかりきに、此女中いづれかひとり身のうちに、蚤（のみ）の喰所（くいと）もなく、腰つきよはからずして、肉のりて、つよいさかりの面影、さてもとうと過て（尊と過ぎて）、是ぞ恋の力草（ちからくさ）、根つきよき男も、つゐにはなげころされんとぞ思ふ。

豊満な裸身に、悩殺どころか、いっそ投げ殺されたいものだとは、さもありなん。その女人たちの四股名、すなわちそれぞれの呼び名が、これまたふるっている。

先、東の方、大関にちゞみ髪のおけん、今年二十一才、いか成人にても、あげておとして、四手のえ物（得意技）なり。関脇に素皃の小雪は、是は首筋自慢。それよりつゞきて、大津の十七小さん、二皮目のおつや、ものこしよしのお丹、桜色の音羽、後帯のお亀、歩上手のお半、殿中の宇治、琴好のお松、我おとらじと、ちから足ふめば、又にしの方より、大関にびくに落のるり、其年三十一なれども、見た所二十二三、かくれもなき手取者（巧者）、はづかしげさつて、おどり出れば、関脇に指切の白玉、是は諸分しりの女なり、是におしならびて、誓紙やぶりのお沢、男にくみのお嵯峨、後家姿のお嶋、鶉のおあき、飛あがりのおりん、暇の状（離縁状）のお国、いづれも四十八手の外、よい手を知たる女、力も入ずして男をなげる事を得たり。

東の大関の縮れ髪、当時の俗信に、縮れ髪の女人は情が深いとか、味がよいとかいわれていた。川柳にも、「宝の持ちくさり後家のちゞれ髪」（『柳多留』三八篇）「茶でさえもちゞれた方が味がよし」（同一一三篇）などと詠まれている。西の大関の比丘尼落とは、尼から還俗して妾に雇われたのであろう。関脇の指切とは、かつて遊女勤めのとき、馴染み客へ愛情の証として、小指を切って贈ったことのある女なのであろう。次の誓紙破りとは、愛情が変わらぬことを誓う証文、これを破棄すなわち裏切り女というわけである。そしていよいよ熱戦がはじまる。

> され共、けふはたがひに女中立合の本のおすまひ（相撲）、行司は旦那殿、みぢん勝負のひいきなしに分られ、房付団に恋風をふくませ、立ゐぼしにくゝり袴、既に脇明より、前すまふをはじめ、三番かちの方へ、長枕釣夜着を、ほうびに給はり、其夜の旦那のおなりとあれば、如在（如才）なく、足の指をそらし、手のつゞく程はしめあひ、諸息のかよひ、腰のひねり、爰が大事所、をしやわれになつてぞ（惜しくも引分けになって）しまひける。

行司が主人だから、その夜の伽に名指しされようと、媚をも競いあうのだった。

女相撲は、時代が下ると、好色好奇の興行として催され、やがては盲者と取り組ませるという、まことにえげつない見世物まで現われた。たとえば文政九年（一八二六）、そのような見世物に登場した盲人と女人の名乗りが伝わる。

盲人では、武者振、向見ず、杖ケ嶽、笛の梅、佐栗手、夏嬉し、杖の音、うば玉、辻の音、足駄山、もみおろし、などと生業の揉治療に因むのが多い。女力士の方は、玉の越、乳ケ張、花の山、知恵の海、姥ケ里、腹やぐら、かひケ里、色気島、美人草、としの甲、姉ケ淵、とこれまたいかにも女丈夫を思わせる。

二十　分散

西鶴は、いわゆる町人物と呼ばれる『日本永代蔵』とか『世間胸算用』などで、商人たちの成功談や没落譚を描いた。没落譚には、破産がある。当時はこれを分散といった。分散となれば、債権者たちが寄り集まり、残る財産を処分するなどの手続きは、現代とさほど変らない。『胸算用』（巻一―二）に、

> 内証（経営）の弱り、来年の暮には、この門（家）の戸に、「売家十八間口、内に蔵三ケ所、戸建具そのまま、畳上中二百四十畳、外に江戸船（廻船）一艘、五人乗りの御座船（遊山用の屋形船）、通ひ舟（連絡用船）付けて、売り申候、来る正月十九日に、この町の会所にて、札（入札）をひらく」と沙汰せられ、皆人の物になれば（以下略）。

会所とは、町役人が町務をとったり、あるいは町内の集会などに利用される町役所である。ちなみに、畳上中とは、畳表の備後産が上級で、備前・備中産や江州産を中級とし、丹波産を下級としていた。

そもそも破産は、散漫な経営、分に過ぎる贅沢、そして色に溺れる遊蕩などに因る。挿話の一つを、『西鶴織留』（巻六―四）から引く。

今の世の人心を見るに、親よりゆづりあたへし小米屋（問屋でなく搗き米小売店）は、ほこり碓の音を嫌ひて、紙見せ（紙屋）に仕替、紙屋は又呉服屋を望み、次第に見付（見栄え）のよき事を好みて、元其家（代々の家屋敷）をうしなひける。諸商売は何によらず、其道を覚えて渡世しけるは商人のつねなり。（中略）惣じて、世上のありさまを見るに、其親かた次第に、福人（裕福）に成時は、めしつかひの者どもも、我おとらじと勤め、徳利を得る事に油断せず、主人内証（資金の遣り繰り）もつれし時、爰はひとつはたらきてと、おもふ手代はなくて、迚もつゞかぬ家なればと、それ〴〵に奢り、分散じまひに成る事程なし（時間がかからない）。

主人たる者は、自分を律するだけでなく、奉公人教育を怠ると、経営が立ち行かなくなるという。悪辣なのは、計画倒産である。その手合いを、『永代蔵』（巻三―四）に登場させている。

おのれがかせぎは疎略して、居宅を奇麗に作り、朝夕酒宴、美食を好み、衣類・腰の物（脇指）を拵へ（華美な作り）、分際に過ぎたる人付会（交際）、傾城狂い、野郎遊び（男色買い）、尻も結ばぬ糸のごとく（締りのない浪費）、針を蔵に積みても溜らぬ内証（大金持でももたぬ暮し向き）、人の物を見せかけにて（景気がいいように見せかけて）借り込み、これを済ますべき（返済する）分別なし。これは我と覚えての（返済不能をしっての）仕業、手を出して昼盗人（白昼強盗）より悪し。末々一度は倒るゝつもりに、五七年も前より覚悟して（決心をして）、弟を別家に仕立てて（財産を分けて）、分散にこれを遁れさし、京の者は伏見に名代（名義）を替へては、屋敷をもとめ置き、大坂の者は、在郷（田舎）の親類に田畠を買はせ置きぬ。身の置所を先へ（破産後の落ち着きを前もってきめ）、跡の虚殻（抜け殻のような家財）を、借銭の方（債権者）へ渡して、古帳を枕にして横に寝てかゝるこそ（ふて寝をきめこむのは）、うたてけれ（実にけしからん）。

あの手この手で、悪知恵の限りをつくしており、ただただ呆れ返るばかりがが、今の世も同じであろう。もう一つ同書（巻六―四）。

今時の商人、おのれが身代に応ぜざる奢りを、皆人の物にて（すべて人からの借金で）昼夜を明かし（中略）人の物借らるゝ程は取り込み（借りられるだけ借りて）、ひそかに田地を買ひ置き、一生の見業を拵へ（生涯暮らせるようにしておき）、その外、子どもを仕付銀（教育費）まで取りて置き（中略）竹杖のもつたいらしく、むらさきの頭巾して、小判は売りしゆんか（最良の売り時か）と、相場聞くなど、さながらのけ銀（隠し金）のやうに思はれける。さてもおそろしの世や。

二十一　泥鰌

泥鰌もまた、精がつくとされ、古くから食されてきた。丸煮は苦手だが、骨抜きのいわゆる柳川鍋ならば、という人の方が多いようだ。その柳川が現われるのは、江戸後期である。天保四年（一八三三）、忍川老人なる者が著す『世のすがた』に、

骨抜とぜうといふもの、四五年来はじまり、今は至る所、其看板多く見ゆ

と記されている。そしてまた、狂歌人で雑学者の加藤雀庵は、見聞随筆『さへずり草』に、

天保のはじめより、骨ぬき鰌といふこと出来て、婦女の口腹にも入るに至れば、かの夏痩によしてふもの、鰻と席を同じうする勢ひなりけり。どぜうの盛りは、今このときとやいはむ。

と、女人にも好まれたとある。風俗考証事典『守貞漫稿』の著者喜田川守貞は、骨抜き泥鰌鍋の始まりを、天保期より前の文政期（一八一八―三〇）初めだという。

どじやう、昔は丸煮と云ひて、全体のまゝ臟腑をも去ず、味噌汁にいれ、鰌汁と云ふ。三都、専ら之を食ふ。（中略）鰌汁、鯨汁ともに十六文（いまの四百円前後）、鰌鍋四十八文也。骨抜鰌鍋の始は、文政初めの比、江戸南伝馬町三丁目の裡裏に住居せる万屋某と云ふ者、鰌を裂て、骨首及び臟腑を去り、鍋煮にして売る。其後、天保初比、横山同朋町にて是も裡店住の四畳許の所を客席として売り始め、屋号を柳川と云ふ。其後、横山町二丁目新道表店に移り、大に行れ（大流行して）今に存在す。又、白銀町日本橋通二丁目の式部小路等諸所、同号の店を開き、其他同名に非る者も、専ら之を売る。京坂にも伝へ売ることになりたり。

柳川は、今こそ普通名詞となっているが、そもそもは店の屋号で、それが一般化していったのである。そして上方の京大坂にも伝わる。大坂での様相を、文人医師の平亭銀鶏が、大坂滞在中の見聞記『街能噂』に、登場人物の会話体で記している。

鰌汁、鯨汁を白味噌でするといふことでござりやすが、違ひござりやせんか。
さやうさ、皆な赤味噌だが、喰ひつけると、白味噌もなか〳〵善うござりやす。鰌も寛政の末、文化の初頃迄は、汁に極つたものでござりやしたが、今では玉子とぢの、油煎のといろ〳〵な製しやうが、出来たやうなもんで、又仕方の替ツて、やんやな（ほめてやりたいような）こともござりやす。

上方の調理法について、名古屋の人横井也有（やゆう）は、俳文集『鶉衣（うずらごろも）』に、

泥鰌は、酒の上に赤味噌、ほどよく調じて、唐がらしくはへたるこそよけれ。白味噌がちなる大みや人は、いかに喰ふらんとさへ覚束（おぼつか）なし。

と、当地の嗜好にはいささか不満気である。

当時も泥鰌店では、鯨がつきものだった。それは両方の形が似ているからだそうな。前出の加藤雀庵はいう。

江戸の市中、泥鰌を煮売る家には、必ず鯨のはなるゝことなし。されば鯨汁・鰌汁は、あたかもむつまじき妹背（いもせ）のごとし。つきてをかしき暗合の義あり。それ鰌といふ小魚は、そのかたち鯨に似たり。故に漢土にては、鯨を海鰌と号（なづ）く。すなわち、鯨を海の鰌といへる義なり。

滋養食として賞味された鰌は、井原西鶴の『好色一代男』（巻八）にも登場する。主人公の世之介は、日本国中の遊里を見つくして六十歳。心友七人を誘い合わせ、好色丸と名づけた新造船

に乗り込み、女護島めざして出帆する。船内には、様々な強精食・催淫剤・性器具などを満載、なかに泥鰌の生簀があった。

さて台所には、生舟(いけぶね)（生け簀）に鯲(どじょう)をはなち、牛房(ごぼう)・薯蕷(やまいも)・卵をいけさせ（貯え）、櫓床(ろどこ)の下には、地黄丸(ぢおうがん)五十壺・女喜丹(にょきたん)二十箱・りんの玉三百五十・阿蘭陀糸七千すぢ・生海鼠輪(なまこわ)六百懸(かけ)（中略）枕絵二百札・伊勢物語二百部・犢鼻褌(ふんどし)百筋・のべ鼻紙九百丸（以下略）。

二十二　三　都

京都・江戸・大坂の三大都市は、三都(さんと)あるいは三箇津(さんがのつ)（都）と呼ばれた。この三都間の往来が増えるにつれて、その地それぞれの特色が、多くの人々の興味をひき、広く喧伝されていった。二代目市川団十郎に、『老のたのしみ』と題した日誌が伝わる。寛保元年（一七四一）から翌年にかけて、大坂での舞台を勤めており、その折の寛保二年八月二十四日の記事に、周囲の人との話題にでもなったのだろうか、なにやら狂歌調に、三都の名物を列挙している。

京都の名物　水、水菜、女、染物、みすや針、寺と豆腐に、黒木、松茸。
大坂の名物　橋と船、御城、白人(はくじん)、茶屋揚屋(ちややあげや)、天王寺蕪(かぶ)に、石屋、植木屋。

江戸の名物　鮭、鰹、比丘尼、むらさき、生いわし、大名小路、ねぶか大根。

京で女を挙げるのは当然であろう。大坂の白人は私娼をいう。江戸の比丘尼は、尼の姿で売色する、これも私娼である。

二代目団十郎の在坂から六十年後、享和二年（一八〇二）五月、曲亭馬琴は東海道を下り、上方を遊歴した。その紀行『羇旅漫録』に、三都を比較しながら、京・大坂の長所短所を挙げている。まずは京。

　夫皇城の豊饒なる三条橋上より、頭をめぐらして四方をのぞみ見れば、緑山高く聳へて尖がらず、加茂川長く流れて水きよらかなり。人物、亦柔和にして、路をゆくもの争論せず、家にあるもの人を罵らず。上国の風俗、事々物々自然に備はる。予、江戸に生れて三十六年、今年はじめて、京師に遊で、暫時俗腸をあらひぬ。

俗腸すなわち俗情俗念を洗いぬなどは、いかにも馬琴らしく漢語を用いての賛辞である。そして更に続けて、

　京によきもの三ツ。女子、加茂川の水、寺社。あしきもの三ツ。人気の吝嗇、料理、舟

便。たしなき（物足りない）もの五ツ。魚類、物もらひ、よきせんじ茶、よきたばこ、実ある妓女。

古くから「傾城に誠なし」とか「傾城に誠あれば晦日に月が出る」といわれており、この世に誠実な遊女なんぞいるわけない。馬琴は京の色町で、よほど不愉快な目にあわされたのだろうか。馬琴は、七月三日に京都入りして、同月二十四日の夜、大坂へ赴き八月五日まで滞在した。大坂での感想。

大坂にてよきもの三ツ。良賈（大商人）、海魚、石塔。あしき三ツ。飲水、鰻鱺、料理。大坂の人気は、京都四分江戸六分なり。倹なることは、京を学び、活なることは、江戸にならふ。しかれども、実気あることは、京にまされり。

大坂人の気質は、割合にして京都人の四分に対して、六分の江戸人に近い、と馬琴は断じた。勤倹を京都人から学び、活気は江戸人に倣うとし、そして大坂人の誠実性は、京都人より上だという。江戸に生れ育った馬琴だが、大坂人になぜだか親近感を覚えること大であったようである。

武家の眼には、どう映ったか。幕臣の木室朝濤が、二鐘亭半山の戯名で著わした『見た京物語』がある。「予近き頃、京師に杖を曳しが、さすがの都の風流に引されて、一ととせなかばぶり、吾妻へ帰路す」と、一年半も滞在しての見聞印象記である。京の話を聞かせろという友人たちの求めに応じ版行したと、天明元年（一七八一）の序文にある。なかに記した印象の一端を抄出する。

> 京は砂糖漬のやうなる所なり。一体雅味有りて味に比せば甘し。然れども、かみしめてむまみ（旨味）なし。から（枯）びたるやうにて潤沢なる事なし。きれゐ（奇麗）なれど、どこやらさびし。多きもの、寺、女、雪踏直し、すくなきもの、侍、酒屋、けんどん屋、くはんにん（願人）、生酔、鳶、烏、駈出し等なり。
>
> 六分女、四分男なるべし。夜も若き女ひとりありく。男女連立て歩行くを、少しも悪る口いふものなし。
>
> 花の都は、二百年前にて、今は花の田舎なり。田舎にしては花残れり。

いわゆる上方いろはかるた、その最後の一文は「京に田舎あり」である。この上方かるたが出来たのは、天明期ころといわれており、時期が半山の言と符号していて興味深い。

ちなみに、半山は俳号で、狂歌名の白鯉館卯雲の方がよく知られている。また、明和九年（安永元年・一七七二）に刊行した笑話集『鹿の子餅』は、上方に対する江戸好みの小咄本、その嚆矢として高く評価されている。

半山と同じく幕臣で、大坂町奉行に赴任した久須美祐雋は、安政二年（一八五五）から六年半ほど在任、その間の見聞を記して、『浪花の風』と題した。大坂人について、

> 商估専らにして、人気もおのづから其風に移り、利を謀ること、他国に超て慧敏なり。故に、淳朴質素の風は更に失ふて、只だ利益に走るの風俗のみ。士（武士）といえども、土着（大坂生れ）のものは、自然此風に浸潤して、廉恥の心薄く、質朴の風なし。

まことに手厳しいが、江戸人しかも、市政をあずかる奉行としての率直な印象であろう。活気溢れる大坂商人たちに圧倒されたとも思われる。三都を比較しての感想を、いくつか抄出する。

> 諺に、京の着倒れ江戸の食ひ倒れといふ如く、浪花の地も京師と同様に、衣類をば殊に貯ふる風俗なり。身上相応のものは姑く置て不論。裏屋住みにて、纔かに夫婦暮しのものにても、衣服は分に過ぎて貯へり。日々の盗難訴へにても、右様夫婦暮しにて、日雇い稼ぎなどの貧窮ものといへども、衣類の五六品位は盗み取らるること平常のことなり。是江戸にて、

> 裏屋住みの其日暮しのもの抔には、決してあるまじきことなり。

着物を沢山持っているから、盗まれるのも多いと、その数に驚く。大坂はもはや、京顔負けの着倒れで、よく聞かれる食い倒れは、江戸に取って代わられたようだ。食といえば、初物志向はどうか。

> 当地にても、初もの抔賞味玩せざるにはあらざれども、右様の食味に金銭を費すものは、多くは相応の身元（身分）のものにして、江戸人の如く、漸くに其の日を送る卑賤のもの抔、着し居る衣服を脱し、忽に一夕の新味に替ること抔いふことは、絶てあらざるなり。（中略）此（江戸）風俗気性、当地（大坂）のものより見る時は、明日の活計（生計）を知らざる空気ものの限りといふべけれども、此気性あるこそ江戸人の真面目にして、予は賞すべきことと思へり。

その日暮らしの者さえ、初物には目がなく、着ている物まで質入れする、いわゆる江戸っ子気質は、大坂人からは愚か者に思われようと、その一本気を賞賛している。祐雋は奉行から、一江戸人になっているのが微笑ましい。

奉行職ではないが、与力として京都町奉行所に勤めた神沢杜口に、京都人として大坂と比較した言がある。見聞随筆『翁草』に記している。いくらか抄出する。

いつの程よりか、人の風俗、京大坂自然と入替わり、今は難波人の和らかさ、女の衣服は都よりも美麗に、商物の仕立て、総て雅にして、ゆききの人に道を教るにも、己が産業（仕事）の手を止めて、悃に教へ、且世の流行事も、女の髪、衣服の模様、はやり歌、開帳、芝居等の粧も、大阪を似する、万事悉く大阪より始て、京之に倣ふ。

京は売物の仕立て麁末（粗末）になり、豆腐などは、古は京が最上なりしが、今は大阪のとうふ甚だ細やかに和らかにて、京は大に劣れり。

物尋る答も、今の京の人はすべて放逸初見なり。海内（日本国中）に京ほど薄情なる所はなけれども、せめても人の応対うはべのうつくしきをこそ賞せしに、夫もやみて、今の如きは皇都とは云ひがたし。

京の雅やかさが失われ、それが大坂に移ってしまった、と嘆いている。杜口は、寛政七年（一七九五）に、八十六歳で没した。移り変わる世の風俗に、根生いの京都人だけに、さまざまな思いがあったに違いない。

江戸体験のある大坂人から、三都観を聞いてみよう。芝居の狂言作者西沢一鳳は、天保十二年（一八四一）と弘化二年（一八四五）の二度、通算五年ほど江戸で過した。初めて江戸に来て、まず驚いたのが、男勝りの江戸女たちだった。

> 扨第一、東都の婦人は、京攝（京大阪）より見れば、遥かに威勢強く、中分以下の暮しを見るに、京攝に云爺嚊におなじく、亭主より女房がた一段上位にて、女に勢ひを付たる土地なり。お屋鋪方（武家）は格別、市中にも男八九分（割）にして、ようやく女は一二分（割）也。それゆへ自と女強く、女の子を産ば、器量よければ勿論、醜女には何なりと芸を付、屋鋪〳〵へ奉公に出すがゆへ、小娘の内より、気ばかりつよく、自然と女は、少きがゆへ、女房に威勢奪われ、亭主は多く誤り（謝り）がち也。

爺嚊とは、江戸でいう嚊左衛門とか嚊左衛門の尉とかの類いで、亭主を尻に敷く女房たちである。強くなる理由として、男女の人口比が江戸では極端に女性が少いこと、そして江戸では娘たちの奉公口に武家屋敷があり、そこで働いているうちに、なにかと武家風に染ってしまうからだと、大坂との違いを理解するのだった。それでは、東男はどうなのか。

> 江戸は、侠気の強き土地にて、人に物を頼まれ、世話を仕出せば、命にかけても世話を仕

抜くゆへ、江戸ッ子といふて、幡随長兵衛そこのけじやといふは、遥昔の事にて、かならず嘘にも、その様な人が有ふとは思わぬがよし。（中略）旧は、上方野郎の毛斉六のと糞おろしに悪口をいふたが、江戸子の気性を見せるには、相応に銭が入る事なれば、天保（期）已来（以来）、此悪口とんとはやらず、誰云合すとなしに、上方衆は物言ひが艶しいなどと誉めてかかつて、何ぞ奢らせるさんだん（算段）、中々利口な物とはなりけり。

かつては男気に富み、義侠心を売り物にした江戸っ子が、とんと見かけないと、いささかがっかりしたようである。また一鳳は、京都・大坂・江戸三都の気質や衣食住などを比較する。

皇都に長袖（公卿・僧侶・神官・医師ら）と職人多く、大坂は商人多く、江戸は武家のみ多し。夫故、京都は風儀神妙にして和らかに、華奢なるを本体として、男子にも婦女の風儀有り。大坂は唯我雑にて、花やかに陽気なる事を好み、任侠の気風有り。東都は表向き立派を好み、気情強きを思へば根もなく、又心も解易き処有りて、其土地柄広く、人多ければ、自と堕弱なる所も有り。

衣は京を一として、二に江戸三に大坂也。食は江戸一にて、二は大坂三に京也。住は一大坂に、二京三江戸なるべし。

大坂にて諸品を買ふ割には、京都は一割より一割半高く、江戸は又京都より一割半二割も高し。大坂と江戸にて三割四割は高値なりとしるべし。

気質の比較は、簡潔にして的を射た言である。江戸人が表看板にしていた任侠の風を、大坂人の気風しているのは、なにやら身贔屓と思えなくもない。食を、一鳳もまた江戸を第一とし、大坂を次としている。江戸の物価が、大坂との差の大きさに思い知らされたようだ。どんな違いがあろうとも、「江戸みぬは男にあらじ閑子どり（閑古鳥）」（『俳懺悔』）と、大坂の俳人大伴大江丸が、江戸人にうれしい句を詠んでいる。飛脚問屋を営む大江丸は、仕事柄もあり、生涯に大坂と江戸を七十回以上も往復したという。

江戸体験のある京都人が、京都人と江戸人の双方を揶揄している詩がある。儒学者で詩人の中島棕隠の作で、狂詩集『太平新曲』に載せている。棕隠は、享和元年（一八〇一）二十三歳のおり、江戸へ下ったことがあり、その四年後の文化二年に再び出府して、足かけ十年ほど江戸で過した。はじめには江戸人になったつもりで京都をけなし、次に京都人として江戸をけなす、それぞれに二首の詩を詠む。まずは「江戸者、京を嘲る」と題した二首の第一首。

木高く水清くして食物稀なり（美味でない）　　木高水清食物稀

人々表を飾り内証晞く（家計は苦しい）
牛糞の路は大津に連なって滑らかに
茶粥の音は叡山に向って飛ぶ
算盤出合（損得勘定）に立引き（義理人情）無く
筋壁（上層階級）連中は権威を仮る
女は奇麗なりと雖も立小便
替物（便と交換）の茄子は数の違わんことを怕る

人人飾表内証晞
牛糞路連大津滑
茶粥音向叡山飛
算盤出合無立引
筋壁連中仮権威
女雖奇麗立小便
替物茄子怕数違

女の立小便について、馬琴も『羇旅漫録』のなかで、「京の家々、厠の前に小便担桶ありて、女もそれへ小便をする故に、富家の女房も、小便は悉く立て居てするなり」と書き記している。頃合になると農家が、肥料にするため、野菜と交換して引き取っていくのである。続けて第二首。

常に石橋を叩いて芦を渡るが如く（用心深い）
畢竟皆銭廻りの無きが為なり
勝手（遣り繰り）の吝嗇総て目を眠り
上辺の追従に膚を許し難し（油断できない）

常叩石橋如渡芦
畢竟皆為銭廻無
勝手吝嗇総眠目
上辺追従難許膚

帯は鵞絨(びろうど)を占(し)めて切らず（安いおから）を買い
鉢は南京(なんきん)（高級食器）を遣(つこ)うて煎枯(いりがら)（煮たおから）を出す
最も憐れむ歴歴(れきれき)（お歴歴）の御見物（物見遊山）
各(おの)おの握り飯を包んで（持参して）花の都に出ず

帯占鵞絨買不切
鉢遣南京出煎枯
最憐歴歴御見物
各包握飯出花都

日ごろ何かにつけ用心深いのは、金がないせいだ。女房のしみったれた遣り繰りに、亭主は何も言わず、心にもないおべっかには、気を許せない。高級なビロードの帯をしめていながら、安価なおからを買って食べているし、食器も高価な輸入品を使いながら、なかに盛るのは、手軽なおから料理である。お歴々の御見物についても、馬琴は「すべて京師の人は、遊山にかならず弁当をもちゆくなり。貧しきものは竹の皮に握りめしを包みてもちゆき」と、『羇旅漫録』に書き留めている。

そして次は、「京者、江戸を嘲る」と題した二首の第二首。

風荒く火早うして狗(いぬ)の糞多し
汲み立ての水道泥沙(どろすな)に雑(まじ)る
幮(かや)を殺して（質入れして）鰹を買う食い倒れの客
娘を売って祭に出る浮気（軽薄）の爺(おやじ)

風荒火早狗糞多
汲立水道泥雑沙
殺幮買鰹食倒客
売娘出祭浮気爺

喧嘩頭を割っても（大怪我しても）中直り早く
喪礼桶を荷げて鼻歌賖かなり（やめない）
身上（家計）徒らに銅壺の蓋を磨き
年中の上げ下げ（遣り繰り）質家（屋）を頼む

江戸では火事があると、風ですぐ燃え広がるし、町には犬の糞がやたら多い。自慢の水道だが、砂がまじってまるで泥水である。初物好きで、蚊帳を質入れまでして初鰹を買うし、祭がくれば浮き浮きして、娘を女郎に売ってまでして、祭り支度に金をかけるのだ。頭が傷つくほどの喧嘩をしても、仲直りは早い。厳かな葬礼なのに、鼻歌まじりで棺桶をかついでいる。家財はといえば、銅製の湯沸かしぐらいで、家計はといえば、一年中質屋に頼っている体たらくなのだ。痛いところを突く勢いは、第二首にも続く。

只頭勝ちを好んで（傲慢で）張り込み強し（やり込める）
了簡恒に無徹方（無鉄砲）より出ず
素見の潮来（節）尾先闇く（前後うろ覚え）
木遣の音頭肝声黄なり（甲高い）
親分の口利き（仲裁）皆唐穴（空穴つまり無一文）

喧嘩割頭中直早
喪礼荷桶鼻歌賖
身上徒磨銅壺蓋
年中上下頼質家

只好頭勝張込強
了簡恒出無徹方
素見潮来尾先闇
木遣音頭肝声黄
親分口利皆唐穴

火炎（臥煙・火消し人足）の威勢大箆棒（大馬鹿者）　火炎威勢大箆棒
元来皆意地（食い意地）の醜きに因って　元来皆因意地醜
銭を買い喰いに費やして鼻の下（口）忙し　費銭買喰鼻下忙

やたら向う気が強くて、すぐに相手を言い込めたがり、ともかく無鉄砲である。遊里へ行っても、懐が寒いので買わずに冷やかしながら、うろ覚えの潮来節を口ずさんでる。木遣の音頭をとれば、いやに甲高いを出す。何かのいざこざに、親分として話しをつけようにも、文無しときているから、どうしようもない。火消しの臥煙どもは、やたらと箆棒めと、威勢のいい恰好をつけるだけである。もともと食い意地がはっていて、いつも鼻の下の口が動いている。ここまで言われると、江戸っ子も形なしである。

いくつかの三都比べをみた。嘲弄のようで揶揄、侮蔑のようで諷刺である。そこには陰険な底意地の悪さは微塵もない。いずれも教養人の言説だけに、説得力に富む。当否は別として、なにやら現代にも通ずるのではと、感ずるところ大である。

あとがき

執筆を終え、ふと思ったことがある。詩歌句その一つ一つの作品には、それぞれにドラマがある。うたを詠むことも、生活の営みの一つなのだから、当り前なのだが、文人の場合、それがとりわけ強く感ずる。そのドラマに文人同士の出会い、奇遇がある。例えばその一つ。

宝暦十三年（一七六三）五月二十五日の夜、伊勢松坂の旅宿で、賀茂真淵と本居宣長が初めて対面した。真淵が大和遊歴から江戸への帰途、松坂での宿りを知った宣長が訪ね、教え乞う念願を果したのである。時に真淵は六十七歳、宣長が三十四歳であった。この一夜の会見が、漢学主流の文芸史にあって、国学が大きく発展する、その輝かしい出発点となったとよくいわれる。ちなみに、両人の対面はこれ一度きりで、その後続く学問上の交流は、もっぱら文通によった。

これほどの輝かしさには、いささか欠けるものの、まことに興味深く、特筆したい出会いがいくつもある。例えばその一つ。享和元年（一八〇一）六月十六日、上田秋成と大田南畝との初対面である。

幕府勘定奉行所の役人として、大坂銅座に赴任中の南畝は、たまたま秋成の文章を初めて見て、いたく感激する。そして会ってみたいと思っていたところ、常元寺なるところでの歌会で、顔を合わせることができた。その時の印象を、南畝は後に、「啻（ただ）に其（そ）の文に奇なるのみにあらずし而（て）、其の人も亦（ま）た奇なり」（漢文「長夜室記」）に記している。そして秋成もまた後に、「互に興ありとす」（「胆大小心録」）に記しており、両人はすっかり意気投合したようだ。時に秋成六十八歳、南畝は五十三歳であった。両人の歓談雅談、何を語り合ったのだろうか。興味をそそり、想像するだけでも愉しい。

　この日の歌会で、酒が振る舞われたかどうか不明だが、南畝は無類の酒好き、対する秋成はまったくの下戸だったという。嗜好ばかりではない。両人の出身、性格、学芸の分野などで、あまりの相違に驚く。双方ともに根生いの、かたや江戸人かたや上方人。武家と町人。儒学・漢詩人と国学・和歌人。洒落本や黄表紙などに対して浮世草子や読本など。また何よりも人柄が、明るく社交性に富む南畝に、対する秋成は偏屈で無類の人嫌いときている。ちなみに似た境遇としては、妻との死別がある。秋成は四年前、南畝は三年前に、それぞれ妻を亡くしている。

　翌享和二年の三月、大坂銅座での任務を終えて、江戸帰府の途についた南畝は、当月二十二日、当時は京の百万遍に住んでいた秋成を訪れ、別れの挨拶をした。両人は惜別の詩歌を交わす。まずは南畝の詩。

禁城（京都）の東畔茅茨（庵）を訪ね　　禁城東畔訪茅茨
仙翁に逢著（お会い）して離別を告ぐ　　逢著仙翁告離別
大津に向い駅舎（宿場）に投ぜんと欲し　　欲向大津投駅舎
匆匆として（慌ただしく）手を分かちて天涯（遠国）に去る　　匆匆分手去天涯

秋成は歌を詠んだ。

風あらき木曽山桜此春は君を過してちらばちらなん

帰路は、往路の東海道でなく中山道、そして南畝が愛する桜のことも話題にしたのだろうか。木曽路は風が荒いが、どうか山桜よ、南畝が通り過ぎるまで、散らないでおくれ、と思いをこめるのだった。

遠く離れてはいても、両人の交流は途絶えることはなかった。翌享和三年（一八〇三）の六月二十五日、秋成の七十歳寿を祝う会が、大坂大江橋畔の料亭で催された。南畝は、すでに知らされていて、賀詩を送呈している。その詩。

大江懸火爛如珠　　大江（淀川）火（灯）を懸けて爛（輝き）珠の如し
迎送菅神接舳艫　　菅神を迎送して舳艫（船首と船尾）を接す
此夕誕辰人尽酔　　此の夕誕辰（誕生日）人（参会者）尽く酔う
如君七十古来無　　君が七十の如きは古来無からん

秋成は、享保十九年（一七三四）の六月二十五日に出生、この日は大坂一を誇る天満宮の祭日である。絢爛にして豪華な船渡御を頂点とする賑わいは、あたかも秋成翁を祝福かのようであり、まことに幸せの極みですと、南畝は古稀を祝うのだった。

再会はあるまいと思っていた両人が、再び会う機会に恵まれる。そもそも南畝は、いたって能吏でもあった。大坂銅座でも、実績をあげたのだろう。江戸に帰任してから二年余、文化元年（一八〇四）の六月十日に内示があり、十八日正式に長崎奉行所勤務を命じられた。そして七月二十五日江戸を発つ。大坂には八月十五日に着き、その宿舎に秋成が訪ねて来たのである。喜び合いながらの清談に、時を忘れたにちがいない。

再び会えた喜び、そして別れの淋しさ、その気持を秋成は詠む。

思はずにあづまに別れし君をけふまた筑紫路に送るとは
あふことの難きをわれはならはねどえぞたのまれぬあすの命は

二年前には東路、そして今日は筑紫路、送別の辛さは世のならいというものの、死期遠くないわが身には、これが最後かと、心友の南畝には、心の内を素直にあらわすのだった。だが、これが最後にはならなかった。翌文化二年の十月十日、勤務を終えた南畝は、長崎を発ち帰府の途につく。その途上、十一月五日、京都南禅寺内にあった秋成の居宅を訪ねる。この四度目の対面が最後となった。ちなみに居宅の庭には、寿蔵（じゅぞう）の石すなわち、生前に建てておく墓があった。「無腸之墓」と刻まれていた。無腸は秋成の号である。

身はとみに衰えながらも、秋成は生きながらえる。文化五年三月三日、江戸では南畝の六十賀の宴が催され、これに秋成は祝いの歌を送呈している。『胆大小心録』に、「哥六十章、旧作交りに書おくらんとせしほどに、かぞへみたれば百六章ありき」と記している。六十歳に合わせて新旧作の六十首を選んでいたところ、数えてみたら百六首になってしまった。ならばいっそのこと百六歳まで、との思いをこめてそのまま贈ったという。だが残念ながら、この百六首の所在は不明である。南畝の『一話一言』（巻二十）に、「上田翁和歌」として十九首を載せており、これがその一部ではないかといわれている。そのなかからの三首。

中の春

花鳥の春になりゆく木さらぎにおり〳〵風のさえもするかな

探梅

心あての林はいまだふゝめるを野にたつ梅のこゝに薫れる

餞別

杯をあすの別にめぐらせて春の夜いたくふけにけるかな

翌文化六年六月二十七日、秋成は息を引きとる。時に七十六歳であった。逝去を知らされた南畝は、期間こそ短かったものの、濃厚な文雅の交わりに、改めて懐いを深くし、追悼の詩を二首読む。その第一首。

寿蔵曽て長夜の室を営み　　寿蔵曽営長夜室
稀年長く謝す一朝（短期間）の栄　　稀年長謝一朝栄
千秋万古（永遠）南禅寺　　千秋万古南禅寺
留め得たり無腸老子（老翁）の名　　留得無腸老子名

長夜の室とは、夜が明けることのない部屋、すなわち墓地をいう。次に第二首。

飢えて糟糠（粗末な食物）を食らい渇して泉を飲む　　飢食糟糠渇飲泉
此の腰寧ぞ折らん世人（世間の人）の前　　此腰寧折世人前
遺編凛々（きりりと引き締まり）生気有るも　　遺編凛凛有生気
通邑の大都（大都市）伝不伝　　通邑大都伝不伝

通邑の大都とは、四方八方に路が通る大都市をいう。伝不伝とは、秋成の優れた見識や著述、その偉大さはとても伝えきれるものではない、そういう意味だろうか。

人嫌いの秋成が、なぜ南畝には好意をよせ、親愛の情をいだいたのだろうか。南畝の評伝『蜀山残雨』に、著者野口武彦氏は、

たぶん秋成は、南畝の猛烈な人当りの良さと洗練された社交性の裏に深い孤独のありかを感じ当てたのであろう。（中略）南畝に取りついた心性の低体温症は片眼の秋成の洞察力の前にどう隠しようもなく見抜かれてしまった。秋成も孤独な人間だった。二人の孤独感は決して同質ではなかったが、絶対値は等価だったのである

と見事に洞察している。ちなみに、同氏には評論『秋成幻戯』なる著作もある。

文人の孤独感は、隠者志向に傾斜してゆく。南畝は、志向しながらも傾斜しきれず、葛藤と諦観を綯い交ぜに、戯作と漢詩文、硬軟双方の世界に筆を走らせる。南畝の隠者志向については、近世文学者の池澤一郎氏が、「大田南畝における『吏隠』の意義」（『江戸文人論』第一章）に、詳しく解き明かしている。吏隠とは、隠者願望を保ちながら、役人生活を続けること、あるいはその人をいう。南畝は、微禄とはいえ大田家を継ぎ、家名を守り家族を扶養するために十七歳の明和二年（一七六五）から、文政六年（一八二三）に七十五歳で没するまで、官職から離れなかった、いや離れられなかった。

文人武士から、意を決して放浪の文人に転向した人がいる。浦上玉堂である。玉堂は、小藩ながら岡山新田藩の要職を勤めながら、その一方で弾琴を趣味とする、風雅な生活を愉しんでいた。だが、寛政四年（一七九二）妻と死別、ときに四十八歳。そして翌五年、致仕すなわち職を辞し、さらに翌六年には、長男（十六歳）と次男（十歳）を伴って出奔、脱藩した。脱藩後は、琴の教授料や画料などで生活を支えながら、酒を酌んでは琴を弾じ、琴を弾じては詩を吟じ、詩を吟じては画筆を揮うといった風雅の境遇に生きるのだった。

長崎に赴任中の南畝が、なんとこの脱俗の風流人玉堂に出遇う。文化二年（一八〇五）五月二十七日、聖福寺で書画の展観が催され、そこに両人が居合わせたのである。ときに玉堂六十一歳、南畝は五十七歳。対するや意気投合、酒を酌み交わし、玉堂が琴を弾ずれば、南畝はこれに応じて詩を献ずるのだった。献じた二首のうちの一首。

梅天晴色入清涼
昏飲頻傾般若湯
即欲休官林下住
児孫羅列在家郷

梅天（梅雨時）の晴色（晴れ間）清涼に入る
昏飲（痛飲）頻りに傾く般若湯
即し官（職）を休めて林下に住まんと欲するも
児孫羅列（連なり並び）家郷（江戸宅）に在り

句中の「官を休めて林下に住まんと欲す」、すなわち隠者志向をいう。強く欲しながら、実行できない理由が、「児孫羅列して家郷に在り」である。当時、江戸にいる南畝の家族は、後妻のおよね、跡取り息子の定吉二十六歳、そして五歳の孫鎌太郎である。定吉はまだ役についておらず無職、南畝はとても隠居できる身ではなかった。玉堂を心底羨ましく思ったに違いない。
羨むだけですまされず、この玉堂に倣い、政務政務から退隠した武家文人がいる。本文に採りあげた田能村竹田である。竹田は、わが国であまり普及しなかった詞を、数多く作っている。わたしも日ごろ、好んで詞を読み、ときには作ったりもしている。このところ著書の「あとがき」には、漢詩で結ぶことにしているが、本書では、竹田への敬愛をこめ、そして今夏鑑賞した「没後180年田能村竹田」展での感銘を新たにしながら、拙い詞をもって擱筆することとしたい。詞譜名は「采桑子(さいそうし)」、題して「秋思」（下平声庚韻）である。

嗟嗟遠去君安在、恋恋多情
嫋嫋深情、独恨空閨酌転傾
庭柯落葉頻欹枕、沸沸秋声
切切虫声、帯緩露巾恨此生

嗟嗟(ささ)たり遠く去る君安(いずく)に在りや、恋恋たる多情
嫋嫋(じょうじょう)たる深情、独り恨む空閨(くうけい)に酌みて転(うた)た傾く
庭柯(ていか)の落葉頻(しき)りに枕を欹(そばだ)てば、沸沸(ふつふつ)たる秋声
切切(せつせつ)たる虫声、帯は緩(ゆる)み巾(きん)を露(ぬら)して此の生を恨む

和訳
いとしの君は旅にしあれば、憂(う)きは身にしむ君何処(いずこ)かと

いとど焦（こが）るる独り身の、君を懐いて酒杯（さかずき）を、重ねてはまた重ぬ
庭の木立の葉は落ちて、枕そばだて耳をすませば、風の声
愁いおびたる虫の声、君が賜いし縹（はなだ）の帯の、帯の結びはかたけれど、面（おもて）はやせて身は細く、
君知るや、この帯の緩みを

本書を著わすにあたっては、諸先生方の御著作に負い、申し述べようほど感謝の気持でございます。厚く御礼申し上げます。

二〇一五年十一月

秋山忠彌

著者略歴

秋山忠彌（あきやま・ちゅうや）

1935年東京生まれ。早稲田大学第一法学部卒業。NHKチーフディレクター（時代考証調査担当）を経て、江戸史研究家。日本ペンクラブ会員。NHK文化センターなどで、江戸社会・文化について講じた。

著書に『江戸文人の嗜み――あそびの詩心歌心』（勉誠出版）、『江戸諷詠散歩』（文春新書）、『大江戸浮世事情』（ちくま文庫）、『ヴィジュアル〈もの〉と日本人の文化誌』（雄山閣出版）、『江戸文人の愉しみ』（龍書房）、『詩歌句の文人画人たち』（北溟社）、共著に『近世の學藝―森銑三先生八十歳・三古會創立四十年記念』（八木書店）などがある。

江戸文人百景（えどぶんじんひゃっけい）――なごみの詩心（しごころ）・歌心（うたごころ）

2016年1月20日　初版発行

著　者　秋山忠彌

発行者　池嶋洋次

発行所　勉誠出版 株式会社

〒101-0051　東京都千代田区神田神保町3-10-2

TEL：(03)5215-9021(代)　FAX：(03)5215-9025

〈出版詳細情報〉 http://bensei.jp/

印刷・製本　太平印刷社

装丁　萩原睦（志岐デザイン事務所）

組版　一企画

ISBN 978-4-585-29104-6　C0095

乱丁・落丁本はお取り替えいたします。定価はカバーに表示してあります。